LA SEMAINE

DES

TROIS JEUDIS

PAR

M. JULES JANIN

Quatre Gravures

PARIS

MORIZOT, LIBRAIRE-ÉDITEUR

3, RUE PAVÉE-SAINT-ANDRÉ-DES-ARTS

LA SEMAINE

DES TROIS JEUDIS

PARIS. — IMPRIMERIE DE J. CLAYE

RUE SAINT-BENOIT, 7

LA FORCE DE L'ÉDUCATION.

LA SEMAINE

DES

TROIS JEUDIS

PAR

M. JULES JANIN

QUATRE GRAVURES

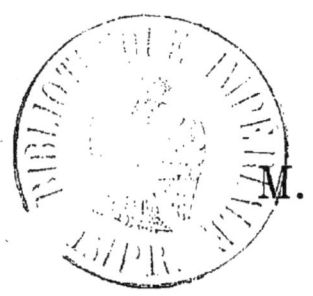

———— ∽∾⌒∾∿ ————

PARIS

MORIZOT, ÉDITEUR

3, RUE PAVÉE-SAINT-ANDRÉ-DES-ARTS

—

1862

A

MADEMOISELLE VALENTINE ROSTAND

Vous êtes la digne fille d'une femme intelligente entre toutes, et poëte à ses heures. Elle est sage, elle est prudente. Elle a fait de votre éducation son chef-d'œuvre, aidée en ce cher travail par sa propre mère.

Ainsi, l'une et l'autre vous diront que ces petits récits que je vous dédie, elles les reconnaissent. Elles s'en souviennent pour les avoir lus autrefois, quand la grand'mère était jeune et que sa fille était une enfant.

C'est pourquoi je vous les envoie en toute assurance. A coup sûr, l'hommage est petit... Je ne vous l'aurais pas adressé si je connaissais une enfant plus aimable et plus tendre que vous.

JULES JANIN.

TABLE

LA SEMAINE
DES TROIS JEUDIS

LE DÉCHIRÉ
ET LE DÉCOUSU

J'étais un matin au jardin du Luxembourg; il faisait un beau soleil; je rêvais, j'admirais, je saluais
le printemps au fond de l'âme, et je voyais jouer
les heureux enfants dont ce beau jardin fait les délices. Ils luttaient entre eux à qui serait le plus leste
et le plus fort. Les petites filles s'arrêtaient, les
mains appuyées sur leur cerceau, pour juger ces
hardis compagnons. Les jeunes gens, à les voir,
se rappelaient, en soupirant (déjà!), leur joyeuse et
folâtre enfance; les vieillards les regardaient, se
rappelant, non pas sans un regret profond, leur
vive et folle jeunesse et leurs épais cheveux noirs.
Les enfants ne savent pas quel doux intérêt ils inspirent, et que c'est déjà un ravissement d'assister
à leur joie.

Assis à mes côtés, sur le même banc de pierre,
deux enfants, plus semblables à des hommes faits
qu'à des enfants, ne prenaient nulle part aux jeux

de la bande joyeuse. Ils étaient plongés, l'un et l'autre, dans une fièvre d'ambition difficile à décrire, et voilà la conversation qu'ils tenaient entre eux; certes, je ne l'ai pas écoutée, au contraire l'ai-je entendue malgré moi, et j'ai bien le droit de vous la raconter :

— Moi, disait l'un, je veux être un général d'armée, un grand général. J'aurai des habits d'or, des épaulettes d'or, une croix d'honneur en or, passée au cou; je veux monter un cheval blanc; je veux porter un grand chapeau à ganse d'or; j'aurai de belles moustaches, un grand sabre, une sentinelle à la porte de ma maison... Et voilà!

— Moi, disait l'autre, je ne me contente pas d'être un soldat; je veux être aussi pair de France, comme ce monsieur qui vient d'entrer là-bas, dans le palais du Luxembourg. J'aurai une belle voiture avec deux chevaux gris, et deux grands domestiques habillés de rouge, et je serai assis dans l'un des grands fauteuils de cette grande salle que nous avons visitée il n'y a pas longtemps. On m'appellera : *Monseigneur!* on me dira : *Votre Excellence!*... — Et voilà!

— Moi, reprit le premier, je veux une grande maison de campagne, un grand jardin, des fermes, des prairies, et dans ces prairies des vaches qui me donneront du lait, dans ces jardins des arbres à fruits; des pêches, des poires, des pommes, des raisins, de tout. J'aurai des fermiers et des poules, une chasse, une meute, un grand bois, des gardes. Chacun, sur mon passage, me dira : *Monsieur le baron!* Les paysans me lèveront leur chapeau.

— Moi, reprenait le second, j'aurai une maison
à Paris, dans la rue de Rivoli. Cette maison sera
pour moi seul. Dans cette maison j'aurai des fauteuils de velours, des rideaux de soie, des statues,
des tableaux, une bibliothèque, un grand lit où l'on
enfonce, et des miroirs où l'on se voit du haut en
bas. Sur un marbre, en grandes lettres, on lira :
Hôtel Fanfan. Je veux un suisse en livrée à ma
porte. Et j'inviterai tous les jours de petits va-nu-
pieds, comme ceux qui jouent sous nos yeux, à
manger les miettes de mon dîner.

— Moi, disait celui-ci piqué au jeu, je veux me
marier avec une fille de grande noblesse, une fille
de duc et pair, comme on dit à la comédie. En
même temps, je la veux belle et très-riche; elle
aura des diamants, des cachemires, des robes en
soie, un chapeau à plumes, et des bas à jour, avec
une montre et une chaîne en or.

— Moi, disait l'autre, avec mes domaines, j'aurai
de beaux enfants en beaux souliers neufs, des vestes
de velours et collerettes brodées. Mes enfants auront
chacun une poupée à ressort, un grand cheval de
carton, un laquais en livrée, une bonne en falbalas.
Ils perdront toutes les balles, ils crèveront tous les
tambours, ils battront tous les petits garçons...
Hein !

— Moi, moi, vois-tu, disait encore le jeune ambitieux, je veux devenir empereur des Français,
comme Napoléon le Grand.

— Et moi, ripostait l'autre, je serai pape, comme
Sixte-Quint.

Tels étaient les discours de ces deux innocents...

Leur orgueil, leur vanité, leur ambition me firent
peine à entendre. L'ambition n'est pas le partage
de l'enfance, elle est faite uniquement pour le doux
rire et le doux rêve. Je cherchais en moi-même
une leçon à faire à l'empereur Napoléon et au pape
Sixte-Quint, lorsqu'un bon vieillard, qui les avait
entendus comme moi, leur parla en ces termes :

— Mon général, dit-il au premier, c'est fort beau
sans doute de porter, sur un habit brodé, des épaulettes d'or; c'est fort beau d'avoir un cheval blanc
entre les jambes, un grand panache à son chapeau;
mais encore il faut gagner ses épaulettes et ses éperons sur le champ de bataille, parmi les mourants et
les morts, à la bouche de mille canons, au pied des
remparts ennemis. On ne vient pas au monde général d'armée, on devient général à force de courage et de cœur... Et voilà !

— Mon pair de France, dit-il à l'autre, c'est fort
beau, sans doute, une croix d'honneur, arriver au
palais du Luxembourg traîné par deux chevaux,
dans une belle voiture, être un des premiers de son
pays; autrefois, à la rigueur, on était pair de France
en venant au monde, quand on avait soi-même un
père qui l'était. Mais tout cela est bien changé ; c'est
le mérite aujourd'hui qui vous fait pair de France.
Il faut beaucoup de travail et beaucoup de vertu,
un peu de bonheur, pour arriver à ces nobles emplois. Vous avez bien vu entrer ce gentilhomme à
la chambre des pairs, mais qui vous dira par quelles
études, quelle vaillance, quels travaux, par quels
services éminents ce gentilhomme est parvenu à ces
hautes dignités? Voyez, d'ailleurs, comme ses che-

veux sont blancs, et comme il marche avec peine,
et que de rides sur son noble front! Croyez-moi,
messieurs qui n'êtes plus des enfants, et c'est tant
pis pour vous!... autant vous voyez de rides sur le
front du pair de France, autant vous trouverez de
blessures sous l'uniforme du général.

— Mon enfant, disait encore le vieillard au premier ambitieux, vous voulez avoir des jardins et des
fermes, c'est fort bien; mais il faut apprendre à
cultiver vos jardins et vos fermes. Sous un maître
inhabile, le domaine le plus fertile ne produit que
des ronces, les plus beaux arbres ne donnent plus
de fruits, les génisses meurent dans les étables, le
renard ravage et dévore la basse-cour. Que ferez-
vous d'une ferme, avec ces petites mains paresseuses
qui ne sauraient conduire une charrue?

Vous aurez des fermiers, dites-vous; vous voulez
donc avoir le blé sans le semer, la récolte sans la
fatigue, et la terre sans le travail? Vous aurez des
hommes pour travailler à votre place, comme on a
des bêtes de somme? Ah fi! la triste ambition d'un
lâche; et ne rougiriez-vous pas de votre paresse? En
vérité, vous devriez avoir honte de ce que vous dé-
bitez, tout haut, aux oreilles du jeune étudiant que
voilà, et qui travaille tout le jour, et à mes vieilles
oreilles, à moi qui ai travaillé toute ma vie, hélas!
sans devenir général, ni pair de France; heureux
ai-je été d'acheter, à soixante ans, la petite ferme
où mon père était simple laboureur.

Puis se tournant vers l'autre ambitieux : — Et
vous, mon citadin, grand admirateur de la ville et
de ses miracles, votre orgueil et votre ambition ne

se contentent pas d'une maison des champs, il vous
faut un hôtel à la ville; l'ombrage animé des forêts
séculaires vous paraît trop bourgeois, vous voulez
vous mettre à l'abri, derrière les plus riches tentures.

Oui-da! Monsieur le *baron* est trop grand seigneur pour s'étendre, en lisant un bon livre, sur le
gazon; monsieur le *conseiller* veut s'étendre à l'aise
sur les fauteuils de velours; monsieur le *commandeur* estime assez peu les beautés naturelles, le
champ de blé, la chênaie et le ménage des champs;
il faut à sa seigneurie un riche appartement : tapis
d'Aubusson, glaces de Venise, des statues, de riches
tableaux.

Enfant ingrat, fils mal conseillé, vaniteux, idiot!
Mais un buisson au bord du chemin est cent fois
préférable aux lambris les plus riches! Un bon vieux
pauvre, avec qui vous partagerez le pain de votre
déjeuner, vous profitera plus que les plus belles
statues; il n'y a pas de tableaux au monde qui vail-
lent l'aspect du soleil qui se lève, ou de l'astre à
son coucher. Il n'y a pas de musique égale en douce
harmonie à la simple prière faite à Dieu. Il n'y a
pas de spectacle plus doux pour un homme, à quelque faîte qu'il soit monté, que le sourire paternel.

Que ferez-vous, répondez-moi, monsieur le sot,
monsieur le parvenu, dans votre hôtel, tête à tête
avec l'ennui? Que ferez-vous dans votre grand lit,
si vous n'y dormez pas? Que ferez-vous de ces
grands miroirs, si vous vous y voyez triste et jaune,
malade et pâle? Que ferez-vous de cette grande bibliothèque remplie de livres, où respirent en ses
plus beaux caractères la double antiquité, les Athé-

niens de Périclès, les Romains d'Auguste? Il faut les lire, il faut les aimer; et celui-là qui les sait le plus est vraiment celui qui les possède.

Et ce cuisinier que vous appelez déjà dans vos cuisines brûlantes, à quoi peut-il vous servir, si l'appétit vous manque? Enfin, que ferez-vous de cette table de vingt couverts, s'il n'y a que de faux amis et de lâches flatteurs qui prennent place à vos côtés, si l'injustice et la rapine, sa sœur, sont au rang de vos convives?

Rappelez-vous Damoclès à la table du satrape!... Une épée, à quelques cheveux suspendue est un terrible empêchement aux plaisirs de ce pauvre diable. Il n'a plus faim, il n'a plus soif... il a peur!

Cela dit, le bon vieillard revenait à l'autre ambitieux. — Mon ami, lui dit-il, vous disiez tout à l'heure que vous vouliez vous marier à une femme jeune et belle, et la couvrir de dentelles et de diamants... Vous êtes un grand ambitieux, j'en suis sûr; mais qui vous a dit, si vous restez toujours ainsi les bras croisés, qu'une fois devenu un homme vous trouverez une femme hardie et consentante à vous épouser? Et qui vous dit, à supposer qu'elle se pare à loisir de vos diamants et de vos dentelles, qu'elle en sera plus constante ou plus belle? Voyez pourtant, mon petit monsieur, ce que vous faites! A peine hors de votre coquille, vous pensez déjà à vous marier, et vous n'avez pas encore songé à devenir simplement un bon et docile écolier, laborieux aux heures de travail, grand joueur aux heures du repos.

Vous n'êtes qu'un petit songe-creux, qui se repaît

à haute voix, comme un indiscret, de mille inven-
tions, inutiles aujourd'hui, dangereuses demain.

— Et vous, mon jeune père de famille, disait le
vieillard au second ambitieux, vous allez encore plus
vite en besogne que son excellence monseigneur
votre camarade. Il ne veut que se marier; mais
vous, voilà que vous avez déjà plusieurs enfants.
Et pourquoi faire, je vous prie? Afin d'habiller messieurs vos fils et mesdemoiselles vos filles avec du
velours et des broderies. Père imprudent! vous,
en faire de petits messieurs vaniteux, comme monsieur leur père, assis sur des fleurs de lis!

Et de quel droit ces aimables enfants seraient-ils
mieux vêtus que leur père? Et comment leur apprendre à vous obéir, si vous-même, enfant que vous
êtes, vous n'obéissez pas à votre père, à votre mère?
Et comment nourrir, mon général, votre femme, et
vous, mon pair de France, vos enfants? Je sais bien
que vous vous dites : — *Nous serons riches, bien riches!* mais, encore une fois, comment, par quels
travaux, par quelles vertus, par quels services se-
rez-vous riches? Croyez-vous qu'on trouve la fortune au coin des rues, comme des lambeaux de
vieux linge?... Au lieu de dire ainsi, sans savoir ce
que vous dites, dites plutôt : — *Nous serons des
hommes de talent et de cœur, nous serons vaillants
et honnêtes, d'abord; et puis, riches plus tard!*

Voilà ce qui s'appelle parler! la fortune est indé-
pendante de notre volonté; mais être honnêtes gens
et des hommes de mérite, voilà notre vrai bien, voilà
notre véritable gloire, enfin, voilà ce qui dépend de
nous seuls.

— Ah! disait le vieillard, s'échauffant par degrés, vous voulez être en vingt-quatre heures des généraux d'armée et des pairs de France, rien que cela! Et vous dédaignez toutes les autres professions; la profession de votre père, qui est un honnête imprimeur, et vous, la profession de votre mère, qui est une loyale marchande. Il faut à Murat, il faut au président Molé des hôtels, des jardins, des habits galonnés, et vous ne pensez pas qu'on puisse être heureux à moins de frais, dans quelque état plus modeste et non moins utile. Un saint prêtre, un brave soldat, un avocat éloquent, un médecin habile, un savant distingué, bagatelles!...

On vous proposerait de devenir d'honnêtes artisans, vous vous croiriez insultés, je parie. Oh! là! vous avez grand tort, mes chers seigneurs. Le plus noble état écrase qui le remplit mal; la profession la plus vulgaire anoblit qui la remplit bien. Quant à devenir, vous, l'empereur Napoléon, et vous, le pape Sixte-Quint, Dieu nous en préserve!... et vous aussi, mes enfants!

Ainsi parlait le sage vieillard. Sa voix était franche, il portait de beaux cheveux blancs; ses yeux étaient vifs encore. Nos deux petits ambitieux l'écoutaient avec tremblement, mais sans respect et sans attention. On voyait que cette leçon fatiguait leur orgueil; une leçon pénible à l'enfant ne lui profite pas. Les trouvant obstinés à ce point, l'inflexible vieillard, voulant avoir le dernier mot de leur orgueil :

— Mon général, dit-il au premier enfant, je vous avertis qu'avant de porter un riche uniforme, avant d'habiter l'opulente maison où vous êtes attendu par votre belle femme couverte de diamants, avant d'être l'empereur Napoléon, vous ferez bien de vous laver le visage et les mains tous les jours.

— Et vous, mon pair de France, dit-il à l'autre enfant, si tant vous tenez à votre illustre croix d'honneur, à votre hôtel de la rue de Rivoli, à messieurs vos enfants, le vicomte et le chevalier, couverts de broderies et de velours, il ne serait pas messéant de raccommoder votre veste de ratine; elle a un trou au coude, et deux boutons de moins.

Vous me direz, il est vrai, que le petit Bonaparte ne se lavait pas les mains tous les jours;

Et que le grand pape Sixte-Quint, en sa qualité de gardeur de pourceaux, n'avait pas des habits toujours tout neufs :

Mais l'un était Bonaparte, et l'autre était Sixte-Quint. Enfants, ils agissaient, ils ne rêvaient pas. Encore une fois, mes petits amis, montrez-vous les mains nettes et les habits raccommodés; vous chercherez vos couronnes plus tard.

La propreté est la moitié d'une vertu, dit saint Augustin.

L'ordre et la propreté, c'est la pairie des enfants, c'est le génie de ceux qui n'en ont pas.

Telle fut la leçon du vieillard. Je doute fort que les deux fils en question en aient profité; vous le voyez, c'étaient des enfants déjà bien avancés pour leur âge. Il n'y a que les sages, modestes et honnêtes enfants qui profitent d'une sage leçon.

BICÊTRE

Il y a des mots tout remplis d'épouvante et de
honte. Ils portent en eux-mêmes ténèbres, douleurs, supplices, châtiments, misères. On les répète
en frissonnant : *Bicêtre* est un de ces noms funestes.
Mais ne faut-il pas qu'un enfant courageux s'accou-
tume à contempler, de bonne heure, même les abîmes
et les gouffres ? Prenez garde aux vertiges ! Or, le
moyen de les éviter, c'est de sortir parfois des Élysées d'ici-bas.

Bicêtre est un vieux château qui date du XIIᵉ siècle ; il fut souvent pris et repris par les guerres,
jusqu'à Louis XIV, qui fit du château de Bicêtre un
hospice. C'était là qu'on enfermait les jeunes garçons, les petits malheureux mal guidés, et souvent
pervertis par l'exemple, que le vice et la pauvreté,
l'abandon, les mauvais penchants semblent vouer
aux crimes précoces.

Bientôt l'hospice à son tour devint prison. Figurez-vous une grande ville en proie à toutes les misères, à toutes les douleurs. La pitié! la charité! voilà les seules vertus qui pénètrent dans ces sombres murailles dont l'espérance est chassée! Il y a longtemps, quand nous étions des enfants, nos maîtres nous menaient promener dans l'avenue de cette maison où des rois ont laissé leur empreinte. A peine au bout de l'avenue, nous allions poser nos jeunes visages contre la barrière, et de là nous voyions, non sans effroi, toute cette population de prisonniers et de malades, chétive, hâlée, malsaine, abandonnée et si triste, et nous retournions, pleins d'effroi, auprès des maîtres qui nous gardaient.

Je me souviens de deux histoires très-simples qui me sont arrivées à l'avenue de Bicêtre; la première histoire se passe avec un vieillard, la seconde histoire avec un voleur; le vieillard et le voleur représentaient l'un et l'autre, en ce temps-là, la population de Bicêtre, à savoir : l'hospice et la prison.

Le vieillard était courbé vers la terre; il se promenait d'un pas chancelant au soleil; il était infirme et malade, il était encore plus triste que malade. Sa tristesse faisait mal à voir. On sentait que cet homme était seul au monde; il était sans passé et sans avenir, sans parents, sans famille, enfin sans espoir. Il s'était assis sur une pierre, exprès pour nous voir jouer, pour entendre au loin retentir nos gaietés juvéniles; on eût dit le mois des neiges, décembre, en contemplation d'avril.

— Hélas! je fus jeune aussi, plein de vie et de gaieté! se disait tout bas le vieillard.

Comme il nous vit bons enfants et dispos, le

vieillard s'en vint à nous, et, avec un sourire languissant mais aimable encore, il nous cita quelques
vers d'Horace, le poëte latin, le vieux poëte latin
que tout le monde sait par cœur. Horace, un philosophe de tous les temps, le consolateur de toutes
les infortunes. Ces vers d'Horace, un poëte heureux,
charmant, grand ami des élégances et des splendeurs de la cour d'Auguste, dans la bouche de ce
pauvre habitant de Bicêtre, nous frappèrent d'étonnement. C'en fut assez pour nous décider sur-le-
champ à aborder le vieillard; les vers latins qu'il
nous disait servaient de lien entre lui et nous; il
nous semblait que nous le connaissions depuis longtemps.

La conversation de cet homme était féconde et
variée. Il savait tout, il avait tout vu. Il avait beaucoup voyagé dans les pays lointains, beaucoup étudié ce qu'on appelait, de son temps, *le monde...*
un fantôme! Il était très-versé dans les belles-lettres, et nous, attentifs à l'écouter, nous étions à nous
demander comment cet homme instruit, savant,
parlant bien, était réduit à vivre, à Bicêtre, à l'abri
d'un brevet de pauvreté?

Puis quand il était descendu des hauteurs littéraires où il se perdait avec nous, il nous racontait
très-simplement toute sa triture d'hôpital. Hélas!
c'était là une triste existence, en toutes sortes de
privations! Un pain dur, un lit banal, entouré de
mourants et de morts! Pas une seule des douceurs
de la vie : un sourire, une grâce, une pitié, un gai
dîner avec de bons convives, cet aimable repos des
derniers jours, à peine il en avait souvenance...

Il ne tenait plus à la société des hommes; il appartenait à une vie uniforme, inerte, inutile; heureux encore, le vieillard, si parfois il rencontrait sur son chemin quelque promeneur bienveillant qui lui donnait une prise de tabac!

Puis, de ces récits d'hôpital il revenait aux histoires du beau monde; il nous racontait les réunions auxquelles il assistait il y avait un demi-siècle, les fêtes dont il avait été le héros, les joies de la vie oisive et riche; en même temps il relevait avec sa main, blanche encore, quelques mèches de cheveux gris qui paraient son front plein de rides et de soucis.

Nous étions là tous, muets devant cet homme; et non-seulement nous étions occupés à l'entendre, mais encore occupés à l'interroger de l'âme et du regard. Comment cela se faisait que ce vieillard qui parlait si bien, qui sentait son galant homme et qui avait vu tant de choses, habitât ces demeures du silence et de la résignation?

Il comprit nos impatients regards; il sentit qu'il nous devait une leçon salutaire en échange de la bienveillance que nous lui montrions. Cet homme avait un aveu à nous faire; on voyait que cet aveu lui était pénible, et que, s'il le faisait, c'était pour accomplir un devoir.

Il prit donc son parti lentement; mais sitôt qu'il fut résolu à tout nous dire, il baissa la voix, soit qu'il eût honte du récit qu'il allait faire, ou qu'il voulût nous voir une dernière fois plus rapprochés de lui.

— Mes enfants, dit-il, mes chers enfants, je vois

ce que vous allez me demander. Vous voulez savoir comment je suis ici, tombé dans ces abîmes où j'attends la mort, nourri par la charité publique, infortuné compagnon des voleurs et des assassins, habitant d'un hôpital, destiné à mourir dans un lit d'emprunt, sans que pas un me vienne en aide et me ferme les yeux; nu, seul, triste, hideux, livide, séparé de mes semblables, privé de tout, sans un enfant qui m'appelle son père! Vous voulez savoir pourquoi je suis à Bicêtre, attendant une mort sans consolation, sans respect?

En même temps son visage était horriblement contracté, son œil brillait à faire peur, ses mains se crispaient d'effroi et de repentir. Il jetait un horrible regard sur l'imposant Bicêtre, immobile et silencieux!

— Trop heureux encore, ajouta cet homme, d'avoir été recueilli dans ce lieu de désespoir. On m'eût trouvé mort de faim sur les grands chemins.

Ici il éleva la voix, comme s'il eût voulu s'emparer de toute notre attention!

— Écoutez-moi tous, ajouta-t-il; écoutez! Je suis à Bicêtre, parce que toute ma vie j'ai été un joueur!

Et il partit sans nous rien dire, la tête baissée, les maintes jointes, et nous, muets à la même place, nous nous regardions avec effroi, comme si nous étions le jouet d'un songe. Mais pas un de nous n'oublia jamais la figure et la leçon du vieillard, et depuis ce temps-là je n'ai jamais vu ce qui s'appelle un joueur, sans me rappeler cet hospice et ce cri de désolation : *Bicêtre!*

La seconde fois que je vis Bicêtre, je n'étais plus un enfant, je n'étais pas encore un homme. Je me trouvai un matin, de grand matin, dans le vaste espace de la prison. C'était par un beau jour de printemps, le soleil se levait à peine, dorant le ciel bleu de ses premiers rayons ; l'oiseau chantait déjà sa chanson matinale ; l'alouette au ciel s'élançait, flèche ailée et chantante du mois de mai. La belle journée et le joli printemps ! Ce fut par ce beau jour radieux, plein de fleurs et de chansons, qu'il me fallut entrer dans la cour de cette horrible prison... Tout un monde, où l'on blasphème, où l'on pleure ; un monde entier de châtiment ! La cour était pleine de voleurs, de faussaires, d'assassins, condamnés aux travaux forcés.

Ces malheureux, l'épouvante et le rebut des grandes cités, étaient à demi nus. Ils attendaient que le serrurier de la prison leur vînt river au cou un carcan de fer ; la plupart d'entre eux ne devaient quitter cette entrave infamante qu'avec la vie. A ce carcan se rattachent des chaînes, dont l'extrémité est à chaque pied du forçat. L'instant d'après, ces malheureux devaient partir pour le bagne. Et pourtant, dans ces abîmes sans nom, ils riaient, ils chantaient, ils faisaient mille plaisanteries horribles sur leur nouvelle parure. Aux extrémités de la cour, d'autres malheureux, condamnés à mort et qui n'avaient plus à espérer que l'échafaud, disaient adieu aux forçats qui partaient, et, pour leur rendre plaisanterie pour plaisanterie, ils riaient de l'échafaud comme les autres riaient du bagne ; ah ! l'affreux spectacle, et qu'ils sont horribles, grands dieux ! ces châtiments dont le criminel fait sa vanité, ces supplices publics sans pitié et sans remords !

Comme je vis que chacun pouvait parler à ces condamnés que le bagne attendait, et que chacun d'eux répondait assez poliment aux questions qui lui étaient faites, je demandai à quelques-uns pourquoi donc ils allaient au bagne.

L'un répondait en levant l'épaule qu'il avait volé avec effraction... Rien de plus.

L'autre avait apposé une fausse signature sur une lettre de change... et voilà tout son crime !

Un troisième avait frappé son ami d'un coup de couteau, dans un moment de colère... Il ne savait vraiment pas pourquoi son ami s'était fâché !

Bref, ils avaient tous commis un de ces crimes que la loi n'ose punir de mort ; et, comme ils étaient punis, comme ils étaient en prison, comme ils allaient partir pour le bagne, un enfer, on était plein d'indulgence pour ces hommes, on les regardait en pitié, on les plaignait, on était prêt à oublier les crimes qu'ils allaient expier si cruellement.

Tour à tour ils répondaient à nos questions, parfois même ils baissaient la tête et poussaient de gros soupirs... Soudain, et comme honteux de ce moment de vérité avec eux-mêmes, ils criaient, chantaient, hurlaient, blasphémaient, agitant leurs chaînes, digne accompagnement de toutes ces fureurs.

Dans le nombre des forçats, j'en vis un tout jeune encore et bien fait, dont les manières étaient distinguées, dont la voix était douce ; il souriait, de temps à autre, en homme intelligent et bien élevé.

Je fus curieux de savoir quel était son crime, et
j'étais déjà prêt à le plaindre de tout mon cœur.

— Je suis un lâche, un brigand, s'écriait ce misérable,... j'ai frappé ma mère!... et voilà pourquoi
je m'en vais là-bas dans le séjour des ténèbres, et
des grincements!

A ces mots, je fus anéanti. Les compagnons du
jeune forçat, l'entendant ainsi parler de sa mère, le
regardèrent avec horreur. C'étaient cependant, pour
la plupart, de vieux forçats endurcis dans le crime,
des scélérats consommés, mais ils avaient une mère;
et maudire ou frapper leur mère, c'était le seul
crime, et c'était le seul blasphème devant lequel ils
avaient reculé.

A ces causes, je me souviendrai toute ma vie de
Bicêtre. Une infâme prison, un triste hôpital! Bien
à plaindre est celui qui n'a d'autre asile que l'hôpital; misérable est celui qui n'a d'autre asile que
le bagne. Il y a une inscription toute faite pour Bicêtre, on la trouve écrite en lettres de feu à la porte
de l'Enfer : — *Vous qui entrez, laissez à la porte
un vain espoir!*

LES TROIS AMBITIEUX

LE CARDINAL, LE SECRÉTAIRE D'ÉTAT ET LE PREMIER MÉDECIN DU ROI.

C'était avant la Révolution française, à l'époque où la plupart des carrières étaient fermées à quiconque n'était pas né gentilhomme. Il y avait dans un petit village, et non loin de Paris, un joyeux cabaret où, d'ordinaire, s'arrêtaient tous les voyageurs à pied, qui venaient du Midi, contents de se reposer dans cette modeste hôtellerie. On eût dit que les nouveaux venus s'arrêtaient un instant, à ce seuil hospitalier, pour reprendre haleine, avant d'entrer dans Paris : Paris, la fascination, le mirage et l'enchantement ! Tout y vient, tout en sort; la honte et l'honneur, la misère et la fortune, la fidélité, la trahison, *la gloire !*

Par une belle matinée toute chantante et doucement épanouie du mois d'avril, un jeune homme de seize à dix-huit ans, le bel âge ! d'une haute taille,

d'un visage intelligent et fier, se présentait à la
porte du cabaret pour y prendre son repas du matin. Toute la personne du jeune voyageur respirait
la force et la santé. Son grand œil noir était plein
de feu; sa bouche souriait encore de ce premier
sourire de la jeunesse, heureuse et confiante! Ah!
sourire ingénu qui va s'amoindrissant, à mesure que
la vie augmente, et que le jeune homme devient un
homme.

— Or çà, disait-il à l'hôtesse, à déjeuner! Il y a
déjà quatre heures que je marche, et, tel que vous
me voyez, j'ai grand'soif, j'ai grand'faim.

Comme il achevait son dire, entra dans le même
cabaret un autre petit jeune homme d'une apparence
enfantine et moins robuste que le premier venu. Il
arrivait à pied, lui aussi, mais il semblait plus fatigué. Un frêle enfant! Il avait la voix et les mains
d'une jeune fille.

— Madame, dit-il, entrant d'une façon modeste,
voulez-vous me donner à déjeuner, s'il vous plaît;
j'ai bien faim?

A ces mots le grand jeune homme, le premier
venu, s'avançant d'un air cordial vers le jeune
voyageur :

— Monsieur, lui dit-il, si vous voulez, nous pren-
drons notre repas ensemble. — Vous êtes un voyageur comme moi; à pied comme moi; vous avez
faim, j'ai grand'faim; vous allez à Paris, j'y vais.
Mettons-nous donc tous deux à la même table; nous
payerons le même écot; nous boirons, vous à ma
santé, moi à la vôtre, et nous entrerons ensemble
à Paris; une fois à Paris, nous nous donnerons une

poignée de main, et chacun cherchera fortune de
son côté. Acceptez-vous?

Le petit jeune homme, avec sa même voix d'enfant, répondit modestement :

— Vous me faites beaucoup d'honneur, monsieur,
j'accepte avec grand plaisir.

Il y a dans la jeunesse un charme irrésistible.
On rencontre un jeune homme, et, quel qu'il soit,
on voudrait lui souffler du bonheur, comme au temps
des fées. Certes, l'hôtesse du cabaret était habituée
à recevoir bien des voyageurs ; elle les servait de
son mieux, chacun à son tour. Ce jour-là, les premiers qu'elle servit furent les deux jeunes gens à
pied ; un instant suffit pour dresser leur table à la
meilleure place, à la fenêtre qui donne sur la route ;
un instant suffit pour préparer leur repas : de gros
vin, du gros pain, une omelette au lard... et le reste.
Ils furent servis comme des rois : ils avaient pour
eux la plus belle des royautés, la jeunesse ! Royauté
sans égale, elle se transmet du père au fils; et le fils
ou le père, en ce bel héritage, n'ont rien à redouter
de l'usurpation.

Ils venaient de se mettre à table; ils portaient
leurs mains sur le plat fumant, et déjà leur pain
était coupé. déjà leurs verres étaient remplis, quand
tout à coup un troisième voyageur passa la tête par
la fenêtre, et se mit à les regarder. Ce troisième
était aussi un jeune homme à pied. C'était un grand
jeune homme élégant, bien fait, d'une figure imposante. Il était aussi loin de la pétulance du premier
venu, que de la timidité du second. Il avait déjà l'attitude et les pensées d'un homme.

Certes, il était beau. Quoi d'étrange ? On est toujours beau quand on a quinze ans, un front qui sait rougir, et sur ce noble front d'épais cheveux bruns ou blonds, qui descendent en boucles flottantes. Mais revenons à ce troisième voyageur.

— Mes amis, dit-il aux deux premiers qui étaient à table, êtes-vous donc si pressés ? et pourquoi ne pas attendre un pauvre diable comme moi, qui voyage et qui a faim ? M'est avis que je fais bien d'arriver à cette heure, il n'aurait guère été temps dans vingt minutes, et force m'eût été de me contenter des coquilles de cette magnifique omelette fumante, qui, Dieu me pardonne, sent, d'une lieue, une omelette au lard !

A peine il eut parlé que le grand jeune homme, en souriant, lui tendit la main et son verre par la fenêtre ; ce grand découplé prit le verre et la main ; il vida le verre, après quoi il lâcha la main de son nouveau compagnon, puis il entra dans l'auberge et se mit à table, à l'autre bout de la table : le petit jeune homme fluet était au milieu, très-étonné qu'on pût faire, et si vite, de si belles connaissances sur le grand chemin de Marseille à Paris.

Je vous laisse à penser si le repas fut fêté par ces trois jeunes gens, dont l'appétit était aiguisé autant par la conversation que par la marche qu'ils avaient faite, et par l'air vif du matin ! Le premier moment fut donc très-silencieux ; on n'entendait que le bruit du couteau et de la fourchette, un charmant duo auquel répondait le choc des verres. Il fallait les voir !

Le petit mangeait autant que les deux autres ; un observateur aurait pu facilement assurer que celui-là, malgré sa timidité apparente, saurait bien se faire sa part au grand soleil, dans le partage de la fortune et des honneurs.

Le repas fut court, comme tous les bons repas. Après déjeuner, on se remit en route; ils se rendaient à Paris tous les trois, ils suivaient le même chemin tous les trois. D'abord les deux plus forts voulurent ralentir leur pas, par déférence pour le plus faible; mais celui-ci leur eut bientôt démontré qu'il n'était pas homme à rester en chemin. Ainsi marchant, riant, parlant ou se taisant, ils allégèrent l'ennui du chemin.

Arrivés à la barrière de Paris, ils s'arrêtèrent d'un commun accord. Jusque-là la conversation avait été vive et légère, animée et plaisante, ce que peut être une conversation de bonne humeur entre trois jeunes gens bien disposés, qui font route par un beau jour de printemps; mais, arrivés là, ils devinrent, tous les trois ensemble, graves et pensifs. Le moment était venu de se séparer.

Ce fut encore le premier voyageur, le plus grand des trois, qui prit la parole :

— Moi, dit-il aux deux autres, je m'appelle Portal; je n'ai rien; j'arrive à Paris pour être membre de l'Académie des sciences, baron, professeur à l'École de médecine, millionnaire et premier médecin du roi.

— Moi, dit l'autre, avec un gros rire, je n'ai rien; j'arrive à Paris pour être avocat général, pair de France et commandeur de la Légion d'honneur.

Cela dit, ils attendirent la réponse du petit jeune homme ingénu, blond et fluet.

— Moi, dit-il, toujours avec sa douce voix et son air timide, oh! moi, messieurs, je ferai tout comme vous, violence à ma modestie. Avant qu'il soit vingt ans, j'aurai remplacé le père Bourdaloue dans sa chaire, le père Massillon dans son fauteuil à l'Académie, et, prince à mon tour de la sainte Église et ministre du roi, je porterai le chapeau de son Éminence le cardinal de Bernis.

En ce cas, dirent les deux autres en ôtant gravement leurs chapeaux, c'est à vous à passer le premier, monseigneur! Au même instant, les cloches de l'église voisine jetaient leurs volées sonores dans les airs.

Et ils entrèrent dans Paris.

Or, voyez ce que peuvent devenir, non pas des enfants hâbleurs, mais des hommes de courage et de mérite! Ces trois jeunes gens avaient dit vrai : ils arrivèrent aux plus hautes destinées. L'un fut l'abbé Maury, grand orateur, grand philosophe et défenseur du roi Louis XVI; il affronta l'émeute populaire au péril de sa vie : il est mort membre de l'Académie française et cardinal de l'Église romaine; il est mort chargé d'honneurs et de respects.

L'autre est devenu en effet le comte Treilhard. Le nom du comte de Treilhard appartient à notre histoire politique. Homme d'État et brave homme, il fut un exemple, une force, un conseil.

Enfin, le grand et joyeux jeune homme appelé Portal n'a pas manqué à sa vocation et à sa destinée, et même il a marché d'un meilleur pas, que ses deux confrères. Il devait être une des gloires de la médecine. Il fut le médecin des grands et des petits,

du riche et du pauvre. A la fin, tous les honneurs
de la science lui sont venus ; membre de l'Académie
et professeur, il était tout, excepté premier médecin
du roi. Il attendit bien longtemps.

Louis XVI, le roi de France, un martyr, quand
Portal n'était qu'un étudiant en médecine, mourut
sur l'échafaud. La République n'avait pas de médecin, l'empereur en avait un qui était son ami; d'ailleurs Portal n'avait pas dit qu'il serait médecin d'un
empereur, mais d'un roi.

D'un consentement unanime, il devint le premier
médecin du roi Louis XVIII.

J'ai entendu son oraison funèbre à l'Académie des
sciences, dont il était l'orgueil. Et cette anecdote
m'a si fort intéressé, que je l'ai retenue en ses
moindres détails, pour vous la raconter.

LA VIERGE AU LOGIS

Voici l'histoire d'un bon jeune homme qui, sans nul doute, remportera cette année tous les honneurs du Louvre. Je suis à la piste des jeunes succès ; je les aime ; ils ont le charme ; ils consolent les vaincus ; ils glorifient les vainqueurs ; ils sont un exemple, une espérance, un encouragement. L'émulation ! l'émulation !

Voici donc l'histoire de mon jeune homme : il s'appellera, s'il vous plaît, tout simplement Julien, du nom que lui donna sa vieille mère, dont il était l'espoir autrefois, dont il est l'orgueil aujourd'hui.

Il y a de cela déjà quinze ans ; un de nos peintres les plus célèbres vit entrer dans son école un jeune enfant, dont la tête bouclée et l'air timide, les yeux bleus et la petite blouse annonçaient plutôt une jeune petite fille ignorante, qu'un bon jeune garçon qui veut devenir un homme. Ce petit garçon avait entendu dire que le maître de cette école de peinture était le meilleur des humains, et, sans le connaître, et sans recommandation, l'enfant venait remettre sa destinée entre les mains de cet homme illustre.

Au moment où le petit Julien entra dans l'école, le maître était absent, et ses élèves profitaient de ce moment de liberté pour se livrer à leurs plus vives clameurs. Rien n'est hardi, goguenard, malin, aventureux comme un rapin. *Rapin* est le nom des plus jeunes gens qui apprennent à dessiner dans l'atelier des maîtres. Sans méchanceté, pour la plupart, mais vivant de malice et de mauvais tours. Ainsi, quand le petit Julien vint à tomber dans cette foule émeutée, ce fut une clameur étrange, un bruit insupportable, et maints quolibets, d'interminables moqueries.

On se rue autour de Julien, on le presse, on le regarde, on lui crie aux oreilles. L'un lui chante : — *Mademoiselle, voulez-vous danser?* L'autre lui coiffe la tête d'un bonnet de papier. Celui-ci, plus malin, lui barbouille son frais visage avec du vermillon, sous lequel paraissaient encore les belles couleurs de l'enfance. En un mot, dans toute cette foule, ce fut à qui dirait un mot goguenard au nouveau venu. — *Que veut monsieur?* — *Monsieur vient chercher son portrait tout fait? — Monsieur veut poser pour les Ajax et les Agamemnon? — Monsieur!* par-ci, *monsieur!* par-là. Il faut vous dire aussi qu'ils étaient tous ébouriffés, mal peignés, fort peu lavés, fort peu raccommodés. Apparence, habit, veste et culotte de chenapans.

Puis ils riaient! puis ils criaient! puis ils hurlaient!

Puis, tout d'un coup, une voix se fit entendre :
— A l'eau ! à l'eau ! le petit ! — Au baquet ! au baquet ! le petit ! — Et l'on vous prenait mon Julien
par les épaules, il circulait de main en main. Hélas !
qu'aurait dit sa pauvre bonne femme de mère, qui
l'avait si bien lavé, si bien peigné, si bien ajusté
dans sa petite blouse, à l'aspect de son Julien en
chapeau de papier, le visage barbouillé de rouge, et
sur le point d'être plongé, tout habillé, dans un immense baquet? Lui cependant, Julien, se laissait
faire. Il était de sang-froid, il n'avait pas peur. Il
s'abandonnait aux jeunes bandits qui le portaient;
il voulait être un peintre à tout prix, et se laissait
tranquillement jeter à l'eau, puisqu'il fallait commencer par là.

On ne saurait dire où se serait arrêté la clameur,
ce qui serait arrivé, à quel point ces rapins impitoyables auraient poussé la plaisanterie, si tout à
coup un profond silence n'eût succédé à ce bruit
formidable. Soudain les voix s'arrêtent, le bruit
cesse, et Julien reste suspendu sur les épaules des
deux plus grands de la bande... O bonheur ! c'est le
maître qui vient d'entrer.

Le maître était bon, mais sévère; il n'aimait guère
les jeux bruyants de ses élèves. Il arrivait donc
très-disposé à se fâcher, quand il aperçut la gro-
tesque figure du petit Julien, suspendu sur les épaules de ses compagnons. Mais à l'aspect de ce minois
peint en rouge, de ces yeux effarés, de cet imper-
turbable sang-froid, le maître se prit à rire, et s'approchant de l'enfant, il lui dit de sa plus douce
voix :

— D'où viens-tu, enfant? Ne vois-tu pas, pauvre agneau, que tu te jettes dans une troupe de loups dévorants?

En même temps Julien retombait sur ses pieds, et il répondit au maître qui l'interrogeait :

— Monsieur, dit-il, je suis un pauvre petit enfant, bien pauvre; ma mère n'a rien, et moi pas d'état, et je suis venu vous prier de me recevoir dans votre école.

— Mon fils, soyez le bienvenu; puis se retournant vers ses élèves : — *A vos places, messieurs!* Et chacun rentra dans le devoir.

Depuis ce jour, Julien fut le plus assidu de l'école. Il vit bientôt que ses terribles compagnons n'étaient pas si méchants qu'ils en avaient l'air; bien plus, ce fut à qui lui rendrait plus facile la carrière dans laquelle il venait d'entrer. Chers bonheurs de l'étude et de la jeunesse, il n'est rien qui vous vaille!

Être hardi, jeune, intelligent, courageux, laborieux, patient; avoir de l'âme et du cœur, telles sont les premières conditions de l'artiste. Notre ami Julien les eut toutes. Il commença d'abord lentement, étudiant la nature peu à peu, brin à brin, morceau par morceau; ne jugeant encore que les détails, afin de pouvoir saisir l'ensemble, un peu plus tard. Chaque jour était pour lui un progrès nouveau. Chaque jour la nature lui paraissait plus belle. Il était docile aux leçons de son maître, il l'était encore plus aux leçons de la nature; il l'étudiait sous toutes ses faces et sous tous ses aspects, et sous chaque rayon de soleil.

Bientôt il put retracer d'une main sûre les

hommes et les animaux, les plantes, les eaux, la
terre et le ciel. Ceci fait, il s'élevait à la reproduc-
tion des passions humaines; il finit par demander
aux grands maîtres la science de leur couleur.

Chaque jour il se promenait dans le musée éclatant de notre Louvre aux mille chefs-d'œuvre. Il con-
templait, dans une dévotion silencieuse, ces chefs-
d'œuvre arrivés de tous les points du monde. A
l'aspect de ces œuvres immortelles, le petit Julien
sentait en lui-même quelque chose qui lui disait :
Toi aussi, tu seras peintre à ton tour!

Dans les arts, le progrès est rapide, une fois qu'il
y a progrès. Le difficile est de bien commencer ;
le difficile est surtout d'obéir à une vocation bien
arrêtée. La vocation de Julien lui avait été révélée
par sa mère, lorsqu'il était encore un enfant. Sa mère
n'avait réservé de sa fortune passée qu'une belle
Vierge de l'école italienne, devant laquelle, chaque
matin, elle apprenait à son fils à prier Dieu et la
Vierge. Cette madone était si belle, ses mains jointes
étaient si blanches, son regard baissé était si doux,
que l'enfant, peu à peu, à force de voir sa madone,
et de lui adresser ses prières, s'était accoutumé à
l'aimer comme une seconde mère.

Par ce moyen, Julien avait appris de bonne heure
à ressentir la toute-puissance de la forme et de la
couleur sur les âmes humaines. Il aimait donc cette
belle tête de Vierge avec l'amour d'un petit enfant,
en attendant qu'il l'aimât comme un artiste ; et voilà
ce qui l'avait poussé à l'école de peinture. Un jour
d'hiver qu'il avait froid et faim chez sa mère, un de
ces longs jours tout sombres, sans pain et sans feu,

Julien vit entrer en leur petit logis un homme d'une mauvaise figure; cet homme alla tout droit au tableau de la sainte Vierge, seul ornement de cette pauvre demeure; il prit le tableau entre ses deux mains, sans respect, puis, s'approchant de la fenêtre, il le regarda longtemps avec attention; cela fait, l'homme se tourna vers la mère de Julien, et, d'une voix qui fit tressaillir l'enfant :

— *Ce tableau vaut bien dix louis*, lui dit-il, les voulez-vous?

La mère hésitait. Son fils avait faim, mais la Vierge était si belle! — O mère! dit Julien, ne la vends pas! Elle nous a bénis si souvent... ne la vends pas. — Vingt louis! disait l'homme. — Et Julien continuait à prier pour la Vierge. — Eh bien! va pour cinquante. Et la mère et l'enfant, dans un transport unanime, arrachèrent la Vierge des mains du brocanteur !

On eût dit que la Vierge était devenue une protectrice à tant de misère. A force de sourire à Julien, elle lui inspira ce goût excellent pour la poésie et les beaux-arts; à force de la contempler, le matin à son réveil, le soir à son coucher, il devina le secret de cette couleur exquise et de ces formes divines.

— Où vas-tu chercher tes modèles, mon petit Julien? disait souvent M. Gros à son disciple. Où donc as-tu rencontré le *bleu* de ces yeux charmants, le *blond* de ces cheveux pleins de soleil? Julien ne savait que répondre. Il oubliait la Vierge, hôte assidue et charmante de l'humble logis; et quand enfin se leva le grand jour de l'exposition, sous les voûtes du

Louvre, aux mêmes lieux où brillent d'une éternelle splendeur Raphaël, Léonard de Vinci, Carrache et Murillo... la *Vierge* de Julien, calme et sereine, un pied sur l'abîme et le regard dans le ciel, attira soudain toutes les âmes et tous les cœurs.

— Honneur à Julien! disait l'école. — Ah! mon enfant, reprenait M. Gros, tu es un maître!

Et les plus grands peintres de s'étonner qu'un enfant eût déjà pénétré si profondément les mystères de leur art.

C'était la *Vierge* du petit Julien! c'était le chef-d'œuvre inconnu, c'était la bénédiction de Notre-Dame des Arts, c'était une peinture de Raphaël qui avait accompli ces miracles, élevé ce grand artiste, et glorifié cette humble maison!

L'ASILE

Hélas! ne sentez-vous pas le vent qui souffle en hurlant? La bise est rude aux pauvres gens, le froid jette ici, là-bas, partout, son manteau de glace; et vous, enfants, entourés de tant de soins et de tant d'amour, vous ne vous doutez pas que, tout près de vous, là-haut peut-être, au dernier étage de la maison que vous habitez, une famille indigente manque de pain et de feu; là-haut peut-être une pauvre mère, obligée de sortir de chez elle pour gagner, du travail de ses mains, le pain de sa famille, se trouve embarrassée de ses enfants.

Qu'en fera-t-elle, tout le long du jour? Les pauvres petits! qui donc en prendra soin, si elle les abandonne? Elle n'a personne au logis pour garder sa famille, pas de vieille grand'mère à qui confier ses enfants, pas une bonne voisine qui les surveille. Le pauvre, ici, loge avec le pauvre, et, dans ces tristes maisons de l'indigence, chaque locataire est obligé de gagner sa vie au jour le jour, heure par

heure. Hélas! que de mères, chassées de leur
humble logis par le travail, l'impérieux travail, et
retenues par leurs enfants, leurs tout petits enfants,
se sont vues dans la cruelle nécessité ou de mourir de faim, ou d'abandonner leur petite famille; oh!
cruelle alternative! ah! misère ineffable!

Encore si l'enfant pouvait rester seul. C'est un petit être imprévoyant et sans force qu'on ne saurait
abandonner à lui-même. Il a besoin d'un œil vigilant
qui veille sur lui; d'un sourire attentif qui l'encourage quand il fait bien, ou d'un regard sévère qui
l'arrête. Laissez un enfant tout seul, il se perd. Tout
seul, l'enfant devient morose, il est plus triste qu'un
orphelin, il dort quand sa mère obéit au travail, et
le lendemain, quand sa mère revient du travail, il
dort encore. D'ailleurs, ceci est écrit dans l'Évangile : *Il n'est pas bon que l'homme soit seul,...* à plus
forte raison, l'enfant.

Mais comment venir au secours de cette pauvre
mère qui ne peut pas rester chez elle, et qui ne peut
pas emmener avec elle son fils ou sa fille? Comment
venir au secours des enfants du pauvre, qui chez
eux n'ont ni feu, ni pain; personne pour les aimer,
les instruire et les secourir, tant que dure le jour?
Rassurez-vous, enfants, la charité est ingénieuse;
la bienfaisance est une bonne gardienne du pauvre.
C'est la bienfaisance, et c'est la charité qui ont inventé, pour les enfants des pauvres gens, des *salles
d'asile*. Apprenez tout de suite à protéger ces petits
orphelins de la journée, heureux de retrouver leur
mère chaque soir.

Dans chaque arrondissement, dans chaque ville,

chaque village, on assigne aux petits enfants qui
n'ont pas de maison à eux, une maison sinon riche,
au moins bien close et bien tiède en hiver, éclairée
en été, saine en tout temps. Cette maison est un véritable élysée aux yeux de pauvres enfants, habitués à toutes les obscurités de ces tristes prisons :
des galetas, sous les tuiles, en des rues étroites et
malsaines.

Chaque asile est gouverné par un vieil invalide,
un bonhomme, aimant les enfants comme il aime son
chien caniche, ou par quelque bonne femme agile,
alerte, douce et vive, qui devient ainsi la mère de
tous les petits pauvres de son hameau.

Tous les matins, le père qui va travailler dans
les champs tout le jour, la mère qui suit son mari
dans la campagne, conduisent leur enfant à la salle
d'asile. En ce doux lieu, le petit enfant dit adieu à
sa mère pour tout le jour, en même temps il entre
dans sa maison, dans son palais. La maison est
toute prête à recevoir son petit seigneur et maître.
Il entre : il se trouve au milieu de petits enfants
comme lui. Déjà la société commence pour ces enfants qui étaient destinés à vivre à l'abandon l'un
de l'autre... Ils se regardent, ils s'entendent; bientôt ils sont amis, ils mettent en commun leur pauvre
misère, ils partagent le déjeuner frugal, ils réalisent
cette charmante parole de Charlet : *Je te donne de
quoi que j'ai, tu me donneras de quoi que t'as!*

Et là, dans cet asile éclairé des plus douces lueurs,
ces enfants, si pauvres le matin, riches à présent,
n'ont plus qu'à se laisser être heureux. Ils jouent,
ils chantent, ils se font des niches de tout genre; ils

entourent la bonne femme qui leur sert de mère, et qui leur raconte les belles histoires qu'elle a retenues. Pendant ce temps, le père et la mère, tranquilles sur le sort de leur petit, travaillent de toutes leurs forces, heureux de penser que l'enfant s'amuse, qu'il grandit au milieu des soins, qu'il a chaud, et qu'il fait ses quatre repas.

La salle d'asile, c'est la chaleur en hiver, l'ombre en été. Il y a bien peu d'asiles qui n'aient au-devant de leur porte quelque bel arbre à la tête touffue, un beau tilleul chargé de fleurs pour ombrager les enfants, et pour les couvrir de ses épais rameaux. Grâce à ces touchantes institutions, l'enfant du pauvre, à son tour, connaît le printemps en fleur; il respire, il chante, il grandit, il s'anime comme tous les autres enfants; il ne sait pas ce que c'est que la misère; il a de l'air, des fleurs, du soleil, l'espace et des amis.

La misère est horrible! Imposée à l'enfance, elle est presque une impiété. Si vous saviez la misère et la servitude! Un jour je passais par hasard devant le Palais de justice, immense palais, aussi grand qu'un village, et tout rempli du bruit, du mouvement, de la majesté des lois! Là se débattent toutes les fortunes grandes et petites; là on plaide, et souvent à la même heure, pour la valeur d'un petit écu, et pour la tête d'un homme. Le jour dont je vous parle, dans une des salles du Palais de justice, au milieu de voleurs, d'escrocs, de faussaires, de biographes, et autres rebuts de la société, une pauvre petite fille blonde attendait que son tour fût venu d'être jugée et condamnée.

Figurez-vous la plus jolie enfant du monde! un
sourire! une grâce vermeille, et si jolie! On ne s'a-
percevait pas que sa robe, d'un jaune sale, une
pauvre robe d'été, dans cet hiver si rude, était per-
cée en plusieurs endroits; ses souliers, trop grands
pour ses petits pieds, prenaient l'eau de toutes parts;
son mauvais chapeau de paille tenait à peine sur sa
tête si mignonne; avec cela c'était une petite fille
humble et triste, d'une voix si douce et d'un regard
si calme!

Elle faisait certes un charmant contraste avec les
horribles bandits assis sur le banc d'infamie! im-
mondes, horribles, affreux! Ces malheureux, sans
le vouloir et peut-être sans le savoir, ils regardaient
la pauvre enfant, avec je ne sais quel regard de pitié
inexprimable. Ces hommes sans foi ni loi, sans feu
ni lieu, se demandaient entre eux ce qu'avait donc
fait cette innocente petite fille, pour être traînée,
comme eux-mêmes étaient traînés, devant le juge
assis sur son terrible tribunal?

Quand les juges furent à leur place, on fit approcher la pauvre enfant, et M. le président du tribunal (il était père!), de sa plus douce voix, et comme
s'il parlait à son propre enfant, demandait à la petite
accusée son nom et son âge.

Elle répondit modestement, mais sans trouble,
qu'elle s'appelait Marie, comme la sainte Vierge;
qu'elle ne savait pas son âge; qu'elle était la fille
d'une femme bien pauvre, bien pauvre, et que sa
mère l'avait abandonnée en pleurant, dans une rue
toute pleine de monde — sa mère lui avait dit de
l'attendre... Ah oui! elle n'était pas revenue. — Elle

avait pleuré. — Elle avait eu faim, — puis sommeil, et comme la nuit était venue, la petite Marie s'était blottie derrière une borne, et là elle s'était endormie ; et tout d'un coup elle avait été réveillée par des soldats, qui l'avaient portée en prison. Voilà ce que la jeune enfant racontait à ses juges, et les juges étaient tristes, en l'écoutant.

Plus vous grandirez, et plus vous verrez que souvent les plus grands services rendus à l'humanité lui sont rendus par les plus petits moyens. Le premier qui dressa un lit pour le malade sans asile a fait une action plus grande et plus utile que les rois inconnus qui ont élevé les pyramides d'Égypte, montagnes factices, vains tombeaux qui n'ont pas même gardé le cadavre de leurs fondateurs. La fontaine, dans la route poudreuse, qui jette un clair filet d'eau au voyageur altéré, est souvent un plus grand bienfait, que ces fastueux monuments de marbre, incrustés de lettres d'or. Il ne suffit pas de faire le bien, il faut encore le savoir faire, et le faire à propos, sans faste, sans vanité, simplement.

Ainsi la première fondation des salles d'asile est une des institutions les plus utiles et les moins coûteuses que la charité ait imaginées. Élever un hospice aux vieillards dont la vie est usée et qui ne savent où mourir, est une idée touchante ; ouvrir un asile à l'enfance qui ne sait où grandir, l'idée est à la fois utile et pieuse. Au vieillard plein d'années, dont la tâche est accomplie, accordons le repos ! Mais l'enfant, c'est le printemps de l'année ; il est l'avenir du monde, et le monde lui doit toute sa sollicitude et tout son appui.

Cependant les juges étaient fort embarrassés. C'est la loi! Il n'est pas permis, même au plus petit enfant, même au plus pauvre, de n'avoir pas de domicile. On peut marcher dans la rue, et s'y arrêter, tant que dure le jour; la nuit venue, on ne peut pas se coucher dans la rue pour y passer la nuit, même dans les plus belles et les plus douces nuits de l'été. La petite Marie était donc, sans le savoir, en contravention avec la loi. Par le crime et par l'abandon de sa propre mère, elle appartenait à la justice... elle était *coupable!* Elle encourait une peine! et ses juges, interprètes des lois, cherchaient un moyen de sauvegarder cette enfant. Comment faire, hélas? La rejeter dans la rue, ou la condamner à vivre en quelque prison... c'était impossible également.

Tout à coup une bonne vieille femme, d'un honnête visage, et proprement vêtue, à l'air très-doux et très-calme, sort de la foule, et s'avançant vers les juges, elle leur parle ainsi :

— Mes bons messieurs, leur dit-elle, puisque la petite n'a pas de mère, ce serait horrible de l'enfermer; ce n'est pas la faute de l'enfant. Donnez-la-moi, donnez-la-moi; je serai sa mère, elle sera ma fille. Je m'appelle Marie Bouard... elle s'appellera Marie Bouard comme moi, n'est-ce pas, ma petite Marie? Je lui apprendrai à prier Dieu, à lire, à filer, à coudre et tout ce que je sais. Donnez-la-moi, donnez-la-moi, pour ma fille.

« Tenez, mes bons messieurs, j'aime beaucoup les enfants; j'en ai plus de vingt que j'aime, que j'habille, que je chauffe, que je conduis à la promenade chaque jour. Un enfant de plus ou de moins, qu'importe? C'est si peu de chose à nourrir ! »

Ainsi parla cette bonne femme ; la petite Marie l'entendant parler ainsi, se jeta dans ses bras en versant des larmes et en l'appelant — *maman ! maman !*

Nous étions tous attendris, juges et auditeurs. Le président du tribunal ordonna sur-le-champ que la petite Marie suivrait sa mère adoptive, Marie Bouard.

Marie Bouard était une pauvre femme ; elle avait inventé, dans sa charité, la salle d'asile. A force d'avoir vu des enfants, elle avait appris à les aimer.

LOUIS BRUNE, LE SAUVETEUR.

J'allai voir l'autre jour la mère de Paul; la mère était absente, l'enfant était à la maison. Paul est un charmant espiègle, aux cheveux noirs, mais cependant pas assez noirs pour qu'on ne s'aperçoive pas que l'enfant a été blond. Son père est un soldat; il a élevé son enfant dans une passion turbulente pour la guerre et pour la gloire des armes, si bien que le *major* Paul est déjà un véritable héros, ne rêvant plus que victoires et conquêtes.

Ce jour-là, Paul était encore plus belliqueux que de coutume : il était en hussard, veste rouge et pantalon blanc; le *boa* de sa mère lui servait de corde à fourrage, un vieux chapeau de bal, surmonté de son aigrette blanche, était devenu une formidable coiffure militaire; de sa main droite l'enfant brandissait un couteau d'ivoire qu'il avait pris au milieu d'un livre nouveau, coupé à moitié; enfin, pour compléter la charge guerrière, l'enfant s'était dessiné, avec du bouchon brûlé, une paire abominable des plus majestueuses moustaches qui aient jamais noirci la lèvre d'un vieux colonel de la vieille garde.

Au moment où j'entrai dans le salon, le terrible Paul, général en chef d'une armée plus nombreuse que les sables du désert, venait de prendre d'assaut la ville impériale, et la ville sainte, Moscou! — Un fauteuil à bras représentait le Kremlin; sur ce fauteuil, notre *généralissime* avait arboré son drapeau... le mouchoir rouge que sa mère avait roulé, le matin même, autour du cou de son enfant.

L'enfant, tout animé de son triomphe et debout au milieu du fauteuil, pardon!... du Kremlin, était possédé du démon de la conquête; sa taille était plus haute, son visage était plus animé, son regard plus fier; il était vraiment dans une noble attitude.

— Ah! victoire! — m'écriai-je en saluant profondément le vainqueur, — salut à votre majesté, maître du monde! — En même temps, je mis un genou en terre, et j'offris au terrible général les clefs de la ville qu'il venait de conquérir... une paire de ciseaux, posée à plat sur un écran.

Ce joli petit garçon a, pour le moins, autant d'esprit que de courage; il comprit fort bien mon innocente ironie; les armes lui tombèrent des mains: il tenta d'effacer sa moustache absente sur la manche de son *dolman*,... il ne fit que délayer sa moustache; en même temps il descendit du fauteuil et du Kremlin, puis il me dit, avec un petit sourire ingénu :

— Bon! ce sera pour quand je serai grand!

Il y avait je ne sais quoi de charmant dans la résignation de ce noble enfant.

— Allons, lui dis-je, — à la guerre, comme à la guerre! Et ne sommes-nous pas bons amis? Faut-il se fâcher pour une plaisanterie? Quand tu seras grand, mon ami Paul, tu comprendras que la vie humaine n'est pas faite uniquement pour prendre des villes, gagner des batailles et tuer des hommes... si tu le voulais bien, tu pourrais le comprendre et tout de suite!... Le veux-tu?

En m'entendant parler ainsi, l'enfant ouvrait de grands yeux : il ne pouvait se figurer qu'il y eût, dans le monde, une autre gloire que la gloire militaire, une autre renommée que la renommée gagnée à la pointe de l'épée! Il était comme les vieux soldats que vous mèneriez en vain aux plus beaux concerts, ils préfèrent le bruit du canon à la voix de Mademoiselle Grisi; à l'orchestre de l'Opéra, le bruit du tambour.

Quand il eut quelque peu médité sur ma proposition, l'enfant reporta les yeux sur moi, comme pour me demander la démonstration de mon opinion pacifique? Je fus embarrassé tout d'abord; ces preuves illustres en faveur du courage civil sont en grand nombre dans notre France guerrière, et nous n'avons que l'embarras du choix.

Mais je voulais un héros contemporain, un héroïsme accepté et tout récent. Tout à point, je me souvins d'une excellente renommée et d'un héros du courage civil, dont la ville de Rouen se glorifie à si bon droit.

— Écoute ! — dis-je à Paul, — vois-tu, au coin
de la rue, cet homme assis sur ses crochets? cet
homme est mal vêtu, il est aux ordres du premier
qui passe ; au caprice, au besoin du premier venu;
il va d'un bout de la ville à l'autre, par la pluie et
par la boue, par le vent et par le froid. Pour un
mince salaire... il va! Mets ton pied sur la sellette
de cet homme, et cet homme, humblement courbé,
nettoyera ta chaussure comme fait, chaque matin,
le valet de chambre de ta mère.

Eh bien! que dirais-tu si l'on te prouvait qu'un
pareil homme, en cette humble condition, et sans en
sortir, peut être aussi honoré, aussi honorable et
couvert de gloire que ton père lui-même, ton père
général, quand il va passer la revue au Champ-de-
Mars, à côté du prince royal?

J'avoue, à ces mots, qu'une vive rougeur montait
au visage de l'enfant; moi, sans m'inquiéter de
son étonnement :

— Oui, — repris-je, — et que dirais-tu si ton
père lui-même s'honorait de l'amitié d'un pareil
homme, s'il lui donnait la main en plein jour, et
si, voyant à sa boutonnière cette croix d'honneur
que ton père a gagnée dans les batailles, ton père
appelait ce commissionnaire : — *mon camarade!*
Encore une fois, que dirais-tu?

— Je dirais, — reprit l'enfant, — je dirais.....
Mais vous me faites là un conte de kalender borgne,
un conte à dormir debout.

— Je te raconte une histoire d'hier. Écoute-la,
fais-en ton profit; apprends de bonne heure, qu'il
y a de la gloire pour tous, et pour chacun, en ce

bas monde ; il ne s'agit que de savoir où se tient la gloire, et de la mériter.

La célèbre capitale de la Normandie, Rouen, possède un pauvre commissionnaire, plus pauvre à coup sûr que celui que tu vois à ta porte. Il a nom Louis Brune, et de bonne heure, en se promenant sur les bords de la Seine, il s'est dit à lui-même : Je suis pauvre, ignorant, inconnu : il faut pourtant que je sois utile à mes semblables ! Et de même que tout à l'heure, tu rêvais de conquêtes, de villes prises d'assaut, d'hommes égorgés, de soldats morts sous la mitraille, lui, encore enfant, il rêvait qu'il sauvait la vie à des enfants comme lui, et qu'il arrachait aux flots irrités, des pères de famille sur le point d'être engloutis.

Bientôt son rêve ardent d'humanité prit une forme hardie, éclatante. Pour commencer sa tâche, il sauve un jeune garçon qui se noyait ; il le sauva au péril de ses jours ; il le ramène à sa mère qui allait mourir de douleur, il fut couvert de ses larmes de reconnaissance et d'amour maternel ; il comprit alors toutes les douceurs de la gloire. Et toi, mon enfant, tout à l'heure, en ton rêve triomphant, tu n'avais que le bruit ou l'éclat.

De ce jour, Louis Brune (il ne faut pas oublier ce nom là) comprit qu'il était vraiment un homme, et qu'il avait en effet une noble tâche à remplir : Sauver des hommes ! Il faut te dire aussi qu'à l'endroit qu'il avait choisi, pour exercer son dévoûment, le fleuve est large, insensé, profond, rapide, impitoyable ; qu'il faut longtemps lui disputer sa proie, et que vraiment un grand courage ne suffirait pas pour chercher un homme au fond de cet abîme ; il faut encore une grande vigueur, et beaucoup de sang-froid.

Louis Brune, quand il eut fait son apprentissage, ne pensa plus qu'à la mission qu'il s'était donnée. Il devint le gardien de ce rivage dangereux; il se fit le bon ange de ces eaux terribles. A peine avait-il gagné le pain de chaque jour, qu'en toute hâte il retournait à son poste, l'œil fixé sur les flots. Que de fois il prévint de grands malheurs! et que de fois il arrachait à la mort, des nageurs imprudents, des matelots intrépides qui jouaient avec le danger!

Il a sauvé ainsi, comprends-tu cela, mon capitaine? il a sauvé vingt personnes dans sa vie; il a été la providence visible de ces hommes qui criaient : *Sauvez-nous, nous périssons!* Il a sauvé l'enfant, il a sauvé le vieillard, il a tiré le matelot du naufrage; il a tiré de l'eau profonde le curieux qui prenait la Seine de Rouen, pour la Seine de Paris. A chaque désastre, à chaque accident, on l'a trouvé partout, la nuit, le jour, sentinelle vigilante, attentive, et ne reculant devant aucune tempête.

Un jour, même, une barque traversait la rivière à la voile; dans cette barque entièrement livrée au vent qui tourbillonne, étaient des jeunes écrivains venus de Paris; tout à coup leur esquif chavire, un de ces jeunes hommes est englouti par le fleuve, et nul ne peut le sauver... c'est que Louis Brune n'était pas là!

Peu à peu, à force de sauver des hommes et de cacher son courage, Louis Brune vit son nom répété avec honneur parmi le peuple; le peuple est amoureux de tous les genres d'héroïsme; il est bon connaisseur en fait de gloire, et comme, à tout prendre, c'est lui qui donne la gloire aux glorieux, on peut et l'on doit s'en rapporter à la voix du peuple, aussitôt qu'il désigne un homme à l'admiration de tous.

Tout d'un coup donc, et sans qu'il y songeât, Louis Brune se vit entouré de respect et de sympathie. Son nom fut prononcé avec attendrissement, avec enthousiasme; on se montrait les hommes qu'il avait sauvés; on se disait les dangers qu'il avait courus. Aussitôt la foule s'ouvrait devant Louis Brune. Sur le port, la foule bénissait Louis Brune. Un étranger, à peine arrivé dans cette vieille cité normande, toute remplie de monuments gothiques et de précieux souvenirs, demandait à saluer Louis Brune.

La ville de Rouen était plus fière de Louis Brune que de sa cathédrale, et la ville de Rouen avait raison; le plus magnifique monument de pierre ou de marbre ne vaut pas une vertu vivante, agissante et donnant à tous le noble exemple de l'abnégation et du dévouement.

Bientôt, l'heure arriva, pour ce héros, de la récompense et des honneurs. C'est la toute-puissance de la vraie gloire, elle force même les rois à s'occuper d'elle. On se mit donc à récompenser Louis Brune, comme ces vertus-là veulent être récompensées, par l'honneur. A chaque homme que sauvait *le Sauveteur*, on lui donnait une médaille. A la fin, quand il fut arrivé à son vingtième haut fait, comme on n'avait plus de médailles à lui donner, le roi envoya à Louis Brune la croix d'honneur. Et crois-moi, mon enfant, c'est une croix bien gagnée.

On l'a dit depuis longtemps, le courage civil est
l'égal de toutes les vertus guerrières. S'il est parfois
glorieux de tuer les hommes, il vaut cent fois mieux
les sauver.

Peut-être vas-tu penser que Louis Brune ainsi
couvert d'honneurs, entouré de reconnaissance et
de respect, voulut prendre au moins quelque repos,
comme fait le capitaine revenu de la guerre, qui
suspend à la muraille sa terrible épée, et s'assied au
foyer domestique pour se reposer désormais jusqu'à la mort... Il est des héroïsmes qui ne connais-
sent pas de relâche. Tel était l'héroïsme de Louis
Brune. Ces nouveaux honneurs ne firent que l'animer davantage à bien faire. Il resta ce qu'il était,
l'homme qui veille au salut de tous. La rivière était
son champ d'honneur. A la nuit tombante, Louis
Brune sortait de sa maison, il interrogeait la rivière.
Si l'orage était au loin, grondant et menaçant...
Sus! sus! Louis Brune, aux premiers bruits du
fleuve irrité, s'élançait de son lit; il prêtait l'oreille
aux bruits de l'orage : il ne pensait guère qu'à la
mission qu'il s'était imposée, et cependant il restait
pauvre : son travail avait augmenté, non son salaire;
il avait une femme, il avait une fille, il avait sa vieille
mère à nourrir... Avant tout, il avait les naufragés
à sauver!

Un jour d'hiver, — ce rude hiver qui n'est pas
encore à sa fin, et dont tu n'as guère pu te douter,
mon enfant, dans cette maison tiède et sous l'abri
bienveillant de ta mère, Louis Brune habitait dans
une humble cabane, bien triste et bien malheureux,
bien pauvre. Ah! la misère impitoyable! Elle ne res-

pecte ni la vertu, ni le talent, ni la gloire! Ou plutôt, on dirait que de préférence, elle s'attache à ces seuls respectés, et qu'elle se plaît à courber sous son joug de fer les têtes les plus hautes.

Donc, un jour du rude hiver, le pauvre Louis Brune était près du lit de sa vieille mère qui se mourait. Sous ce toit glorieux la misère était grande; un plancher tout nu, un lit sans rideaux, un feu... mais peut-on appeler un feu ce quelque chose incertain et frileux qui vacille dans l'âtre? — Pas de bouillon dans cette tasse de terre. Hélas! le grand Corneille, né à Rouen comme Louis Brune, n'avait pas de bouillon, lorsqu'il est mort.

Louis veillait sur sa mère avec le courage du héros, la résignation du chrétien. De tous les hommes qu'il avait sauvés, pas un n'était là pour le secourir. Ce sauveur qui avait rendu tant d'enfants à leurs mères... il n'y avait pas une de ces mères qui pensât que madame Brune allait mourir. Cependant le vent soufflait au dehors, la neige à grand bruit fouettait les vitres, l'hiver assiégeait cette maison désolée; l'hiver et les maladies! — Louis Brune, sa femme et sa fille s'entre-regardaient en silence. Dans son lit, la vieille mère se mourait lentement, sans se plaindre; elle tendait parfois sa main tremblante, pour toucher la main de son fils.

Tout à coup, Louis Brune est tiré de son muet désespoir par un grand cri qu'il croit entendre. Un long cri de misère, de désespoir, d'agonie! — Eh! que de fois, il a entendu crier ainsi! Mais que faire? O ciel! Sa mère est là qui se meurt, et qui lui tend les bras! Pourtant, il y a là-bas des misérables qui

l'appellent; il n'hésite plus. — Adieu, ma mère!
Et sa mère en le bénissant, le vit partir, contente de
l'héroïsme de son fils.

Or, voici ce qui était arrivé. Sur la rivière gelée,
toute la ville, oui toute la ville heureuse, riche, et
qui change en plaisir même le froid, avait porté sa
fête et son loisir. Le traîneau, le patin, tenaient tout
ce peuple attentif. Ils se réjouissaient sur cette glace;
ils étaient tout fiers de traverser, à pied sec, cette
rivière immobile. Donc, sur ce fleuve glacé, chacun
se livrait à sa joie. On buvait, on mangeait; les légers patineurs traçaient, autour des belles prome-
neuses, mille cercles fantastiques, quand tout à
coup, ô désastre! un mouvement terrible se fait
sentir sous les pieds de cette foule épouvantée.

Un abîme entr'ouvert menaçait ces hommes si
légers, ces beautés si légères. La peur arrive, et les
prend, âmes et corps. Sauve qui peut! En fuyant, ils
se hâtent, éperdus, sur le rivage implacable. Ah!
Dieu soit loué, la glace résiste encore assez pour que
tout ce peuple enfin touche la terre!...

Hélas! quelle misère!

Au moment où tout ce monde était sauvé, au
fond du gouffre ont disparu un homme et une
femme! Et voilà pourquoi la ville avait poussé ce
grand cri qui avait frappé Louis Brune, et l'avait
arraché du lit de sa mère expirante.

Il avait deviné tous ces malheurs avec un merveilleux instinct; il était accouru, il s'était penché
sur cette glace croulante, il avait étudié cette eau
profonde, il avait prêté l'oreille pour savoir de quel
côté se perdaient les deux victimes?

En même temps il s'était précipité dans l'abîme, et sous cette croûte solide qui pouvait l'écraser bientôt de ses éclats, dans cette obscurité profonde, il avait nagé au hasard. Cependant la rivière, protégée par un manteau de glace, fuyait au loin, du côté de l'Océan, charriant sa proie, et sans redouter que Louis Brune vint la lui ravir.

A la fin, quand chacun disait : *Il est perdu!* le sauveteur dans sa course a senti... je ne sais quelle épave inerte...; il s'en empare, il remonte hardiment le courant, il retrouve la lucarne de glace; il s'accroche, d'une main vaillante, aux glaçons, de l'autre main il attire à soi une femme évanouie, mourante, mais sauvée. On bat des mains, on reconnaît Louis Brune, et le voilà de nouveau qui revient vainqueur de la mort. La ville entière se félicite..., un homme seul sera perdu!

Louis Brune, heureusement, ne cède pas si vite à la mort. Après avoir déposé son précieux fardeau, il va pour se précipiter de nouveau. En vain on le veut retenir, il est faible, il est blessé, ses membres sont roidis par le froid, il court à une mort certaine... Rien n'y fait : le voilà une seconde fois dans l'abîme; il plonge, il replonge, il revient sur le bord du gouffre, il respire, et de nouveau se précipite!

Ah! tu comprends, mon enfant, quel grand péril! Nager sous la glace, en cette obscurité, sans air, à tâtons, à deux mains chercher un homme, un cadavre! — Ainsi a fait Louis Brune... A l'instant où il mourait enseveli dans son triomphe, ô bonheur! il trouvait l'homme!... Et voilà que ses forces lui reviennent : il redouble alors de courage, et la Providence, encore une fois, le ramène à la douce lumière du jour !

On crut d'abord que Louis Brune était mort. Il se releva bientôt. — On lui jette un manteau sur les épaules, alors il se souvient qu'il avait laissé sa mère à l'agonie!... Or, maintenant qu'il avait sauvé deux personnes, il voulait revoir sa mère ; il voulait lui raconter, avant qu'elle expirât, ce nouveau bonheur de son fils. — Le malheureux, il arriva trop tard! Sa mère était morte! hélas! morte de froid, peut-être. Mais que Louis Brune se console, en ne le voyant pas à ses côtés, sa mère aura deviné sans peine où était son fils.

Et sa mère heureuse et fière a rendu en paix son dernier soupir!

Cette nouvelle action de Louis Brune ayant eu pour témoin la ville entière, il advint que la ville, enfin, s'inquiéta de l'avenir de ce citoyen admirable. Elle ne voulut pas le voir plus longtemps exposé à cette misère impie. On se réunit donc à l'Hôtel-de-Ville, et il fut arrêté d'une voix unanime que Louis Brune serait désormais l'hôte de la ville où naquit le grand Corneille. Oui, Brune! on te bâtira sur ce pont terrible une maisonnette, et de ta maison, de ton lit même, tu verras ce flot qui monte! Une plainte... aussitôt tu l'entendras. Une créature qui se noie... en un clin d'œil, l'été, l'hiver, par le grand froid, par le grand soleil, tu la sauveras. Voici ta maison! voici ton domaine, et ton fleuve, et ton rivage. Ainsi, jadis à Lacédémone, les vainqueurs des jeux olympiques vivaient aux frais des citoyens.

En même temps, la ville de Rouen adoptait comme sa fille, la fille de Louis Brune.

Ainsi, maintenant, dis-moi, Paul, es-tu bien convaincu que la gloire civile est pour le moins l'égale de la gloire guerrière, et qu'on peut être un grand citoyen sous l'habit grossier du manœuvre, aussi bien que sous l'uniforme brodé du général?

A ces mots, sans répondre, l'enfant sortit de l'appartement, les larmes aux yeux... l'instant d'après, il revint à moi d'un pas léger. Il avait quitté son uniforme, il avait lavé ses moustaches; le petit lion guerrier était redevenu un simple bourgeois.

— Mon ami, — me dit-il, — je veux m'appeler Paul-Louis. Paul, en l'honneur de mon père, et Louis, en l'honneur de Louis Brune, le héros.

Quatre ou cinq ans après le récit que je viens de faire, il y eût, au mois de décembre, une grande tempête. On entendait (de si loin) l'Océan gronder. Le fleuve était sombre, et se lamentait : Brune, éveillé, prêtait l'oreille... il croit entendre un gémissement, il se lève, il se précipite... On le trouva mort, le lendemain, au pied de la petite maison que la ville avait élevée *au Sauveteur*.

L'ENFANT GOURMÉ

Le *pédantisme* est un défaut de l'esprit! Le pédant est un sot, qui sait mal ce qu'il sait. Un enfant pédant est le plus insupportable des pédants! C'est si beau, l'enfance! Elle a tant de charme! Et c'est si joli l'enfant ingénu!

Hélas! pourtant, que nous en avons vus, de ces pauvres malheureux enfants qui s'efforçaient d'être des hommes, avant le temps! Leur pauvre petit cerveau avait été brouillé de bonne heure, par de folles et incomplètes notions. De bonne heure, ils s'étaient jetés dans des études trop fortes pour leur esprit : on avait visé à en faire des prodiges, ils étaient devenus des pédants tout de suite, parce que rien n'est facile comme d'être un pédant. A ce propos, je veux vous faire l'histoire d'un jeune enfant bien né, bien leste et très-joli, un vrai fils de *la Poule blan-*

che ! Il était gai, content, de bonne humeur, facile
à vivre... Il donnait les plus belles espérances!...

Bonté du ciel! cet infortuné, pour avoir joué au
savant pendant son enfance est devenu, aujourd'hui
qu'il a vingt ans, une espèce d'imbécile qui chante
l'italien, qui fait de mauvaises tragédies, et des ro-
mans en vingt tomes. Il est sérieux, triste et bête,
et toujours habillé à la dernière mode! O misère!
Monsieur le pédant, sa jeunesse est occupée à faire
des visites, à dire des riens; il monte à cheval! Il
parcourt de long en large le boulevard. En sa qualité
d'homme sérieux, Monsieur a sa migraine; il tousse!
il fume! il est poitrinaire! il chanterait volontiers :
« fatal oracle d'Épidaure, tu l'as dit : les feuilles des
bois, à mes yeux, jauniront encore, mais c'est pour
la dernière fois. » Ah! fi de ces inutiles! de ces élé-
giaques! de ces esprits trop précoces! Fi des faiseurs
de prose, et des faiseurs de vers.

Monsieur Ernest, à sept ans, avait déjà l'air d'un
homme, et se moquait de son cousin le petit Jules,
qui portait une veste ronde, une collerette, et jouait
aux barres et au cerceau en véritable écolier. Or, ce
qu'il faut avant tout à l'enfant, ce n'est pas la science
et ce n'est pas la tête, c'est un bon cœur, ce sont les
jeux violents qui développent le corps; la science et
l'esprit viennent après, quand l'enfant se porte bien,
et qu'il a fait une bonne action.

Il n'en fut pas ainsi pour Ernest, l'enfant pédant.
Ernest dédaignait les enfants de son âge; on lui pro-
posait une partie de barres, il s'excusait sur ce
qu'il n'avait pas encore lu son *Constitutionnel*. Il es-
sayait de pitoyables calembours, et comme on avait

ri de ses ridicules saillies, ses prétentions ne tardèrent pas à dégénérer en importance.

A neuf ans, pauvre enfant! Ernest était déjà un prodige..., un fléau, pour tous les amis de son père et de sa mère. Il se lançait à l'étourdie au milieu des conversations les plus graves. Parlait-on géographie? il partait pour *Tombouctou*; s'il était question d'histoire, il citait sa tragédie avec ce nom là : « Frédégonde! » A table, on n'entendait qu'Ernest. Une pauvre femme de chambre faisait-elle, en parlant, une faute de français, elle était vivement réprimandée par Ernest; la cuisinière apportait son mémoire, Ernest riait aux éclats de l'orthographie de la cuisinière; Ernest était le fléau des amis et des domestiques de la maison.

Ce n'est pas tout; les travers de l'esprit sont dangereux parce qu'ils deviennent, plus tard, les vices du cœur. Voyez un enfant qui n'est qu'un enfant! il est riant! épanoui! il est abandonné à l'heure présente, il est tout au vent; il joue, il rit, il crie, il s'emporte; il est bon, il est naïf, il est vrai; il aime, il est aimant, il est reconnaissant, il recherche l'amitié et non pas la louange; il ne flatte pas, pour être flatté; tout le monde est à lui, parce qu'il est à tout le monde. Heureux et noble enfant! il ne ressemble pas mal à ce joyeux chien qui saute, aboie, et ne sait pas donner la patte, mais qui est brave, dévoué, fidèle, et se fera tuer pour son maître au premier appel.

Tout au rebours l'enfant pédant. Celui-là est posé, peu bruyant, compassé; il rougirait de s'amuser, de rire comme font les enfants de son âge.

Les autres enfants sont couverts d'une blouse ; leur cou est à nu, une large collerette blanche retombe sur leurs épaules, et leurs cheveux bouclés sur leur collerette ; leur pied tient à l'aise dans un petit soulier ; ils vont nu-tête, ils vont au hasard ; tout au rebours l'enfant pédant. L'enfant pédant porte un habit, un gilet, un pantalon, un chapeau de monsieur. Il dit : *mon tailleur !* il dit : *mon chemisier !* que dis-je ? Il a des bottes à talons, des éperons ; la voix grave, l'air posé ; il porte un mouchoir *parfumé !* On lui frise les cheveux, et il se met de la pommade ; il porte des gants et une canne ; vu par derrière, vous prendriez l'enfant pédant pour un *vétéran de la fatuité.* Quand il passe, les enfants le regardent d'un air ébahi, comme on regarde une curiosité de la foire, et les grandes personnes le montrent au doigt.

Ainsi était le petit Ernest. A dix ans, il allait déjà à tous les bals de sa mère, et c'était chose amusante de le voir, ces jours-là. Il entrait, le chapeau sous le bras, il saluait les danseuses ; il offrait la main ; il faisait danser les plus grandes dames, dédaignant les jolies petites filles de son âge ; il allait gravement, *en avant deux,* la tête roide, il avait si grand peur de déranger sa cravate ! La contredanse finie, il reconduisait sa danseuse à sa place, après avoir jeté un coup d'œil sur la glace.

Ernest se mêlait aux hommes, il écoutait sérieusement les conversations les plus graves. En littérature, il protégeait Lamartine. En peinture, il admirait M. Gros. En musique, il admettait Rossini. La politique même ne l'effrayait pas ; un jour, tout un salon éclata de rire, l'entendant parler de la charte et de l'article 14. A dix ans, cet enfant pédant, vivant dans les salons où l'on cause, et forçant son esprit à l'intelligence de choses futiles, était déjà un enfant perdu.

Il grandit ainsi, trois ans en avant de ses camarades, jusqu'au jour où ses camarades, laissant la première enfance pour les études de la jeunesse, se mirent à étudier sérieusement. Soudain les rôles changèrent. Vous concevez que ces dignes enfants, qui ont goûté à tant de bonheur, éprouvé toutes les joies de l'enfance, se trouvent merveilleusement disposés à l'étude, aussitôt que le temps de l'étude est venu.

Alors leur esprit tout neuf s'éveille; leur intelligence ouverte en son temps court en avant; leur mémoire, tenue fraîche, retient tout ce qu'on lui confie! Eh! l'ardeur de connaître, le besoin de savoir, l'émulation, la santé du corps, l'innocence de l'âme, la naïveté du cœur, tout concourt à faire de ces honnêtes enfants, bientôt des étudiants consciencieux et d'honnêtes gens. Ajoutez une sûre méthode, une instruction logique allant toujours du connu à l'inconnu; le juste orgueil que donne une connaissance acquise..., autant de motifs pour que les progrès ne s'arrêtent pas. Leur jeunesse a gagné ce que leur enfance n'a pas perdu.

Tout au rebours l'enfant pédant. Il s'est dépouillé de son enfance, sans profit pour sa jeunesse. Il a voulu sauter à pieds joints sur le plus bel âge de la vie; hélas! et son enfance, qu'il a dédaignée à neuf ans, il la retrouvera à cinquante ans. Mais, à neuf ans, c'était une enfance charmante, aimable, aimée; à cinquante ans, elle sera triste et ridicule.

Quant aux études de cet enfant pédant, mal dirigé, elles porteront des fruits sans saveur. Pour n'avoir pas commencé par le commencement, il ne saura jamais le prix de la science; il restera dans un triste milieu, qui n'est ni la science ni l'ignorance; il aura été le plus savant et le plus spirituel des enfants, il sera le plus ignorant et le plus enfant des hommes faits. Que de malheurs, pour avoir renoncé au plus bel âge de la vie!

Telle est l'histoire du jeune Ernest. Il savait à la fois, algèbre et géographie, arithmétique, orthographe, histoire; il savait tout cela bien avant ses camarades; ses camarades jouaient encore au cerceau qu'il touchait déjà du piano; déjà, de si bonne heure, hélas! de trop bonne heure, il dessinait à l'aquarelle, il récitait déjà des vers, il dansait déjà des contredanses.

Eh bien, ses camarades ont tous fait leur chemin : l'École polytechnique, l'Université, le barreau, en sont fiers aujourd'hui; l'un est devenu un grand musicien, l'autre a remporté le prix de Rome, un troisième est un grand poëte; un dernier enfin, par ses grâces sans façon, par les saillies de son esprit, et son ironie sans malice, est devenu, à défaut de mieux, le roi et le charme de la belle compagnie.

M. Ernest est resté ce qu'il était : M. Ernest de onze ans, qui sait la géographie, l'histoire, le piano, la danse, le dessin, qui sait tout, qui ne sait rien, qui n'est rien, pas même un jeune homme. A l'heure qu'il est, à force de l'avoir vu dans les salons de bonne heure, les jeunes belles demoiselles ne veulent pas même danser avec monsieur Ernest;... elles disent qu'il est trop vieux.

Somme toute, Ernest est un pédant. Il eût tant réussi avec un peu de grâce et de simplicité!

L'ENFANT DU MYSTÈRE.

L'ENFANT DU MYSTÈRE

L'histoire a ses mystères, et des mystères inexplicables. C'est bientôt dit : *la nuit des temps!* mais où commence, où finit *cette nuit des temps?* Je vais vous dire, à ce propos, l'incroyable et trèsvéridique histoire d'un enfant qui n'a jamais eu d'enfance, qui s'est trouvé tout d'un coup un homme, et qui est mort à l'instant où il venait enfin de comprendre qu'il était une créature humaine.

Il y a de cela trente ans. En Allemagne, dans une vieille et savante cité qui s'appelle Nuremberg; il était midi, c'était l'été, un jour de fête, et tous les habitants se tenaient sur leurs portes, dans leurs habits des dimanches. Tout à coup, au milieu de la grand'rue, on aperçut un pauvre jeune homme qui marchait en chancelant. Son teint était pâle et blême, son œil était baissé vers la terre et à demi fermé, comme s'il eût été offensé par la clarté du soleil; sa démarche était indécise, et si pénible,

4

qu'on aurait pu croire qu'il était pris de vin, s'il n'eût pas été si défait et si pâle. Après quelques pas dans la rue, ce malheureux jeune homme tomba brusquement, en poussant de petits cris de douleur et d'effroi.

Aussitôt les bons habitants de Nuremberg, tout émus, se précipitent sur le pauvre inconnu. On le relève, on s'empresse autour de lui, on l'interroge ; pas de réponse ! Il ne savait que répéter ce petit cri plaintif, qu'il avait fait entendre en tombant. Comme on le voyait tout blême, on lui offrit à manger et à boire... il ne voulut boire que de l'eau, et manger que du pain ; le reste lui faisait horreur.

Quand il eut bu et mangé, on voulut le jeter sur un lit ; il s'étendit sur la pierre froide et nue où il s'endormit, toujours en poussant son petit grognement de douleur.

Quel était ce jeune homme ? et d'où venait cette débile enfance ? que venait-il faire en ce monde où personne ne le connaissait ? Mère absente et nourrice inconnue ? Enfin, par quelle suite d'abandon et de malheurs ne savait-il pas marcher, parler, voir, entendre, se nourrir; dormir dans un lit, prier Dieu, regarder le soleil ?... Voilà ce que se demandaient entre eux les habitants de Nuremberg.

Les magistrats, mêlés aux citoyens, les membres de l'académie, les philosophes, les prêtres, toute la ville, en un mot, rendirent visite à l'inconnu. Lui cependant dormait toujours. On trouva dans sa poche un papier, sur lequel étaient écrits les renseignements que voici :

« Je m'appelle Gaspard Hauser. J'ai dix-huit ans ;

je sors aujourd'hui, pour la première fois, de chez
mon père nourricier ; je n'appartiens à personne ;
je n'ai jamais eu ni père ni mère, et je n'ai jamais
vu le soleil. Prenez pitié de moi. »

Or, ces renseignements n'étaient que trop exacts.
Le malheureux jeune homme étendu là sur la
pierre, n'était pas même un enfant. A dix-huit ans,
à l'âge où d'ordinaire l'esprit se développe, où
l'âme s'éveille, où l'avenir grandit et paraît dans
toute sa gloire, Gaspard Hauser était moins avancé
que le plus petit enfant qui vient de quitter le sein
de sa nourrice. Oui, cela vous étonne, un simple
enfant qui court sur le gazon, qui regarde le soleil,
qui tend les bras à l'arbre verdoyant, qui sourit à
la chèvre errante, un simple enfant qui dit : *bonjour!* et *bonsoir!* et qui dit : *j'ai faim!* est plus
avancé mille fois, que ne l'était notre malheureux
inconnu, Gaspard Hauser.

Enfants que vous êtes et qui vous croyez ignorants et si faibles, que de choses vous savez, à six
ans, qu'il ne savait pas à dix-huit ans ! Que votre
enfance est savante, comparée à sa jeunesse. Les
plus pauvres d'entre vous ont appris la vie en venant au monde. Vous avez appris, de bonne heure,
à reconnaître vos parents, vos amis, le chien de la
maison, votre maison. Vous savez votre nom de bap-
tême et le nom de votre famille ; vous savez distinguer la nuit du jour ; le fruit de la fleur ; la ville
de la campagne ; l'air pur de l'air malsain ; l'eau du
vin ; le pain de la viande ; le flot qui coule en jasant,
du ciel où courent les nuages ; la voix de l'homme,
du chant de l'oiseau ; vous reconnaissez le bêlement

du mouton et le hennissement du cheval. Enfants bien nés, vous êtes les maîtres de vos cinq sens, vous avez le toucher, la vue, et l'ouïe, et le langage. Vous avez des mots, des noms, des sons pour exprimer vos idées ; vous percevez des couleurs, vous écoutez des bruits, vous êtes gais, vous êtes tristes, vous avez, en petit, tous les sentiments, tous les goûts, toutes les amitiés des hommes ; oh! que de sciences vous possédez, sans que vos âmes elles-mêmes s'en doutent!... Il en était tout autrement de Gaspard Hauser.

Il avait été élevé dans une prison où le jour ne venait pas, ni le bruit ; il y avait été élevé tout seul ; il n'avait entendu personne, il n'avait vu personne. Pas une idée ne lui était venue du monde extérieur. Il avait bu de l'eau, il avait mangé du pain ; il avait fermé les yeux pour dormir, il les avait ouverts quand il s'était réveillé ; voilà tout.

Pour lui, il n'y avait ici-bas nuit ni jour, clarté ni ténèbres, froid ni chaud, faim ni soif, haine, amitié, beau soleil ou pâle clarté de la lune !

Il échappe à l'étoile resplendissante, au vert printemps, au tiède été qui mûrit les fruits, à l'automne envahissant qui fait jaillir le vin dans les cuves ; il échappe à l'hiver qui jette en tous lieux, partout, son manteau de neige et de frimas.

Il n'y avait rien eu pour lui, rien, pas même ce qui ne manque à personne en ce monde, pas même les baisers d'une mère. Il était né tout seul, il avait vécu tout engourdi ; à dix-huit ans, il ne savait point parler, entendre, voir, s'endormir, s'éveiller, réfléchir, courir, marcher.

Oh! de quelles sensations profondes et douloureuses il fut assailli, le pauvre jeune homme, le
jour où la porte de son cachot s'ouvrit, pour la première fois! Ce matin-là il vit une forme... un rêve
qui s'avança vers lui; cette forme, que Gaspard ne
connaissait pas (il ne s'était jamais vu lui-même),
c'était un homme! L'homme avança vers Gaspard
qui était couché; il le fit lever, il l'habilla; ses habits lui firent mal. A peine il avait fait ses premiers
pas, que ses pieds lui firent mal. Alors, cet homme
de dix-huit ans eut bien de la peine à se tenir debout, sur deux jambes, et à garder son équilibre; il
serait tombé, s'il n'avait eu ses deux mains pour le
soutenir.

A peine il se tint debout, que son geôlier le conduisit hors de sa prison, les yeux bandés. Combien
de temps il fut entraîné? il ne pouvait le dire, il
n'avait aucune idée de temps ni de lieu. Il se laissa
donc aller ainsi au mouvement, sans même savoir ce
que c'était que le mouvement. Tout à coup, le ban-
deau qui couvrait ses yeux tomba, et le malheureux Gaspard se trouva seul, au milieu d'une ville,
en plein soleil, marchant au hasard, lui qui n'avait
jamais vu un filet de lumière, et qui vivait toujours
couché! Ainsi, à dix-huit ans, Gaspard Hauser n'était
pourtant qu'un nouveau-né. Sans les hommes qui
le relevèrent et vinrent à son secours, il serait mort
à la place où il était tombé.

Cette position d'un homme-enfant est peut-être
unique dans l'histoire du monde. A dix-huit ans, ne
rien savoir, c'est bien étrange! Vous avez entendu
parler d'hommes sauvages, trouvés dans les bois,

4.

c'est une chose bien contre nature aussi, un homme
sauvage, mais il n'y a pas d'homme à ce point sauvage, qu'il ne connaisse au moins son père et sa
mère, et ne distingue son ami de son ennemi. Il
n'y a pas d'homme à ce point privé de sentiments
et de ressources visibles, qui ne sache soi-même
se suffire, attaquer ou se défendre.

Au fond de l'âme, il sait distinguer ce qui est
bien de ce qui est mal. Au contraire, ce pauvre
jeune homme, étendu sur la terre, sans connaissance du bien et du mal, ne sachant pas distinguer
un homme d'un autre homme,... une plante, au soleil, cherchant à vivre, en sait plus long que ce mal
venu!

Vous avez lu, vous savez par cœur *Robinson
Crusoé*, ce poëme, où l'on voit un homme, abandonné à ses propres forces, sur une île déserte, et
forcé de se suffire à soi-même? En son isolement, ce
vaillant Robinson vous a fait comprendre, mieux que
tout ce qu'on aurait pu vous dire, de quelle ressource infinie un homme est aux hommes, et comment un être, le plus insignifiant de la création,
concourt au bonheur de tous; enfin, que c'est une loi
de la société civile de s'aider et de se secourir.

Certes la position de Robinson Crusoé, dans son
île, est une position unique. Il se désespère, il revient à lui, il travaille, il médite, il se souvient de ce
qu'il a vu faire, quand il était au milieu des popu-
leuses cités.

La position de Gaspard Hauser, entrant tout à
coup dans le monde, est autrement étrange que la
position de Robinson Crusoé. Gaspard Hauser, lui

aussi, a fait naufrage, mais c'est un naufrage moral.
Lui aussi il eut à combattre contre un grand isole-
ment, mais un isolement au milieu des hommes!
D'un jour à l'autre, l'exil de Robinson Crusoé peut
finir, un vaisseau peut toucher l'île; son compagnon
Vendredi arrive enfin avant le vaisseau libérateur;
il n'y a pas de hasard possible qui puisse rendre
Gaspard Hauser à la société de ses semblables.

Il faut qu'il marche au pas, vers le monde qui lui
est ouvert;... il ne sait pas marcher; il faut qu'il
apprenne à écouter ce monde qui lui parle, il faut
qu'il apprenne à le voir.

S'il compte sur les oreilles et sur les yeux de son
corps pour le voir et pour l'entendre, ce monde, pour
lequel ses sens sont hébétés à jamais, ce monde
entier lui échappe!... Il est en plein désordre, il
reste en pleine confusion. Comment se conduire
en ces ténèbres? De ces abîmes, comment donc se
tirer?

Il fut un sujet d'étude pour tous les penseurs de
Nuremberg, et Dieu sait que c'était là un phénomène assez difficile à comprendre. Il restait habi-
tuellement anéanti, insensible, demi-mort à tout ce
qui réveille et touche les hommes, mais cette stupeur n'était pas la stupidité. Ni le bruit, ni le
mouvement, ni la diversité de spectacle ne le ti-
raient de cet engourdissement. Rien ne vivait en
lui.

Une chose intéressante fut bientôt reconnue : Gaspard n'avait pas été plus disgracié par la nature que
le vulgaire des hommes, et l'absence de toute in-
fluence expliquait seule sa manière d'être. Il vivait

dans un étourdissement plein d'angoisses. La lumière, au lieu de l'animer et de le distraire, agissait sur lui comme par masse; il en était heurté, ébranlé, hors de lui. Son œil discernait tout dans la nuit la plus profonde. Une toile d'araignée, que vous n'eussiez pas distinguée en plein jour, était vue de Gaspard dans l'obscurité la plus profonde.

Il en aurait compté les moindres fils, indiqué l'épaisseur, si la parole et la pensée avaient accompagné en lui l'impression physique. Dans le jour, il semblait perdre la vue. Frappé à la fois de tous les rayons, il était accablé d'un ensemble dont les détails lui échappaient. Il voyait tout, quand il fallait voir quelque chose. Il s'y perdait, il n'en pouvait plus, il demandait grâce au soleil!

Son ouïe n'était pas aussi parfaite que sa vue. On ne s'en était pas douté, tout d'abord. Assourdi par des sons de toute nature, il avait entendu, comme n'entendant pas. Autour de lui on parlait, l'on marchait, on produisait mille sortes de bruits. Rien n'y faisait.

C'est qu'il n'avait pas vécu parmi les hommes. Il ignorait la valeur des sons. Il distinguait difficilement le pas d'un homme qui marche, du claquement des mains; il aurait pris la voix humaine pour le sifflement du vent.

Pendant longtemps il agit comme un homme frappé de surdité. La finesse extrême de son ouïe changeait pour lui l'effet du son, comme la délicatesse de son œil dénaturait l'impression de la lumière. L'impuissance où il était de démêler les sons les lui rendait tous égaux.

Occupé comme un enfant de deux ans avec un jouet, il restait insensible au bavardage des curieux, au fracas de toute espèce ; en vain pour essayer de le distraire, on le voulut accoutumer à la musique, au son des cloches, au bruit du tambour, à tout ce qui était bruit au dehors de lui.

Sa rare indifférence pour les merveilles du monde visible en relevait le prix pour ceux qui les goûtaient.

Sa physionomie était vraiment le miroir de son indicible état. Son regard était vague, et, quand il se fixait quelque peu, l'expression manquait à ses yeux limpides ; ce n'était rien qui arrivât de l'âme et rien qui marquât un désir, une passion, une volonté. Il regardait à peine... Il ne voyait pas !

En vain exposiez-vous, à cette vue inerte, un bel objet, une bonne figure, ou de fraîches couleurs... Ces yeux, même éveillés, restaient endormis.

C'était un grave et triste spectacle. Un homme au milieu des hommes, étranger à ses semblables, indifférent à leurs avantages, ignorant ce qui lui manque, et, dans cette impuissance de les comprendre, ne s'apercevant même pas qu'il est, à son tour, une énigme.

Il excitait, cependant, plus que de la curiosité. Quelque faculté qu'on étudiât en lui, on ne pouvait accuser la nature, on penchait même à croire qu'elle l'avait libéralement pourvu. Mais l'isolement avait presque tout annulé.

L'apparition de Gaspard au milieu des hommes était une nouveauté, une chose impossible, un mystère plein d'intérêt. Mais après ce plaisir banal, qui,

en fait de raretés, s'accommode à la fois de ce qu'il
y a de plus gai et de plus triste, à condition que ce
soit une rareté, il devait se faire quelque chose de
mieux que des questions, sur l'état de Gaspard.

Il s'agissait d'en faire un homme.

Pendant plusieurs mois, Gaspard resta plongé
dans son enfance. Sa vie était toute physique. Parfois il tombait dans une sorte de rêverie à demi
intellectuelle, à demi animale, quand ses organes
recevaient quelque impression.

On pense bien qu'il n'était pas laissé à lui-même.
C'était à qui éveillerait son engourdissement. La
plupart de ces efforts étaient inutiles; par moments,
Gaspard semblait vouloir vivre, à toute force. Mais
son intelligence retombait bientôt sur elle-même.
Impuissante à percer sa propre nuit, elle n'en venait
pas même à souffrir de ce malheur.

Gaspard n'était qu'une ébauche divine; il fallait
qu'il fût entre les mains de l'homme pour développer ses qualités originelles, aussi bien que pour
en reconnaître l'existence. Admirable prévoyance
de la nature! En donnant à l'homme tout ce qui fait
sa prééminence dans la création, pensée, parole,
maintien royal; en lui faisant le cœur assez vaste
pour contenir tour à tour et le ciel et l'enfer, elle
n'a pas voulu que tout cela fût à part; elle a mis,
pour condition à sa grandeur, une alliance, sous
mille formes, avec l'humanité tout entière.

N'a-t-il pas mêlé sa vie à la vie universelle? n'a-
t-il pas pleuré sur vos douleurs? n'a-t-il pas en-
fanté ses idées dans votre âme ou laissé naître les
vôtres dans la sienne?

Avec vous, avec nous, il s'est assis près d'un berceau, il s'est incliné vers une tombe, il a déployé en gestes, en attitudes, en mouvements incompréhensibles, la grandeur, la multiplicité divine, l'harmonie qu'il porte dans son enveloppe mortelle.

Quand Gaspard sortit intact des tentatives qu'on fit pour le former, et que l'on se fut décidé à en rester là, le pauvre jeune homme parut condamné à vivre et à mourir dans sa stupidité. Bien des gens l'abandonnèrent à son nuage. On avait fait tant de gentillesses, on avait mis tant d'esprit dans cette affaire; femmes, enfants, savants, s'étaient donné tant de peine pour mener cette éducation à bonnes fins... Bref, il resta convenu que Gaspard ne serait jamais que ce qu'il était.

Heureusement tout le monde ne fut pas si zélé, ni si habile. Parmi les observateurs, il se trouva des gens qui ne se piquaient de rien, pas même de réussir mieux que les autres. Ils firent plus que d'essayer; ils attendirent. Au lieu de fatiguer Gaspard, ils s'efforcèrent de le comprendre.

Une famille respectable, par une sorte d'adoption plus profonde que celle d'un enfant, se chargea de ce triste inconnu. Il y avait, comme on voit, en cet abandonné, non-seulement un être faible à protéger, un orphelin à entourer de parents, un enfant dont il fallait faire un homme, mais encore une nature rebelle à soumettre. Il fallait vaincre ce bonheur négatif et pourtant obstiné avec lequel Gaspard retombait dans la nullité de son état... A le voir si malheureux de cette bienveillance, on comprenait tout le crime de ses anciens persécuteurs.

On ne maudit qu'à moitié le mal qu'on n'a pas à guérir.

D'abord on remarqua en lui, comme dans les enfants, son goût pour les objets brillants. Un jouet qu'il aimait beaucoup donna lieu à de précieuses observations. C'était un cheval de carton : toutes ses pensées, tous ses soins se concentraient sur ce joujou. Aux transports, aux larmes, aux caresses de Gaspard, quand on le lui présenta, on reconnut qu'il y attachait des souvenirs. On sut plus tard que dans sa longue détention un objet de ce genre s'était trouvé sous sa main, et que c'était le seul être qu'il eût compté pour quelque chose.

Dans la bouche de Gaspard, le mot *cheval* exprimait à peu près tout; c'était sa pensée fixe, son affection, sa vie. Incapable de s'occuper d'autre chose, il devait passer à de nouvelles idées, à des connaissances certaines, en suivant le cours de cette sorte d'amitié.

Les personnes chargées de l'introduire dans la vie humaine reconnurent que, pour le tirer de cette immobilité de sensations, il fallait y trouver le germe des nôtres. Elles sentirent que Gaspard, à l'exemple de tout homme, n'atteindrait un point qu'en partant du point où il se trouvait. En un mot, loin d'apporter à cette âme tout ce que la leur possédait, elles crurent qu'il fallait se laisser éclairer, guider, redresser par les indications imparfaites, et pourtant les seules vraies, que Gaspard donnerait à son insu.

Cette discrétion fut récompensée : on vit bientôt que Gaspard, appartenant corps et âme à son joujou, étendait déjà le domaine de ses propres facultés en parcourant les rapports qui naissaient de celui-là.

Gaspard recevait des cadeaux de tout le monde ; c'étaient des chevaux comme le sien, des papiers coloriés, des soldats de plomb et mille bagatelles de ce genre. Absorbé dans la contemplation de son cheval, il les considérait comme dépendances de ce premier objet ; et, par un progrès naturel, il en venait à les disposer autour de lui. L'idée de l'ordre, de l'harmonie, des convenances découlait déjà pour lui d'une prédilection d'enfant. Son existence n'avait été jusque-là qu'un point imperceptible, mais central ; elle allait déjà s'agrandissant en cercle, grâce aux êtres qui venaient donner prise à des facultés endormies, et provoquer la vie intérieure et comme non avenue qui résidait en Gaspard.

Il secouait déjà en partie sa pesanteur ; il subissait les lois d'une croissance particulière, à mesure que l'on multipliait les objets propres à faire famille avec ceux qu'il aimait. Son intelligence commençait à poindre ; le plaisir, la douleur, la réflexion, la direction des mouvements corporels prenaient en lui un caractère véritable, et, malgré l'immense intervalle qui le séparait des autres hommes, on espérait fermement ramener Gaspard à l'état social. Son imbécillité, inattaquable auparavant, présentait un côté ouvert ; mais il fallait user sobrement de sa bonne volonté : trop de leçons pouvaient éteindre son intelligence, trop de sentiments pouvaient comprimer son cœur.

La sympathie et l'adoption de ses semblables eût certainement réveillé une âme en peine. A force de

5

se chercher soi-même, Hauser eût fini par comprendre et par deviner qu'il était un homme. Il grandissait chaque jour dans sa propre estime. Encore un peu de temps, et l'homme arrive à Dieu! Une indiscrétion de journal rejeta ce malheureux dans l'abîme. On disait qu'il commençait à se faire entendre,... et cette annonce imprudente appela le couteau sur sa tête. En effet, peu s'en faut qu'il ne fût égorgé dans la maison du professeur Daumer. Il en fut quitte pour une blessure au front. Elle le fit beaucoup souffrir, mais son intelligence resta calme et sereine... Un vrai progrès!

Quelque temps après cette tentative de meurtre, dont il fut impossible de découvrir l'auteur, le comte Stanhope prit Gaspard en adoption et le fit conduire à Anspach, dans la maison d'un habile instituteur aux soins duquel il le confia entièrement; son projet était de le faire passer ensuite en Angleterre pour le mettre à l'abri de nouvelles persécutions.

Gaspard demeura plusieurs années à Anspach, dans une tranquillité qui semblait devoir le rassurer pour l'avenir... Mais son ennemi secret ne l'avait pas perdu de vue. Un matin, le 14 décembre 1833, comme il sortait du Palais de justice, un étranger, enveloppé d'un grand manteau, l'accoste et lui demande un moment d'entretien, ayant, disait-il, à lui faire des révélations importantes. Gaspard s'excusa sur le peu de loisir qu'il avait avant le dîner, mais il promit à l'étranger de le venir rejoindre dans l'après-midi, et lui donna rendez-vous au jardin du Palais.

L'inconnu l'y attendait. Il tira de dessous son manteau quelques papiers, et, pendant que Gaspard les examinait, il le frappa au cœur de deux coups de poignard. Les blessures ne furent pas immédiatement suivies de mort; l'infortuné eut assez de force pour se traîner jusque chez lui; il tomba en entrant, et après avoir prononcé ces paroles entrecoupées : ...*Jardin du Palais*... il expira.

L'instituteur auquel il avait été confié envoya sur-le-champ des soldats au monument d'Uzen, dans le jardin du Palais, où ils trouvèrent une petite bourse de soie violette contenant un morceau de papier sur lequel il était écrit d'une main contrefaite : « Hauser vous dira pourquoi je suis venu ici et qui je suis... S'il ne le fait pas, vous saurez que je viens de la frontière de Bavière, sur la rivière de... Voici les initiales de mon nom, M. L. O. » Gaspard mourant dit seulement que cet homme était le même qui avait déjà attenté à sa vie, à Nuremberg.

Cet infortuné, plus intéressant que le fameux *Masque de fer*, et qui est resté à l'état d'un mystère inexpliqué, mourut donc, comme il avait vécu, sans une explication plausible, et bien que lord Stanhope eût promis 5,000 florins de récompense à quiconque découvrirait l'assassin. On ne put obtenir même une lueur, dans cette nuit profonde.

Il fut très-regretté de chacun. Chacun avait fini par aimer ce pauvre enfant, victime innocente d'un si grand crime; on l'avait adopté, et quand passa son cercueil dans la ville en deuil, la sympathie était générale; ses vertus et ses aimables qualités étaient dans toutes les bouches. Son dernier précepteur, le docteur Furhmann, a prononcé sur sa tombe une

oraison funèbre dans laquelle il a rappelé les dernières paroles de la victime.

On avait demandé à Gaspard s'il pardonnait à ses
ennemis : « J'ai prié Dieu, dit-il, de pardonner à
tous ceux que j'ai connus ; pour moi personnelle-
ment, je n'ai rien à pardonner, car personne ne m'a
jamais fait de mal. »

LE PETIT PATRE.

Un spectacle utile, et bien fait pour agrandir un jeune esprit qui s'avance au milieu des clartés naissantes, c'est la contemplation de certains hommes, pleins d'énergie et nés pour la lutte, qui, partis de très-bas, sont arrivés, à force de travail, de mérite et de talent, à une grande fortune. Enfants de leurs œuvres, ils ont brisé les obstacles, ils ont dompté les volontés les plus rebelles, et, comme un d'eux le disait très-bien, ils sont arrivés à la renommée, à la gloire... au sceptre... « en y pensant toujours. »

Tel fut le célèbre traducteur des *Hommes illustres de Plutarque*, un pauvre enfant nommé Jacques Amyot, né à Melun, le 30 octobre 1513. Les parents du petit Jacques étaient si pauvres, qu'ils ne lui avaient pas fait apprendre à lire. Un jour, un jour d'hiver, il faisait bien froid, sa mère lui dit en pleurant :

— Jacques, mon enfant, il n'y a plus de pain pour toi dans la maison, puisqu'il n'y en a plus pour moi, ta mère ! Va-t'en donc, mon fils, va-t-en à Paris, et que le ciel te protége ! — En même temps la pauvre mère donnait sa bénédiction à son fils. L'enfant partit, retenant ses larmes. Il était à demi vêtu, il avait faim, il marcha tout le jour. La nuit venue, harassé de fatigue, il se couche au milieu d'un champ, attendant la mort. Un vieux prêtre, un brave homme en cheveux blancs (c'est la Providence qui l'envoyait), traversait justement le sentier. Il vit l'enfant grelottant dans la neige, il l'emporta dans ses bras jusqu'au monastère voisin. Là il fut réchauffé, il fut nourri, il fut traité comme un pauvre petit chrétien qu'il était ; et, quelques jours après, il sortit du saint monastère avec des souliers à ses pieds, un chiffon de pain sous son bras, un petit écu dans sa poche : il n'avait jamais été si riche et si bien portant, le pauvre petit Jacques Amyot !

Ce fut ainsi qu'il vint, de Melun à Paris. Cet enfant, si pauvre et si nu qu'il vous paraisse, arrivait dans la grande cité des écoles savantes avec la ferme volonté non pas de gagner sa vie comme un simple artisan, fils d'un artisan, non pas de mendier son pain de chaque jour comme un abandonné du courage et du travail, mais avec la ferme volonté de se livrer à l'étude !...

Or, avec la ferme volonté d'apprendre et la théologie et l'histoire, Aristote et saint Augustin, l'enfant se présenta dans l'arène savante, ignorant de toute chose.

C'était l'heure éclatante où régnait, où vivait le

roi François Ier, surnommé à bon droit le *Père des lettres*, François Ier, le roi chevalier armé par Bayard, l'ami des poëtes et des artistes, le premier roi de la France moderne qui eût réveillé le génie et l'esprit français. C'était l'heure aussi où le roi venait d'établir, sur des bases toutes nouvelles, le collége de France. Le collége de France était une école ouverte à tous les jeunes gens de ce temps-là; ils frappaient, d'une main délibérée... ils étaient les bienvenus. Ils puisaient à la science, comme à l'eau du fleuve! Ils étudiaient, sous les plus grands maîtres, la grammaire et la rhétorique.

Jacques Amyot, à peine à Paris, s'en fut tout droit au collége de France. Il s'assit humblement au pied de la chaire du professeur. Il l'écoutait parler, il retenait les leçons les plus difficiles, il pâlissait sur les livres.

Pour avoir des livres et du pain, il s'était fait le domestique des écoliers plus riches que lui. Il était leur serviteur le matin, il nettoyait leurs habits; il était leur répétiteur à midi, il préparait leurs leçons; à deux heures, il était leur supérieur, car il était le premier dans la classe, et, le soir venu, pendant que ses condisciples se livraient aux divertissements de leur âge et de leur fortune, Amyot se livrait à l'étude.

Il passait toutes les nuits à compulser les lourds manuscrits de la dialectique et de la rhétorique (on était à la veille de l'imprimerie... elle était encore un grand *peut-être!*). Il devint, grâce à ce travail acharné, le plus savant écolier de son âge, et si bien qu'après avoir été l'auditeur le plus assidu du collége de France, il fut bien vite, à son tour, un des professeurs les plus distingués de l'Université de · Paris.

Une fois assis dans cette chaire éloquente, et conquise avec tant de courage, Amyot, n'étant plus le domestique de personne, se livra, de toute son âme, à ses études chéries. Il devint tout à fait un savant, comme il y en avait au xvie siècle. Dans ce temps-là, les textes même étaient fort rares; l'antiquité n'avait pas été mise encore à la portée de toutes les intelligences par d'excellentes traductions, et tant de commentaires, notes, préfaces, leçons des maîtres; donc il fallait le zèle et l'ardeur des nouveaux venus dans le champ clos des études, pour que la Grèce ou Rome consentissent à nous livrer leurs secrets les plus cachés.

Amyot se mit à chercher avec ardeur les chefs-d'œuvre immenses de la littérature du vieux temps, dans cet amas de grands historiens que recélait l'antiquité classique. Et ce fut alors qu'il découvrit dans les doctes poussières le plus habile et le plus grand des historiens qui aient honoré, démontré, glorifié l'héroïsme et la vertu des plus grands hommes. Il s'appelait Plutarque! Et c'est à Jacques Amyot que la France et l'Europe, et le monde intelligent seront éternellement redevables de ce chef-d'œuvre impérissable.

Les Vies des hommes illustres représentent un grand livre. Il n'y a pas de plus beau livre, et d'un plus utile enseignement. Là, vous voudrez apprendre ce que peut être un grand homme; à quelles conditions, par quels labeurs on arrive à la gloire.

Là, vous saurez le charme du temps passé ; comment on aime et l'on sert sa patrie ; comment on se soumet aux lois de son pays ; comment on se défend contre les invasions étrangères ; comment un homme de cœur est prêt à tous les sacrifices pour le bien de tous ; comment on respecte son père et sa mère, et les magistrats de sa nation.

Le livre de Plutarque est, sans contredit, la meilleure règle de conduite que puisse avoir un jeune homme. Tout se trouve en ce grand traité des vertus humaines : dévouement, générosité, héroïsme, honneur, bonté, courage et vertu.

Sa traduction de Plutarque eut bientôt mis Jacques Amyot au rang des écrivains les plus distingués de la France. On ne saurait se douter de la difficulté qu'il y avait, à cette époque, de parler et d'écrire en français ; la langue était informe encore, et la grammaire était à faire. En ces commencements difficiles d'une langue naissante, plusieurs idiomes différents se disputaient la possession de notre littérature ; il y avait encore beaucoup d'hommes, très-érudits, qui s'obstinaient à ne parler qu'en latin ; la difficulté était donc très-grande à traduire *les Vies* de Plutarque du grec en français. .

A force de persévérance, à force de travail et de génie, Amyot était venu à bout de son entreprise, et c'est ainsi qu'il a fait un livre impérissable. — « Ah ! s'écrient les ignorants, y pensez-vous ? un livre écrit en vieux français ?... » Laissez-les dire, et lisez le vieux français d'Amyot, comme on écoute un sage vieillard plein d'agrément, de science et de bons conseils. Celui-là ne saura jamais notre langue

5.

(entendez-vous, jamais!) qui ne s'est pas initié de bonne heure à la grâce, à l'accent, aux tours familiers, au ton naïf, aux expressions vives, à l'allure heureuse et franche de nos vieux auteurs. Ainsi, lisez et relisez la traduction d'Amyot! Elle enseigne en même temps à ses adeptes le beau langage et l'honnèteté des anciens jours. Grâce au Plutarque d'Amyot, grâce à cette lecture salutaire et forte, J.-J. Rousseau est devenu le plus grand écrivain de notre langue, et le plus éloquent.

A mesure qu'Amyot se livrait à ses travaux, la reconnaissance et les bienfaits du roi venaient l'encourager. D'abord le roi François Ier lui donna l'abbaye de Bellozane, riche et paisible retraite dans laquelle le savant écrivain pouvait se livrer en paix à ses méditations, à ses travaux. Il fut plus tard le précepteur d'un jeune prince qui promettait d'être un bon roi... et qui fut le roi Charles IX! O malheur! ô vanité du plus sage enseignement! les massacres de la Saint-Barthélemy, qui sortent (on le dirait) des biographies de Cicéron, d'Épaminondas, de Jules César, de Brutus!

Ce fut le grand chagrin de Jacques Amyot. Et quel plus grand chagrin savez-vous pour un maître accompli en mille exemples, de voir son indigne élève se perdre à jamais dans l'horreur du plus grand de tous les crimes, le meurtre d'un peuple par son roi?

Quel plus grand chagrin d'avoir sacrifié sa vie à l'enfant oublieux des plus glorieuses leçons? Quelle existence : assister au déshonneur de son prince, renoncer aux espérances les plus chères, être enfin le témoin triste et muet de tant de forfaits, et de se faire en soi-même de cruels reproches, comme si le bon Plutarque'eût été le complice injuste de tant de fureurs!

Amyot mourut évêque d'Auxerre, à l'âge de soixante-dix ans, respecté comme un saint évêque, honoré comme un grand écrivain, chargé de gloire, entouré d'estime. Il mourut fort riche, et, le pauvre enfant venu à pied, à demi nu, de sa ville natale à Paris, n'oublia ni ses parents, ni les membres de la grande famille des écoliers pauvres dont il avait été un des membres les plus affligés. Il légua, entre autres legs, une rente perpétuelle de douze cents écus à l'hôpital d'Orléans, en souvenir des douze deniers qu'on lui avait donnés par charité. L'évêque d'Auxerre payait en évêque les dettes du petit mendiant de Melun.

Ainsi, de quelque côté que vous tourniez vos regards, au barreau, à l'armée, dans l'église, dans les arts, dans les sciences, vous trouverez que les plus grands hommes dans tous les genres, et dans tous les arts, ont commencé par être des enfants plus simples, plus petits... et surtout plus pauvres que vous.

LE GARDEUR DE POURCEAUX

La présente histoire est encore plus incroyable
que l'histoire d'Amyot. Amyot, le traducteur de
Plutarque, est devenu évêque de France, après
avoir été un pauvre mendiant; or, voici un autre
mendiant qui devient bien plus qu'un roi, qui devient souverain pontife, en un siècle où tous les rois
de la terre s'agenouillaient avec respect devant ce
trône auguste où le malheureux trouvait assistance,
où le persécuté trouvait protection, où des peuples
entiers trouvaient un refuge assuré contre la tyran-
nie : ô mère innocente et clémente, l'Église universelle! Seconde Providence! inépuisable bonté! éternelle, de toute éternité!

C'était en 1531, vers le milieu du jour, au moment
où le chaud soleil d'Italie lance au loin ses rayons
les plus enflammés; un cordelier de la marche d'Ancône, égaré de sa route, cherchait des yeux quelque

paysan qui lui pût indiquer son chemin. Tout se taisait dans la campagne. Le cordelier marcha quelque temps au hasard, appelant un peu d'ombre où se mettre à l'abri, en attendant qu'il eût retrouvé sa route. Il avait déjà fait plus d'une lieue à travers la campagne, lorsqu'il aperçut, au bas d'une colline, un troupeau de porcs qui prenaient leurs ébats dans la fange d'une mare à demi desséchée. Le gardien de cet ignoble troupeau était couché sous le seul arbre de ces campagnes dévastées. Le cordelier résolut d'aller lui demander un peu d'ombre et son chemin.

Pas un sentier pour rejoindre ce petit porcher. Il fallut que le bon cordelier côtoyât la mare, et fît un long détour... Le jeune homme, attentif on ne sait à quelles visions, ne se dérangea pas. Si son corps était au bord de cette bauge, à coup sûr son âme était autre part : si bien que le cordelier eut tout le temps d'étudier ce petit paysan, plongé dans de si profondes réflexions.

C'était un jeune garçon qui pouvait avoir dix à douze ans; ses cheveux longs, sa figure amaigrie et brûlée du soleil, son œil noir, l'ensemble de sa personne, que les misérables haillons dont il était couvert ne pouvaient déparer, tout cela frappa le cordelier; il resta ainsi quelques minutes à contempler cet extraordinaire gardeur de pourceaux.

Et de fait, c'était un spectacle attachant pour un honnête chrétien, de rencontrer dans cette solitude, et sur le bord de cette mare, un pareil enfant, portant sur son front tous les signes du génie, à la suite de pareils animaux. Quant au jeune homme, il était occupé à résoudre un problème de géométrie dont il avait tracé les figures sur la terre brûlée. On aurait pu enlever jusqu'au dernier de ses compagnons, il ne serait pas sorti de sa méditation.

Le bon cordelier, tout imbu qu'il était des belles histoires de l'Évangile, se figura au premier abord, que le jeune porcher était peut-être un second enfant prodigue, échappé de la maison paternelle, arrivé au dernier degré de la misère, et qui maintenant se repentait.

De ces belles histoires, on s'en souvient jusqu'à la fin de sa vie, il suffit de les avoir lues une seule fois.

Notre voyageur s'assit donc à côté du jeune homme, et quand celui-ci eut enfin résolu son problème, il leva ses yeux vers le ciel en signe d'hommage. Alors le cordelier lui adressa la parole.

— Qui êtes-vous, mon enfant, lui dit-il, et comment vous trouvez-vous ici, traçant des pas d'homme, sur la même terre où vous gardez des pourceaux?

Le cordelier faisait allusion à cette parole de l'Athénien naufragé, qui disait, en voyant sur le rivage des figures de géométrie : — *Courage, amis, voici des pas d'homme!*

Le jeune pâtre répondit très-simplement au bon religieux qu'il était un pauvre enfant dont le père avait été ruiné par les guerres de Léon X contre le duc d'Urbain; qu'il était élevé comme domestique chez un fermier de la marche d'Ancône, et qu'il étudiait comme il pouvait. En même temps, son œil noir brillait d'un feu sombre, sa voix était émue; on

voyait que la passion pour l'étude animait ce jeune
homme; enfin quelle noble envie le poussait à la
science, cette belle inconnue qu'il voyait dans ses
rêves, qu'il appelait de' tous ses vœux, de tout son
esprit, de tout son cœur !

Le cordelier passa ainsi plus d'une heure à écouter ce jeune illuminé des plus fécondes clartés, puis,
quand il eut bien compris tout ce qu'il valait, et
toutes les ressources de cet esprit inculte : — Enfant,
lui dit-il, comment vous nomme-t-on? — Je suis
appelé Félix, reprit l'enfant, Félix Peretti. — Eh
bien! dit le cordelier, venez à notre couvent, Félix,
et là vous aurez des livres, des maîtres et du pain,
venez! — Il faut que je ramène mon troupeau à
l'étable, reprit Félix; ensuite je vous suivrai où vous
voudrez, mon père, non pour le pain, comme un
vil gardeur de pourceaux, mais pour les livres et
pour la science, comme une créature intelligente
faite à l'image de Dieu. — Faisons donc rentrer les
pourceaux ! reprit le père.

Et voilà le cordelier et l'enfant qui chassent les
pourceaux devant eux, et les ramènent à l'étable. Le
soir même, Félix Peretti était adopté par le couvent
des cordeliers d'Ascoli.

A peine il eut reçu les premiers enseignements
de ses maîtres, il se mit à devancer toutes les leçons.
Dès qu'il eut entrevu l'antiquité grecque et latine,
il s'y adonna de toute son âme. Il étudia la théologie et l'éloquence, menant de front ces deux
sciences, sœurs, reines, et maîtresses de toutes les
autres. Il fit des progrès incroyables. Bientôt,
d'élève qu'il était il devint commissaire général

de son ordre, à Bologne. Jeune homme, il parcourait l'Italie, en jetant l'éloquence à pleines mains dans ces belles églises italiennes si favorables à l'inspiration.

Donc il était déjà une puissance; mais personne, en ce temps d'épreuves et d'essais, ne sentait mieux sa propre autorité que lui-même. Sa vocation le portait insensiblement sur les sommets de l'Église! Il aspirait aux plus formidables hauteurs; le soir venu, en se couchant, il se disait : *tu seras pape!* en se levant, le matin, il se disait : *tu seras pape!* à midi, toujours, partout, il se répétait cette espèce de commandement auquel il devait obéir. C'est un des plus puissants leviers, la volonté; on soulève le monde, avec la volonté.

Un jour qu'il avait un différend avec la république de Venise, car c'était un esprit turbulent, inquiet, redoutable, il sortit de Venise en disant qu'il avait fait vœu d'être pape à Rome, et qu'il ne voulait pas être pendu à Venise.

Donc il vit Rome, enfin, la Rome des Césars, la Rome des pontifes, qui devait être un jour sa capitale, sa ville! A Rome, il changea d'allure; il devint humble; il devint calme, d'orgueilleux et de pétulant qu'il était. A Rome, les honneurs vinrent le trouver comme à Bologne. Justement, Pie V. un de ses anciens élèves, venait d'être élu souverain pontife, et le fit évêque, puis cardinal. Cardinal! prince de l'Église! un prince égal aux plus grands princes! Cardinal! la seule dignité dont Richelieu, premier ministre de France, se crût en droit d'être fier! Mais le jour même où il fut cardinal, l'ancien

gardien de pourceaux se répétait à lui-même : *tu
seras pape!*

Pix V mourut; le successeur de Pie V, Gré-
goire XIII, mourut. A la mort du dernier pape, le
cardinal de Montalte (c'est ainsi que s'appelait le
petit gardeur de pourceaux, l'ancien cordelier Félix) se retira des affaires. Il était malade, il était
mourant; on le voyait tout courbé par la vieillesse,
il n'aspirait qu'à la tombe, il se sentait mourir. Cependant, le collége des cardinaux s'assemblait pour
nommer un souverain pontife. Toutes les ambitions
de l'église catholique et romaine étaient en mouvement; toutes les rivalités étaient en présence; le
monde chrétien attendait un maître. Les cardinaux-
électeurs qui tenaient la tiare en leurs mains puissantes, incertains dans leur choix, nommèrent pape,
enfin! le cardinal de Montalte qu'ils voyaient si cassé,
se donnant ainsi le temps de choisir un autre pape
en attendant la mort du vieux pontife.

Ah! s'ils avaient su que cette maladie était une
feinte, et que ce vieillard énergique avait tant d'années à vivre encore!... Ah! s'ils avaient su qu'ils
venaient de se donner un pareil maître!

Il s'appela Sixte-Quint. Rome entière se porta pour
saluer son maître sous les voûtes sublimes de Saint-
Pierre; les grandes portes s'ouvrirent à deux bat-
tants; le nouveau pape, entouré de ses cardinaux,
de ses gardes et de toute sa cour, vint rendre grâce
à Dieu, au maître-autel. Il entrait tout courbé sur
son bâton; on eût dit qu'il allait mourir. Mais une
fois agenouillé à l'autel, et comme deux cardinaux
le prenaient par le bras pour l'aider à se relever,

Sixte-Quint se leva droit comme un jeune homme ; il jeta sa béquille au loin, bien loin de lui, et d'une voix forte et sonore, qui retentit dans tous les coins de la vaste cathédrale, il entonna le *Te Deum!* Les cardinaux stupéfaits ne pouvaient en croire leurs yeux et leurs oreilles! Le peuple, à l'aspect de ce grand vieillard qui soudain redevenait un jeune homme, criait : au miracle! et rendait grâce au ciel! Cardinaux et peuple, ils venaient d'apprendre que Rome et le monde catholique avaient un maître, et pour longtemps!

Et le soir, comme le cardinal de Médicis, courtisan habile et spirituel, faisait sa cour au souverain pontife, et le félicitait de ce changement dans sa santé : — N'en soyez pas surpris, répondit Sixte-Quint, je cherchais alors les clefs du paradis, et pour les mieux trouver je me courbais, je baissais la tête ; à présent que je les ai trouvées, je ne regarde que le soleil et les étoiles.

Telle est l'histoire de cette élévation surprenante et méritée. Sixte-Quint fut un des plus grands pontifes de l'Église. Dès les premiers jours de son avénement, il commença une grande réforme. Grâce à lui, le brigandage fut réprimé. Le brigandage dévorait l'Italie depuis cinquante ans, il disparut, brisé par cette main de fer. La justice était vénale ; elle fut réformée, et les juges prévaricateurs furent pendus.

De toute part on vit s'élever de hautes potences, la terreur des bandits. Le monde romain respira sous cette loi sévère, mais juste. « On pourra m'ap-« peler féroce et sanguinaire, disait Sixte-Quint, « mais j'ai lu dans l'Évangile que le meilleur sacri-

« fice qu'on puisse faire à Dieu est de punir le crime
« et de foudroyer les perturbateurs du repos pu-
« blic. » Il disait bien ; une crainte salutaire ayant
remplacé toutes les licences, le crime enfin laissa en
repos les honnêtes gens.

En même temps qu'il affermissait la paix dans
les États de l'Église, il protégeait de sa toute puissance les beaux-arts, cette gloire charmante de
l'Italie. Il connaissait si bien cette terre abondante
en vrais talents, en grands artistes ! Son premier
soin de prince, ami des grandes tâches, fut pour
l'obélisque de granit que Caligula avait fait venir
d'Égypte. Il y avait cent ans que l'obélisque attendait qu'on le rendît à la clarté du jour, Sixte-
Quint le retira de l'abîme où il était enfoui depuis
cent ans.

Il ne fallut que quatre mois et dix jours pour re-
placer la colonne antique sur son piédestal.

Sixte-Quint eut aussi l'honneur d'ajouter au Vatican le vaste bâtiment appelé *le Belveder*, palais
digne de l'Apollon antique. Il savait le prix des
sciences et des arts : bibliothèques, musées, hôpitaux, marais défrichés et devenus champs de blé,
révision de la Bible et des saints écrits, tout convenait à son génie.

Un grand éloge à faire de ce grand homme, c'est
que Henri IV, un huguenot, l'avait en grande estime. Il dit un jour en parlant de Sixte-Quint : —
*C'est un grand pape, et je veux me faire catholique,
ne fût-ce que pour être le fils d'un tel père !*

Henri le Grand n'eut pas le bonheur d'avoir un
tel père ; à la mort de Sixte-Quint, il fit son oraison

funèbre en deux mots : — « *Je perds un pape qui* « *était selon moi !* »

Ce grand pontife, après un règne de cinq belles années, laissait l'Italie en paix avec elle-même. Il laissait Rome embellie, et le trésor public était rempli. On ne le pleura pas alors, parce que les peuples sont ingrats ; mais plus tard il a trouvé la reconnaissance et les regrets du monde entier.

Ce souverain pontife de l'Église était d'une simplicité toute chrétienne. Un jour que sa sœur était venue au Vatican revêtue d'habits magnifiques, il refusa de la reconnaître ! Le lendemain elle revint sous des habits très-simples, il courut au-devant d'elle en l'appelant sa sœur.

Et comme un jour cette même sœur lui représentait que lui-même il était vêtu trop pauvrement : — « Notre élévation, disait-il, ne doit pas nous faire oublier qui nous sommes ; nous avons pour premières pièces de notre écusson des sabots et des haillons. »

La seule vanité qu'il se permit, innocente vanité, fut d'élever une ville à l'endroit même où, pauvre enfant, il gardait les pourceaux. On bâtit une église sur l'emplacement de la *mare aux porcs*, et cette église devint le siége de *l'évêché de Montalte*.

Sixte-Quint était né le 13 décembre 1531, il est mort le 17 août 1590.

Et voilà comme il est advenu qu'un des plus grands événements de ce bas monde fut justement l'exaltation du petit gardeur de pourceaux au trône pontifical.

LA SERVANTE

Vous êtes une jolie enfant, miss Anna, ou plutôt vous êtes déjà une grande demoiselle de onze ans, très-éloquente. Vous commandez comme une dame, et comme vous appuyez vos ordres par des raisons sans réplique, il vaut mieux vous obéir que de disputer avec vous.

— Pourquoi (c'est votre objection) ne parler à nous autres, vos bonnes lectrices, que des petits garçons qui sont devenus de grands hommes? pourquoi négliger les petites filles, comme s'il n'y avait pas d'exemples célèbres de jeunes héroïnes qui sont parties de très-bas pour arriver très-haut?

Voilà ce que vous dites, ô fillette imprudente! Il faut pour vous plaire, enfin, vous parler des grandeurs de quelques femmes qui ont tenu avec gloire le sceptre, l'épée ou la lyre?... Hélas! que vous auriez peur, ma douce Anna, si vous pouviez regarder jusqu'au fond de leurs abîmes ces femmes illustres, et si l'on vous démontrait par ces exem-

ples ce que vaut la gloire des femmes, et surtout
ce qu'elle coûte !

Voyez que de malheurs, et souvent que de crimes
amoncelés sur ces nobles têtes ! Quelle fut la vie de
votre glorieuse Élisabeth d'Angleterre dont pourtant
vous êtes si fière, et quelle fut la mort de sa malheureuse cousine, Marie Stuart, reine d'Écosse, un
instant reine de France ?

Cette reine Christine de Suède, errante, et traî-
nant l'ennui à sa suite, dont vous parliez l'autre
jour avec une admiration d'enfant, elle est morte
les mains ensanglantées, et regrettant ce trône ab-
diqué dont le souvenir la poursuivit jusqu'à son lit
de mort.

Du côté de la poésie, les femmes ne sont guère
plus heureuses que du côté de la fortune. La vie
des femmes-poëtes est troublée par mille passions,
et se termine assez souvent par une mort funeste.
Vous avez entendu parler, dans l'histoire de la Grèce,
de cette femme qui était un grand poëte, et qui
sauta du rocher de Leucade au fond du gouffre. Elle
eût mieux fait, la triste Sapho, de tenir l'aiguille
toute sa vie, et de broder chaque année un beau
voile à Minerve.

Aux humbles destinées appartient la vie heureuse ; aux esprits modestes la paix, le calme et
l'intime contentement. Si pourtant, miss Anna, la
volontaire, c'est votre expresse volonté que l'on vous
montre une de ces héroïnes sorties de la foule, et
qui meurent, la tête couronnée, on peut contenter
votre envie... Écoutez l'histoire que voici :

C'était dans le siècle passé, le 20 août 1702 ; un

général russe assiégeait Marienbourg, petite ville
obscure encore de la Livonie. En ce temps-là, surtout dans ces contrées, la guerre n'avait pas de lois.
On prenait une ville, on la pillait, on la brûlait. On
égorgeait les vieillards, on faisait des enfants épar-
gnés autant d'esclaves. Ainsi fut traitée la ville de
Marienbourg, quand elle fut prise d'assaut par les
Russes.

Au milieu de cette foule d'enfants et de malheureuses femmes que le vainqueur emmenait captifs
avec le reste du butin, il y avait une jeune enfant, à
peu près de votre âge, une enfant qui, dans le sac-
cage de la ville en ruine, avait contemplé ces misères sans pâlir. Sa taille était haute, son regard
était fier, son cœur était fort. Elle avait vu tomber
sa ville, et elle n'avait pas tremblé! Elle était sans
parents, sans amis, sans famille; elle appartenait à
un maître, et rien n'avait pu dompter ce regard superbe, abattre cette fierté, intimider ce noble cœur.
Évidemment, c'était une de ces femmes que le ciel
a créées tout exprès pour commander et pour gouverner en grands hommes, mais elle ne savait rien
de ses destinées; en attendant qu'elle fût impératrice, elle était esclave, et marchait d'un pas superbe
à ce trône qui l'appelait.

Cette jeune fille avait nom Catherine. Elle grandit
dans la mauvaise fortune; elle s'éleva toute seule.
Elle ignorait toutes les sciences humaines, mais elle
savait déjà commander. Cependant, et voilà pourquoi, chère Anna, il ne faut pas qu'une femme se fie
à la fortune, si la fortune n'était pas venue au secours de Catherine, Catherine serait morte obscure.

et pauvre en son obscur village, ignorée de tous, ignorée d'elle-même, et la Russie compterait un grand homme de moins.

Voici comment se fit cette grandeur. Il y avait en ce temps-là en Russie Pierre le Grand, un maître, un de ces hommes que Dieu fit exprès pour commander. Par son génie, et parce que c'était sa volonté, il avait changé en hommes des milliers de barbares. De l'une et l'autre Russie il avait fait un empire à l'image des empires civilisés. A cette nation éperdue et sans lois il avait donné des lois, des mœurs, des ports, des villes, des armées, un empereur, tout ce qu'elle n'avait pas.

Pendant que les autres nations ont besoin de plusieurs siècles pour sortir de leurs langes, et ne se dépouillent que peu à peu de leur rude écaille, la grande nation russe, grâce à Pierre le Grand, était devenue une de ces nations qui pèsent d'un poids énorme dans la balance des peuples. Toute cette intelligence endormie dans les neiges et dans les glaces s'était tout à coup développée et montrée armée de force et d'espérance, à la voix du terrible empereur. Maître absolu, soldat, pontife, agriculteur, marin, constructeur de navires, architecte, il était l'âme de ce peuple nouveau-né dont il avait entendu les vagissements.

Cet empereur, quand il était en voyage (il voyageait toujours), s'arrêtait en son chemin pour semer des glands, qui sont devenus des chênes. Il allait comme le vent d'orage! Un jour, dans un méchant village, il s'arrête à la porte d'une maison de chétive apparence. Il était épuisé de fatigue, le temps était

mauvais, le vent était froid, même pour toute la
Russie, et toute maison était fermée. Au premier
geste du voyageur, la porte s'ouvrit, et Pierre vit
sortir de cette cabane une femme belle et grande,
pauvrement vêtue, qui, sans être arrêtée par le
froid, s'avança fièrement jusqu'au cheval de l'empereur. C'était Catherine. — Que demande votre
seigneurie? dit-elle à l'empereur qu'elle ne connaissait pas. — Je demande à boire, ma fille, dit le czar;
en même temps il regardait avec le plus grand étonnement et l'admiration la plus vive cette belle esclave qui lui parlait.

Le czar Pierre, s'était fait charpentier à Amsterdam et simple soldat dans sa propre armée; il avait
voyagé dans toute l'Europe pour s'instruire de nos
lois, de nos usages et de nos mœurs. Il avait vu les
plus belles femmes de la cour de France; il était
arrivé assez à temps pour saluer encore Mme de Maintenon, digne épouse du roi Louis XIV, dans les derniers appareils de sa toute-puissance; mais jamais
le czar Pierre ne s'était trouvé face à face avec une
plus belle et plus fière personne que la jeune servante.

Elle, de son côté, se demandait qui donc pouvait
être ce voyageur inconnu qui voyageait ainsi tout
seul, à cheval, pendant de si rudes journées? Ils
étaient ainsi à s'admirer l'un l'autre, à penser combien ils se ressemblaient au fond de l'âme : et, vraiment, à les voir, elle à peine vêtue, lui accablé de
fatigue, oublier la fatigue et le froid pour s'admirer sans se connaître ; et, sans les connaître, on eût
été saisi de respect.

6

A la fin, l'empereur portant à ses lèvres le verre qu'avait rempli la jeune fille : — Comment t'appelles-tu? lui dit-il.

Elle répondit : — Je m'appelle Catherine, pour vous servir.

— En ce cas, à ta santé, Catherine! et suis-moi.

Elle alors, sans même rentrer dans cette pauvre maison, dont elle était l'esclave, elle suivit l'inconnu; elle comprit sur-le-champ, cette fille ignorante de toutes choses, que cet homme avait le droit de dire : *je veux!* et de délier l'esclave de son lien. Voilà pourquoi elle marcha devant lui, sans hésiter; le cheval du czar avait peine à la suivre.

Et quand, arrivé à sa ville capitale, et jusqu'à son palais impérial, Pierre Ier descendit de cheval, ce fut Catherine qui lui tint l'étrier, à genoux.

Elle s'était mise à genoux, esclave, elle se releva impératrice de toutes les Russies, et, qui plus est, la femme de Pierre le Grand!

Cette fois encore le monde étonné fut obligé de convenir que le *civilisateur* avait sagement usé de son droit de grand homme. Un empereur qui crée un empire, un genre humain, d'un coup d'œil, ne peut pas être soumis, comme les autres princes, aux lois communes. Il fallait au czar une compagne ou plutôt un associé à son trône, et ne trouvant pas de femme à laquelle il pût s'abaisser, Pierre éleva Catherine au sceptre. Catherine, de son côté, comprit tous ses devoirs. Reine, elle porta la couronne à la façon des têtes les plus intelligentes et les plus hautes.

Elle partagea tous les travaux du czar. A ses

côtés dans le conseil, à ses côtés à la guerre, elle était son guide, son conseil, sa consolation, son espoir. Un jour même elle fut son sauveur dans la guerre contre les Turcs. Sans Catherine, Pierre le Grand était perdu. Sauver Pierre le Grand, c'était sauver la Russie !

Avant de mourir, Pierre Ier, voulant témoigner sa reconnaissance à Catherine, la fit couronner impératrice de toutes les Russies. Même dans le tombeau, Pierre le Grand voulait continuer son œuvre ; il se survivait à lui-même dans Catherine.

Voilà, certes, ce qu'on peut appeler une gloire suprême. Arriver tout d'un coup à une si grande fortune ; esclave aujourd'hui, le lendemain impératrice ; passer du chaume au palais impérial, être la compagne intelligente de ce héros, de ce furieux, partager ses travaux et sa gloire, régner après lui, et porter sa couronne aussi haut que lui-même, fonder ce grand nom de Catherine Ire, et préparer cet autre grand nom de Catherine II, quoi de plus voisin du miracle et des étoiles, le vertige ?...

Eh bien ! courage ! attendez une heure ! Approchez de ce lit de mort, voyez cette femme jeune encore qui se meurt, à trente-huit ans, d'une maladie de langueur, au milieu du vaste empire et des terres sans limites dont elle a continué la fortune, cette femme qui disparaît, si jeune, et si lasse des grandeurs de ce monde, c'est Catherine Ire, un des grands hommes de la Russie, c'est la captive de Marienbourg, la digne épouse de Pierre le Grand !

Or çà, petite Anna, cessez de rêver les grandeurs de la terre, ne parlez plus de sceptres et de couronnes, laissez l'ambition à votre frère aîné le *mi-dshipman,* ou à votre frère cadet qui est au collége d'Oxford.

Allons! votre chapeau, votre ceinture, et nous promenons sous les arbres verts, dans ces grandes allées doucement sablées, sans même regarder le château.

LE FILS DU COUTELIER

On dit : *le bon Rollin*, comme on dit Louis *le Grand*, le *grand* Condé. C'est juste titre ; on n'en saurait trouver un plus sage et plus doux.

Vers le milieu du XVIIᵉ siècle, un jeune enfant, d'une figure déjà pensive et résignée, s'en allait chaque matin à l'église des Blancs-Manteaux, où il desservait la messe d'un vieux prêtre bénédictin. Ce vieux prêtre et ce jeune enfant, qui ne s'étaient jamais parlé qu'au pied des autels, avaient, l'un pour l'autre, une vive et sincère affection. L'amitié paternelle d'un vieillard pour un enfant bien né, qui venait prier Dieu chaque jour ; l'amitié d'un enfant pour un saint vieillard qui se laissait approcher de si près, même à l'autel, rien de plus aimable !

Le prêtre, quand par hasard l'enfant manquait à sa messe, s'apercevait avec chagrin de l'absence de cet enfant ; l'enfant, de son côté, ne servait que les

6.

messes de ce vieux prêtre. Ils s'entendaient si bien
l'un l'autre! Ils savaient si bien les secrets de ces
belles prières chrétiennes qu'ils récitaient en commun, l'enfant répondant au vieillard, le vieillard
répondant à l'enfant! C'était là une sainte messe, à
la fois dite par cet enfant, par ce vieillard.

Un jour, un jour d'hiver, que l'enfant avait prié
avec plus de ferveur qu'à l'ordinaire, après la
messe, au moment où il sortait de l'église, il fut
abordé par le vieux prêtre. — Mon fils, lui dit-il,
vous plairait-il de venir dans ma maison, afin que
nous fassions connaissance, vous et moi, car vous
êtes un enfant que j'aime, honnête et craignant
Dieu. Venez donc. — L'enfant le suivit du même pas.

Arrivés dans sa maison, le vieillard fit asseoir
son hôte à sa table, auprès du feu, et tous les deux
ils déjeunèrent de bon appétit, comme bonnes gens
qui ont bien commencé leur journée, et sûrs de la
bien finir.

A la fin de ce léger repas que l'enfant avait trouvé
splendide : — Mon enfant, dit le vieillard, causons
un peu de vos affaires, et parlez-moi à cœur ouvert.
Qui êtes-vous, que faites-vous, que comptez-vous
devenir?

— Mon père, dit l'enfant avec cette assurance
modeste qui va si bien à l'enfance, on m'appelle
Charles Rollin, je suis le fils du coutelier de la
rue des Blancs-Manteaux qui est mort il y a deux
ans; vous avez prié pour lui, mon père. Quand mon
père vivait, nous étions riches, j'avais des habits,
j'avais des livres, j'allais à l'école et j'étudiais. Je
m'appris ainsi à lire, à écrire, j'ai appris le latin,

j'ai même lu la grammaire grecque de Port-Royal,
je me suis promené dans les sentiers du *Jardin des
racines grecques.*

Mais hélas! la pauvreté a visité notre humble famille; mes frères et mes sœurs ont grandi, ma mère
n'a plus d'argent pour m'acheter des livres et pour
m'envoyer à l'école. Pauvre mère, elle a bien pleuré
ce jour-là, monsieur! Et moi donc!

— Charles, me disait-elle, mon enfant, il faut
apprendre le métier de ton père, si tu veux que ta
mère vive, si tu veux élever tes frères et tes sœurs.
Charles, mon enfant, il faut faire au bon Dieu le
sacrifice de ta science; tu aurais pu être un savant,
mon fils, tu seras un honnête artisan comme ton
père! En même temps elle pleurait, la pauvre mère.
Mes frères pleuraient aussi.

— Mère, lui dis-je, vous avez raison, je ferai des
couteaux!... et je me mis à l'ouvrage. Hélas! je suis
peu habile à ce métier; on dit que je ne fais rien
qui vaille, et que je ne serai jamais qu'un méchant
ouvrier. Voici toute mon histoire; permettez que je
retourne à mon apprentissage, s'il vous plaît.

Qui fut vivement touché de ce simple récit? Ce
fut le vieux bénédictin. — Non, non, mon enfant,
dit-il au petit Charles: la Providence ne veut pas
que vous perdiez ainsi les belles dispositions de
votre esprit. Rendez grâces au ciel, qui va vous venir
en aide et vous rendre à vos études commencées.
En même temps, le digne vieillard conduisait cet
enfant de tant d'intelligence et de dispositions vaillantes au collége du Plessis.

Le collége du Plessis était alors une de ces sa-

vantes demeures d'où sont sortis les plus beaux
génies de la France. La règle était sévère, les études
étaient austères, le silence et la méditation régnaient
dans ces murs. En ce temps, la vertu et l'autorité
étaient dans toute leur puissance. Les enfants de
notre époque ne sauraient se faire une idée approchante de ces travaux et de ces devoirs.

A quatre heures du matin, tout le collége était
debout. La journée commençait par la prière et la
méditation ; venaient ensuite ces fortes études sans
lesquelles il n'y a pas de talents durables : le latin,
le grec, l'hébreu, les mathématiques, la philosophie,
la rhétorique, et, dans toute la journée, à peine une
heure de repos.

Seulement, pour se délasser, ces jeunes esprits
s'amusaient à lire Homère en sa langue ; ils se bat-
taient tour à tour pour Achille et pour Hector.

Vous dire la joie du jeune Rollin, quand il se vit
dans notre savante et sainte maison ! Vous dire ses
transports, quand il se vit entouré d'étude et de
prières ! jamais ses plus beaux rêves n'avaient été si
loin, jamais il n'avait osé espérer tant de beaux
livres, tant de savants maîtres, tant d'habiles condisciples. En ce siècle éclatant de toutes les prospérités de l'ordre, la société se divisait en noblesse,
en roture ; la naissance était un mur d'airain entre
les hommes, mais l'égalité entre les enfants s'était
réfugiée au collége.

Au collége, ils étaient tous sujets de la même
discipline, le fils du gentilhomme et le fils du coutelier, celui qui payait une forte pension, celui-là
qui était élevé par charité. Il n'y avait entre eux

d'autre différence que la différence de l'esprit, de l'intelligence, du travail. La première place appartenait de droit à qui la méritait. Il n'y avait de distinctions que pour les savants pour les intelligents.

Souvent le fils d'un duc et pair était à la dernière place, et le fils de son valet de chambre était au premier rang. Il y a toujours eu de l'égalité et de la justice en cette bonne terre de France. Le petit Charles Rollin fut bientôt duc et pair... du collége du Plessis.

Un jour, un jour de congé, la bonne mère dont il était l'orgueil, de qui, bientôt, il allait être le soutien, vit s'arrêter un magnifique carrosse devant la porte de son humble boutique. C'était M. Charles qui venait voir sa mère, en grand appareil.

Il descendit le premier de voiture, et il se jeta au cou de toute cette famille qui déjà le reconnaissait facilement pour son chef. Après lui, descendirent du carrosse les deux fils du ministre qui étaient venus pour goûter avec Charles. On parle, on cause, on rit; Charles veut montrer à ses amis comment on polit une lame de couteau, et le maladroit se coupe les doigts. Maître Rollin a déjà oublié son ancien métier. Cependant la bonne chère dame Rollin s'est mise en frais de fruits et de laitage. Tout le monde goûte, les jeunes ministres comme les autres. L'heure du départ étant venue, nos trois jeunes gens remontent dans leur carrosse, et, chose étrange! Charles Rollin, qui est descendu le premier, remonte le premier, et prend la première place. — Charles! dit sa mère, vous remontez le premier, comme si le carrosse vous appartenait.

— Chère dame, répondit M. Le Pelletier, le gouverneur des jeunes excellences, il ne faut pas gronder Charles, il est le premier de sa classe, il est *le roi*, comme on dit, et la première place du carrosse est son droit. — La mère bénit du fond de son âme ces trois nobles enfants !

A vingt-deux ans, le jeune Rollin était professeur dans le collége où il avait été un écolier ; trois ans plus tard, il était professeur de rhétorique, il attirait à sa parole une foule enthousiaste et jeune ! Il parlait à ces enfants des grandes vertus et des grands hommes d'autrefois. Il écrivait pour ses disciples, il écrivit pour toute la jeunesse française un livre excellent : le *Traité des Études*. Il réveillait dans son tombeau l'antiquité endormie, et pour Rome elle-même il faisait autant qu'avait fait le grand Corneille. Il n'y a guère de meilleur livre que l'*Histoire romaine*, écrite par Rollin ?

Ah! la belle histoire éloquente et naïve! une forme excellente, une narration fidèle, un goût exquis. Le *bon Rollin* avait fini par adopter la république de Caton, de Scipion l'Africain, de Salluste, de Cicéron, d'une adoption si complète que pas un des doctes du royaume ne s'aperçut de cet enthousiasme ardent pour les républiques anciennes.

Les républicains de la France, ils sont sortis des histoires du *bon* Rollin et des tragédies du grand Corneille. Il était comme une leçon vivante ; il parlait à ses disciples de la vertu et de la liberté, comme s'il eût parlé aux jeunes gens que Rome envoyait aux écoles d'Athènes. L'*Histoire ancienne* est le chef-d'œuvre de Rollin.

A lui tout seul, pour les libres esprits, il a fait
beaucoup plus que tous les révoltés du siècle qui
suivit le siècle de Louis le Grand !

Si grand ! si modeste ! A la fin de sa tâche, et ses
vingt tomes étant publiés, il s'en fut chez son libraire,
assez inquiet. — Mon ami, lui dit-il, je puis mourir ;
faisons nos comptes, dites-moi ce que je vous dois?

— Messire (ainsi répondit le libraire), votre
compte est fait, et je vous dois cent mille livres.

Qui fut bien étonné? Le bon Rollin. Il croyait en
devoir vingt mille ! — Ah! dit-il, je ne prendrai
jamais tant d'argent, je le laisse à votre aimable
enfant.

Ainsi fut dotée la propre fille de l'éditeur de
l'*Histoire ancienne*, et Rollin, assez content, disait
à ses amis : « Je m'en suis bien tiré, convenez-en ! »

Ce grand recteur de l'Université de France avait
acheté, après une tâche de cinquante années, une
humble maison dans un petit jardin de quelques
pieds carrés. Là, il cultivait ses roses, ses œillets,
ses choux, ses carottes et son esprit.

Il lisait Horace, il bêchait sa terre ; il lisait Virgile, il arrosait ses plates-bandes ; il se connaissait
en œillets, en beaux vers, en fraisiers, en élégies,
en grammaire, en jasmins ; ami de l'enfance, ami
de la jeunesse, esprit naïf, le vrai modèle, et le
modèle accompli des vrais instituteurs. On dit le
bon Rollin, on disait le *bon* La Fontaine! Hélas! aujourd'hui sa maison est une étable. On entend bêler
sur l'emplacement du petit bosquet. Le jardin est
plein d'orties... A peine on se souvient quelle
science et quelles vertus ont habité ce petit tertre...

Oubli! c'est le nom de l'homme et de ses œuvres.

Toutefois, plus d'un homme, encore aujourd'hui, obéissant à ces chers souvenirs, va chercher la maison et le jardin du *bon Rollin.*

C'est un pèlerinage! et ce jour-là, pour fêter dignement ce brave homme, et comme un juste sacrifice à ses pénates d'argile, le jeune pèlerin aura grand soin de déchirer vingt pages de la grammaire de Chapsal, vingt pages de la grammaire grecque de Burnouf, et quatre ou cinq cents feuillets du fameux dictionnaire du célèbre M. Vapereau.

LE GARÇON DE CAFÉ

On parlait, un jour, devant M. de Talleyrand,
d'un grand ministre et du plus grand historien de
ce temps-ci, M. Thiers, et je ne sais quel idiot
disait : *M. Thiers est un parvenu!* — Dites *un
homme arrivé!* répliqua M. de Talleyrand.

Bernadotte est *un homme arrivé!* Il est *arrivé*
par le courage et par l'intelligence! Et c'est la victoire elle-même qui l'a couronné.

Bernadotte est né au milieu des Pyrénées, à Pau,
le pays d'Henri IV, le 26 janvier 1769. Jean Bernadotte, à dix-sept ans, se fit soldat, sauf à rester soldat ou sergent toute sa vie, en sa qualité de fils du
peuple. Il avait tous les instincts du soldat : il avait
la patience et la prudence; il supportait volontiers
la faim, le froid, la fatigue; il aimait par instinct le
bruit des armes, l'odeur de la poudre, et s'inquiétait

7

peu de monter en grade, pourvu qu'il pût se battre à son plaisir.

Quand la libératrice année 1789 arriva, brisant tous les priviléges, ouvrant à tous les hommes le grand chemin, plein d'aventures!... quand ceci fut écrit pour tous les courages : Soldat, capitaine et colonel (on allait vite en ces guerres solennelles)! quand chaque journée apportait sa bataille, et quand on disait : *Fleurus! Arcole! Marengo!* le général Bernadotte eut sa grande part dans ces fortunes si nouvelles; Bernadotte était un des mieux faisant, à la bataille de Fleurus! — Désormais l'armée entière savait le nom de Bernadotte! *à l'ordre du jour.*

A la même heure, il rencontrait dans la mêlée ardente un jeune homme, un rêveur, un héros, un maître, un frère, un génie! Il comprit que l'avenir appartenait à ce capitaine, et que le plus grand honneur serait de commander sous ses ordres. Jugez de sa joie et de son juste orgueil, quand le général Bonaparte l'eut choisi pour l'accompagner en Italie! Ah! quelle gloire et quel exemple! Il le suit dans la mêlée, il assiste à ses conseils; il l'entendit développer ses plans de campagne; il entendit cette grande voix dans la bataille, qui remuait des escadrons, comme on eût fait d'un seul homme.

Oh! que de luttes, de rencontres, de batailles sur le Rhin, sur la Meuse, en Italie, en Allemagne! A toute heure, et partout où il fallait un homme de cœur, on plaçait Bernadotte. Il était à la bataille d'Austerlitz.

Cependant, grandissant toujours, le général en chef de toutes ces âmes, de toutes ces armées,

marche au trône, et le voilà ceint du diadème! Et
de celui-là aussi on pouvait dire ce que disait le
poëte, des soldats d'Alexandre :

Soldats sous Alexandre, et rois après sa mort!

Bernadotte alors comprit qu'il était de la taille
des rois! Il cherchait un royaume... il trouva la
Suède! Hélas! elle avait été soumise à bien des révolutions, à bien des traverses. Illustrée d'abord
par Charles XII, un grand conquérant, qui perdit
son royaume à force de conquêtes inutiles; abandonnée par la reine Christine, qui avait étalé dans
toutes les cours de l'Europe le faste ennuyé de son
abdication volontaire; livrée aux plus folles dissipa-
tions par Gustave III, mort assassiné au milieu d'un
bal, la Suède appela à la gouverner le maréchal
Jean Bernadotte; la Suède lui donna le trône de
Charles XII, de la reine Christine et de Gustave III.

Un jour, trois cents Suédois, les premiers de la
Suède, arrivèrent à Paris, et vinrent chercher le
nouveau monarque. Une fois roi, Bernadotte fut
Suédois jusqu'au plus profond de son cœur; il n'eut
pas d'autre patrie que son royaume; il le défendit
contre Bonaparte lui-même.

Et quand les destinées de l'empereur Napoléon
l'eurent entraîné dans les glaces de la Russie, à
mesure que s'écroulait l'Empire avec l'Empereur, les
rois qu'il avait faits voyaient tomber leurs couronnes
chancelantes. Seul, Bernadotte a gardé la sienne.
Il ne la tenait pas de Napoléon; il la tenait de la
Suède elle-même.

Quand Napoléon eut dit adieu pour la dernière fois à son armée, à ses aigles, à la France qu'il avait tant aimée, les rois de l'Europe se sentirent plus affermis sur leur trône, mais pas un d'eux ne songeait à inquiéter le roi de Suède... il s'était fait Suédois !

C'était un homme habile, un roi prudent qui ne laissait rien à la fortune, de ce qu'il pouvait lui soustraire. Comme il avait été le témoin d'une ruine immense, il avait appris, par la chute de l'Empereur, que le génie a ses moments de lassitude ; il avait appris, par la mort funeste du roi Murat, fusillé sur ce même royaume auquel Murat commandait naguère, que le courage est inutile, dépourvu de toute prudence. Ainsi, il avait gardé, de toutes ses forces, la simplicité, la prudence et le bon sens dont il avait fait ses gardiens et ses gardes du corps.

M. de Lowenhiem, qui fut longtemps l'ambassadeur du roi de Suède à Paris, aimait à rendre hommage à *sa bourgeoisie* : « Il a des amis, nous disait-il, et pas de courtisans. Il est bon, affable et poli avec tout le monde ; il sait toutes les affaires de ses sujets, et il les écoute comme un juge. Le premier venu qui veut parler au roi frappe à sa porte, et la porte est ouverte ; il entre, il voit le roi, il lui parle, et s'en va, sans avoir rencontré d'autre sentinelle que les sentinelles qui sont à la porte du palais. »

Jean Bernadotte n'avait pas oublié ses anciens camarades de lit et de bivouac ; il savait leur nom, il les reconnaissait à toute occasion ; il y en a plus d'un qui n'a pas invoqué en vain le souvenir de son camarade *passé roi*.

Comme à côté des grandeurs de ce monde il est toujours un exemple d'abaissement, comme il n'y a pas de victoire sans défaite, à propos de ces grands exemples d'une fortune inespérée, il est sage, il est bon de montrer aux jeunes gens ce que deviennent les grandeurs déchues, les majestés sans couronne, et les rois détrônés.

Il y a quelques années, par un hiver rigoureux, un jeune homme allait à pied, sur la grande route. Épuisé de fatigue, il s'arrêta sur le bord du chemin. Une diligence vint à passer. Le jeune voyageur fait signe d'arrêter, et il demande au conducteur la grâce de s'asseoir sur l'impériale de la voiture...; il était trop pauvre, pour s'asseoir dans l'intérieur. Il monta donc sur l'impériale; il y passa la nuit, exposé à tous les vents, sans manteau, trop heureux de se cacher dans la paille. Le voyage dura trois jours!... Ce pauvre malheureux voyageur était le roi légitime de la Suède! il était le propre fils de Gustave III!

Ceci nous remet en mémoire les vieux haillons de Charles II, quand il s'en allait chercher un refuge, en France, après le meurtre de son père : « *Vous me les rapporterez dans le palais des rois de la Grande-Bretagne!* » disait le Stuart.

Mais j'ai tort de vous tant parler de trônes et de couronnes, à vous qui êtes nés pour être des citoyens utiles, et qui ne devez avoir d'autre ambition que l'ambition que tout honnête homme peut se promettre à force de talent et de vertu.

LE COURAGE CIVIL

Celui-là, Matthieu Molé, fils de magistrat et père de magistrat, eut le plus difficile de tous les courages, le courage civil. Être brave au champ de bataille, au bruit des armes, les chevaux qui hennissent, les canons qui grondent, les drapeaux qui se déploient au vent, les trompettes qui sonnent et les tambours qui battent, c'est le courage de tout le monde. On ne marche pas à la mort, on marche à la gloire! Mais garder son sang-froid, au milieu des discordes civiles, n'avoir que le bon droit pour se défendre, modérer d'un regard le peuple furieux, élever la voix pour se faire écouter d'une multitude qui ne veut rien entendre, commander aux orages populaires, être un rempart à la loi, au roi, à la justice, voilà le courage difficile, et tel fut le courage de M. le premier président Matthieu Molé.

Il était né d'une famille parlementaire, une de ces vieilles familles de robe, honneur de la France, honneur moins éclatant que le courage militaire, mais aussi durable, et non moins utile. Un des ancêtres de Matthieu Molé était venu au-devant du roi Charles VII, que menaçaient les Anglais et la mauvaise fortune de la France. La voix d'un Molé s'était fait entendre de ce faible monarque; et pendant ce triste temps de guerres intestines, son père, à peine éprouvé par les longues études qui menaient à la magistrature, se montra digne du nom qu'il portait, et qu'il devait agrandir encore.

Les circonstances étaient difficiles quand le père de Matthieu Molé eut le courage de s'asseoir sur les hauts siéges. La France était en proie à la Ligue, cette fatale démence. En ce temps-là, tout était désordre dans les lois et dans les mœurs. La licence, l'effroi, les passions débordées, les sujets faisant la loi au monarque, le fanatisme inquiet et remuant, promenant dans les rues de Paris ses proscriptions et ses fureurs, voilà la France !

Et quand la royauté, de toutes parts abandonnée, appelait la terre et le ciel à son aide, alors on put voir quels héros se cachaient sous la robe auguste du magistrat. En ce temps-là le roi n'était rien; les factieux gouvernaient toutes choses. Ils eurent peur de Molé, et le mirent à la Bastille. Voici les paroles de Molé au duc de Mayenne : « Ma vie est à votre service, mais je suis vrai Français, je perdrai ma vie et mes biens avant d'être jamais autre. »

Tel fut le père de Matthieu Molé. Il eut, lui aussi, comme son père, à combattre pour la liberté du trône, avec cette différence pourtant que Matthieu Molé eut affaire au plus despote, au plus dangereux des hommes, Richelieu, le maître absolu de la France et du roi Louis XIII. A celui-là on ne résistait pas, d'ordinaire; il faisait tomber les têtes les plus hautes... Richelieu recula devant Matthieu Molé. Il vit ce jeune homme, si puissant sur lui-même et sur les autres, qu'il le fit procureur général.

Matthieu Molé avait à peine trente et un ans! Si jeune encore, il accepta les devoirs les plus difficiles : austérité, piété, conseil, amitié, dévouement. Ami de ce terrible abbé de Saint-Cyran, que Richelieu fit mettre à la Bastille..., au nom de toutes les lois divines et humaines, Matthieu Molé réclama à haute voix la liberté de son ami! Plus tard, quand le cardinal de Richelieu, implacable dans ses vengeances, fit son procès au maréchal de Marillac, Matthieu Molé seul osa défendre le maréchal. Grand courage! Et Richelieu, pour se venger noblement, nomma Matthieu Molé premier président du parlement de Paris.

Le jour où il fut élevé à cette dignité, la plus grande de son ordre, Matthieu Molé perdit sa femme, qui le laissait père de dix enfants. De ce jour aussi, Matthieu Molé sentit son âme s'agrandir avec son devoir. Tant qu'il avait été procureur général, il avait défendu la liberté publique contre Richelieu; devenu premier président, Richelieu mort, Matthieu Molé défendit contre le peuple l'autorité du roi. Alors commencèrent les grands combats de la Fronde, qui signalèrent Matthieu Molé, comme les combats de la Ligue avaient signalé Édouard Molé son père. Le peuple se soulève, le parlement résiste à l'autorité de Mazarin, le premier ministre. Mazarin fait jeter à la Bastille plusieurs membres du parlement qui ne voulaient pas enregistrer ses édits ; toute la ville se barricade ; ce fut alors que l'on vit le premier président Molé, revêtu des insignes de la magistrature, sortir à pied, dans cette ville soulevée, et demander à haute voix la liberté des magistrats emprisonnés.

D'abord, à l'aspect du premier président, les factieux se retirent avec respect, les barricades tombent devant lui ; mais peu à peu l'émeute reprend courage ; on murmure, on s'écrie, on court sur le premier président. Lui, toujours impassible, poursuit sa route, malgré les menaces du peuple. Un homme de la foule l'arrête au milieu de cette foule irritée, en l'appelant traître ! et le menaçant de le massacrer ; Matthieu Molé se dégage doucement et continue à marcher d'un pas ferme et lent, comme il convenait au chef de la magistrature.

Il arriva jusqu'à la reine, à travers cette émeute, et devant la reine éperdue, irritée, il parla si bien et si haut, que les deux magistrats arrêtés furent relâchés sur-le-champ. Le premier président revint par la même route, comblé, cette fois, de bénédictions et de louanges ; toutes les barricades furent brisées, et la ville de Paris fut aussi calme ce jour-là *qu'un jour de Vendredi-Saint :* c'est un mot du cardinal de Retz.

Cependant, le cardinal Mazarin, chassé par le prince de Condé, emmena de Paris le jeune roi et

la régente. Hélas! cette *Fronde* était sans relâche
et sans pitié!

Veuve de son roi, la ville hésite, elle a peur...
heureusement Molé lui reste. C'est lui, plus que
jamais, qui sera le sauveur de cette grande ville, et
qui maintiendra quelque peu d'ordre et de justice.
En ces circonstances difficiles, Matthieu Molé, toujours ferme, obéit à tous ses devoirs de magistrat et
de sujet. Placé entre le prince de Condé et le cardinal Mazarin, le premier président tenait l'équilibre entre le prince du sang si volontaire, et le ministre si fin et si délié. Matthieu Molé, député du
parlement de Paris, laissa de côté, en cette circon-
stance, les passions du corps qu'il représentait, et,
d'une main délibérée, il signa ce fameux traité qui
réconciliait le prince de Condé avec la reine, puis il
revint à Paris apporter cette nouvelle heureuse, qui
souleva le parlement et la ville et les remplit de
mille fureurs.

On ne saurait croire à quels délires s'emporta le
parlement. Matthieu Molé fut impassible, et recueil-
lit les voix comme à l'ordinaire. En même temps la
foule grondait au dehors, demandant les titres du
premier président. Le premier président sortit du
tribunal, et mit la pièce au milieu de cette foule,
malgré les prières de ses amis. Un frondeur le voyant
venir lui appliqua son mousquet sur la poitrine.
Molé, sans détourner la tête, dit à cet homme:
« Quand vous m'aurez tué, il ne me faudra que six
« pieds de terre! »

Et calme, et superbe, il poursuivit son chemin à
travers la fureur populaire. Aussi le cardinal de Retz

disait fort justement : « Si ce n'était pas un blasphème
« de dire qu'il y a quelqu'un dans notre siècle plus
« intrépide que le grand Gustave et M. le prince de
« Condé, je dirais que ça a été M. Molé, premier
« président. »

Cet homme, au courage qui fait les capitaines,
unissait la majesté royale. Il était vraiment le sage
inaccessible à la peur; assis sur les ruines du
monde, il l'eût vu crouler, sans pâlir. Un jour qu'il
travaillait dans son cabinet, ses gens le vinrent
avertir que la populace furieuse voulait briser les
portes de sa maison et demandait sa tête. « Faites
« entrer! dit-il, la porte d'un ministre doit être
« toujours ouverte. » En même temps il va au-devant des mutins, et les dissipe d'un regard; puis il
rentre en son cabinet pour continuer son travail.

Ce grand homme, après tant d'agitations, après
une lutte admirable, mourut au commencement du
règne de Louis XIV, qu'il avait si dignement préparé.

En cette aurore du grand siècle, la France était
tranquille : le xviie siècle s'annonçait par mille bruits
de poésie et de gloire; Matthieu Molé mourut alors,
heureux du bonheur, du repos et de la gloire de la
France, heureux de la voir ainsi libre et fière marcher enfin à ses belles destinées !

Sa famille s'est toujours maintenue aux premiers
rangs de cette magistrature auguste; et de même
qu'un Molé s'était trouvé à l'exil de Louis XIV, un
Molé se trouva, pour mourir, sur l'échafaud de
Louis XVI, le roi martyr.

LE POÈTE-ENFANT

La gloire même a ses éclipses! Les noms les plus grands s'abaissent! Les plus bruyants se taisent! L'ombre envahit les plus justes renommées! Tout un siècle a retenti de la gloire et du nom de M. de Chateaubriand... Demandez à l'écho, demandez aux faiseurs de biographies, demandez aux petites dames qui publient leurs *Mémoires*, ce qu'ils ont fait du nom de M. de Chateaubriand.

S'il vous plaît, nous vous raconterons *l'enfance* du jeune poëte! Et par ces premières années, vous jugerez à quelle hauteur devait atteindre un pareil génie, entre *Atala, René* et *les Martyrs*.

M. de Chateaubriand est né en Bretagne, au château de Combourg, vieille propriété des sires de Chateaubriand; Combourg, après avoir appartenu aux Montmorency et aux Condé, revint à ses anciens maîtres; son dernier propriétaire eut pour fils l'au-

teur du *Génie du Christianisme*... L'Europe entière,
à cette heure, dirait au reste du monde quelle génération a passé par le château de Combourg.

« J'arrivai au château par la longue avenue de
« sapins, je traversai à pied les cours désertes, je
« m'arrêtai à regarder les fenêtres fermées ou à
« demi brisées, le chardon qui croissait au pied des
« murs, les feuilles qui jonchaient le seuil des
« portes et le perron solitaire, où j'avais vu si sou-
« vent mon père et ses fidèles serviteurs. Les
« marbres étaient déjà couverts de mousse; le vio-
« lier jaune croissait entre leurs pierres disjointes
« et tremblantes; un gardien inconnu m'ouvrit
« brusquement les portes...

« Couvrant un moment mes yeux de mon mou-
« choir, j'entrai sous le toit de mes ancêtres; je
« parcourus les appartements sonores, où l'on n'en-
« tendait que le bruit de mes pas. Les chambres
« étaient à peine éclairées par une faible lumière
« qui pénétrait entre les volets fermés. Je visitai
« celle où ma mère avait quitté la vie, celle où se
« retirait mon père, celle où j'avais dormi dans
« mon berceau, celle enfin où l'amitié avait reçu
« mes premiers vœux dans le sein d'une sœur. Par-
« tout les salles étaient détendues, et l'araignée
« filait ses toiles dans les corniches abandonnées.
« Je sortis précipitamment de ces lieux, je m'en
« éloignai à grands pas, sans oser tourner la tête.
« Qu'ils sont doux, mais qu'ils sont rapides, les
« moments que les frères et les sœurs passent dans
« la société de leurs vieux parents! »

M. de Chateaubriand n'aurait pas écrit les Mé-

moires de sa jeunesse, on les retrouverait mêlés
aux souvenirs de ses quinze premières années :

« Mon humeur était impétueuse, mon caractère
« inégal; tour à tour bruyant et joyeux, silencieux
« et triste, je rassemblais autour de moi mes jeunes
« compagnons, puis je les abandonnais tout à coup
« pour contempler la nue fugitive ou entendre la
« pluie tomber sur le feuillage. »

Ce que l'auteur dit à peine, c'est le respect mêlé
de terreur que lui inspirait son père. Son père
était un homme de haute taille, d'une physionomie
sombre et sévère, imposant et superbe. Pendant le
jour, le jeune François de Chateaubriand faisait
volontiers un long circuit plutôt que de passer
devant son père; et la nuit venue, en ce château
désert, *situé au milieu des forêts, dans une contrée
reculée,* toute cette famille se réunissait dans une
vaste salle, la mère et les deux jeunes enfants
blottis sous l'immense cheminée; le père, enveloppé
dans son manteau, se promenant de long en large
et silencieux, comme la statue du commandeur.

A mesure que leur seigneur et maître s'éloignait
du coin où ils s'étaient blottis, la conversation entre
la mère et les enfants reprenait une animation nouvelle, et plus les pas du seigneur allaient en s'affaiblissant, et plus les voix enfantines prenaient le dessus; tout à coup le vieux comte se retournait, il
revenait de la porte à la cheminée; alors la conversation baissait peu à peu; il avançait, les voix fai-
blissaient.

Quelquefois il s'arrêtait net devant la cheminée :
on n'entendait pas un souffle; alors, avec sa grosse

voix, il demandait : *Que dit-on?* On répondait par
le silence... il reprenait sa promenade, et la veillée
ainsi se passait dans ces alternatives de causerie et
de silence.

A onze heures frappantes, le vieux seigneur re-
montait dans sa chambre; on prêtait encore l'oreille
au bruit qui va s'affaiblissant. Et le père?... On
l'entendait marcher là-haut : son pied faisait gémir
les vieilles solives; enfin tout se taisait!

Alors la mère, le fils, la sœur, poussaient un cri
de joie : les deux enfants se livraient à mille jeux
folâtres; ou bien, ce qui était plus amusant encore,
ils se racontaient des histoires de revenants, celle-
ci, par exemple, et M. de Chateaubriand, à soixante
ans (j'y étais), la racontait à vous donner le frisson :

« La nuit, à minuit, un vieux moine, dans sa cellule, entend frapper à sa porte. Une voix plaintive
l'appelle; le moine hésite à ouvrir. A la fin, il se
lève, il ouvre!... Un pèlerin demande au solitaire
l'hospitalité pour la nuit! Le moine hospitalier
donne un lit au pèlerin et se rejette sur le sien;
mais à peine il est endormi, que tout à coup il voit
le pèlerin au bout de son lit qui lui fait signe de le
suivre.

« Il obéit. Ils sortent ensemble. La porte de l'é-
glise, à leur aspect, s'ouvre et se referme derrière
eux. Le prêtre à l'autel célébrait les saints mystères.
Arrivé au pied de l'autel, le pèlerin ôte son capu-
chon, et montre au moine une tête de mort. « Tu
« m'as donné une place à tes côtés, dit le pèlerin;
« à mon tour, je te donne une place sur mon lit de
« cendres! »

Vous sentez combien c'étaient là de délicieuses
terreurs, et comme, à ces récits, la sœur se pressait
contre le frère, et le frère contre la sœur ! Rien n'est
touchant autant que les pages de M. de Chateaubriand sur cette belle, intelligente et jeune sœur
Lucile ! Toute son enfance à côté d'elle s'est passée :
ils ont eu les mêmes chagrins, les mêmes plaisirs,
les mêmes terreurs.

« Timide et contraint devant mon père, je ne
« trouvais l'aise et le contentement que devant ma
« sœur. Une douce conformité de mœurs et de goûts
« nous unissait étroitement ; elle était un peu plus
« âgée que moi. Nous aimions à gravir les coteaux
« ensemble, à parcourir les bois à la chute des
« feuilles ; promenades dont le souvenir remplit
« encore mon âme de délices. O illusions de l'en-
« fance et de la patrie, ne perdez-vous jamais vos
« douceurs !

« Tantôt nous marchions en silence, prêtant l'o-
« reille au mugissement de l'automne ou au bruit
« des feuilles séchées que nous traînions tristement
« sous nos pas ; tantôt, dans nos jeux innocents,
« nous poursuivions l'hirondelle dans la prairie,
« l'arc-en-ciel sur les collines pluvieuses ; quelque-
« fois aussi nous murmurions des vers que nous
« inspirait le spectacle de la nature.

« Nous avions tous les deux un peu de tristesse
« au fond du cœur : nous tenions cela de Dieu ou
« de notre mère ! »

Vous voyez déjà ce qu'était l'enfant ; d'après l'enfant, vous pouvez juger de l'écolier. Un rêveur, un
poëte, étudiant nonchalamment et à ses heures,

ennuyé du collége; au collége et dans la maison paternelle se réfugiant dans l'amitié, qui lui faisait
paraître les heures moins longues. Le jeune François
de Chateaubriand fut élevé au collége de Rennes ; là
il étudia, autant qu'il pouvait étudier, l'arithmétique de Bezout; en contre-poids à M. Bezout, il
découvrit Horace, et les *Confessions de saint Augustin*, deux nouveaux amis de collége.

Ces souvenirs sont charmants, racontés par M. de
Chateaubriand ; c'est tout à fait la fraîcheur, la
grâce enfantine et la passion champêtre des premiers
livres des *Confessions* de Jean-Jacques Rousseau.
Il se souvient des moindres accidents du premier
âge. Il a un regret pour tous ses amis qui sont morts,
entre autres pour son ami Gesril, le Vendéen, mort à
Quiberon.

Ce brave Gesril était prisonnier des *bleus* sur sa
parole ; la nuit venue, il se jette à la nage pour
avertir un vaisseau anglais qui était en croisière, de
ne pas approcher. Les Anglais avertis veulent entraîner Gesril, mais lui, fidèle à sa parole, se rejette
à la nage, et revient au fatal Quiberon, où il est
fusillé le lendemain.

Le collége de Rennes ne laisse guère d'autres
souvenirs à M. de Chateaubriand. Tous ses camarades sont morts, ou presque tous. Parmi les aventures qu'il raconte, voici la plus gaie :

Il était expressément défendu au collége (et voilà
ce qui s'appelle une loi clémente) de toucher aux
nids d'oiseaux. Un jour, pendant la promenade,
les joyeux condisciples découvrent au sommet d'un
grand arbre un nid de pie ; et tremblante, et vail-

lante, la mère était au sommet de l'arbre, et veillait sur sa couvée... Entendez-vous cependant les cris de la joyeuse émeute?

— Oh! hé! les pies! Et qui donc grimpera là-haut, le premier? Est-ce toi, Louis? Est-ce toi, Victor? Est-ce toi, François?

— Ce sera moi! dit François, voyant tous les autres hésiter; ce sera moi.

Aussitôt le voilà qui grimpe. Il s'accroche aux branches, il monte, il monte encore; il entend, d'en bas, qu'on l'applaudit et qu'on l'admire. A la fin, il est près du nid; la pauvre mère, effarée et forcée enfin dans sa retraite, s'envole à regret; le petit François plonge hardiment la main dans le nid. — Pas d'oiseaux! mais de petits œufs mollement étendus sur le duvet, et chauds encore!

Lui, qui ne veut pas redescendre les mains vides, s'empare des œufs et les cache entre *cuir et chair*, comme on dit. Il était certes plus difficile et périlleux de descendre. qu'il n'avait été facile de monter : les branches plient, les branches cassent, le pied lui glisse, il s'écorche le visage et les mains; il arrive ainsi, tant bien que mal, à un certain endroit où l'arbre, en bifurquant, formait une fourche; il tombe à cheval sur cette fourche, où il reprend haleine, et jambe de ci, jambe de là!

Comme il était encore à cheval, reprenant haleine et cherchant à descendre, il entend soudain crier ses condisciples :

— Voici le maître!... Ah! le voici! Le maître, en effet, paraissait dans le lointain, et chacun de prendre sa volée comme la pie, et François de Cha-

teaubriand de rester là-haut, tout seul, à cheval sur
son arbre. Un seul de ses condisciples était resté au
pied de l'arbre, et lui disait : « Sauve-toi, François ! laisse-toi couler de l'arbre, François ! prends-
le à bras-le-corps. » Ce camarade si fidèle au malheur, c'était ce digne Gesril... Pauvre Gesril !

Ainsi fit François. Il prit l'arbre entre ses deux
mains, et se laissa glisser du haut en bas de l'.écorce
raboteuse ; il arrive ainsi jusqu'à terre, un peu
froissé ; mais qu'importe?... le maître n'a rien vu.

Il reprend sa course, il rejoint ses camarades ; le
maître le voit venir et le regarde. O désespoir! accident imprévu!... Les œufs, les maudits œufs se
sont cassés dans la poitrine du petit François, et son
gilet a changé de couleur ; la pie est vengée, ses
œufs criaient vengeance ! Alors le maître, espèce de
Breton à tête dure, déclare à François de Chateaubriand qu'il aura le fouet. On rentre au collége ;
hélas ! ils étaient tristes, Dieu le sait !

A peine au collége, le maître fait appeler François de Chateaubriand dans sa chambre... Il a mérité le fouet, il sera fouetté. En vain le petit François, le cœur oppressé, les yeux pleins de larmes,
les mains jointes, prie et supplie qu'on lui épargne
cette ignominie. — Il demande une autre peine,
— la prison, le pain sec, — les *pensums!* — deux
cents vers d'Horace qu'il apprendra par cœur. —
Vains efforts! le maître l'a dit, François aura le
fouet! En même temps, le maître s'approchait pour
donner le fouet à François ; mais celui-ci, voyant la
prière inutile, prend son parti, sur-le-champ, comme
un gentilhomme ; il s'adosse contre le mur, et quand

son bourreau le veut prendre, il se défend à coups
de pied, à coups de poing; il mord, il frappe, il
crie, il égratigne, il s'enfuit, il se retranche; un
jeune lion n'eût pas mieux fait. A la fin, de guerre
lasse, on lui cède; il remporte ainsi la victoire avec
plus d'énergie et plus glorieusement que le petit
Jean-Jacques en pareille occasion.

Après dix mois passés dans ces études et dans
ces promenades, tour à tour rêveur et colère, emporté et patient, étudiant à ses heures, étudiant
seul, rêvant déjà, et déjà modulant cette phrase savante et cadencée qui est peut-être mieux qu'une
poésie, et qu'il a trouvée, à la grande admiration
de toute la France, il revenait passer ses vacances
à Combourg.

C'était sa grande fête ! Il revoyait le vieux château
battu des tempêtes de l'Océan; il embrassait sa
mère, il se remettait à trembler devant son père; il
parlait avec sa jeune sœur, il travaillait avec elle;
ils prêtaient l'oreille au bruit confus de la forêt et de
l'Océan.

Puis soudain ce ne fut plus au collége qu'on l'envoya, ce fut au régiment; il était écolier la veille, il
fut soldat le lendemain, soldat tout à fait, allant à
l'exercice. — Une! deux! — Une! deux! — Portez
arme! présentez *arme!* et jamais... *feu!* Quand il
sut le métier : marcher au pas, aller, venir, nettoyer
son fusil, blanchir sa buffleterie, et noircir sa giberne,
on le fit monter en grade. Il devint caporal, puis
sergent, puis sous-lieutenant, ma foi ! Alors ce fut
au sous-lieutenant à enseigner l'exercice aux soldats. Il leur apprit tout ce qu'on lui avait appris.

— Une! deux! — Une! deux! — Tourne à droite!
tourne à gauche! En avant! marche! fixe! droite et
gauche! portez arme! arme au bras! Tout ceci se
passait à Dieppe, où il était en garnison; les galets
de la mer lui servaient de champ de bataille : il devint ainsi, comme disait son colonel, *un officier tout
à fait accompli*.

Quand cette nouvelle éducation du jeune François
de Chateaubriand fut achevée (et cela se fit promp-
tement), son père l'envoya à Paris pour chercher fortune. Il fit donc encore une fois ses adieux au château de Combourg, à sa mère, à sa sœur ; puis il
partit dans une voiture de poste, tête à tête avec
une dame qu'il devait accompagner jusqu'à Paris.

« Je n'ai revu Combourg que trois fois : à la mort
« de mon père, toute la famille se trouva réunie au
« château pour se dire adieu. Deux ans plus tard,
« j'accompagnai ma mère à Combourg ; elle voulait
« meubler le vieux manoir ; mon frère y devait ame-
« ner ma belle-sœur : mon frère ne vint point en
« Bretagne, et bientôt il monta sur l'échafaud avec
« sa jeune femme [1] pour qui ma mère avait préparé
« le lit nuptial; enfin je pris le chemin de Com-
« bourg en arrivant au port, lorsque je me décidai
« à passer en Amérique.

« Après seize années d'absence, prêt à quitter le
« sol natal pour les ruines de la Grèce, j'allai em-
« brasser au milieu des landes de ma pauvre Bre-
« tagne ce qui me restait de ma famille; mais je
« n'eus pas le courage d'entreprendre le pèlerinage

1. Mlle de Rosambo, petite-fille de M. de Malesherbes, exécutée
avec son mari, le même jour que son illustre aïeul.

« des champs paternels. C'est dans les bruyères de
« Combourg que je suis devenu le peu que je suis ;
« c'est là que j'ai vu se réunir et se disperser ma
« famille. De dix enfants que nous avons été, nous
« ne restons plus que quatre. Ma mère est morte de
« douleur, les cendres de mon père ont été jetées
« au vent.

   « Si mes ouvrages me survivent, si je devais lais-
« ser un nom, peut-être un jour, guidé par ces
« mémoires, le voyageur s'arrêtera un moment aux
« lieux que j'ai décrits. Il pourrait reconnaître le
« château, mais il chercherait en vain le grand *mail*
« ou le grand bois ; il a été abattu ; le berceau de
« mes songes a disparu comme les songes. De-
« meuré seul, debout sur son rocher, l'antique don-
« jon semble regretter les chênes qui l'environ-
« naient et le protégeaient contre les tempêtes.
« Isolé comme lui, j'ai vu, comme lui, tomber au-
« tour de moi la famille qui embellissait mes jours
« et me prêtait son abri ; grâce au ciel, ma vie n'est
« pas bâtie sur la terre aussi solidement que les
« tours où j'ai passé ma jeunesse ! »

   Il est mort, M. de Chateaubriand, vaincu du temps,
dans un jour de tempête. Il est mort plein d'ennuis,
accablé de tristesse, et doutant même de sa gloire.
O vieillard ! l'honneur de ton siècle ! ô maître éloquent, dont la voix toute-puissante a réveillé la
poésie ! ami de toutes les libertés ! De tant de grandeurs, il n'a sauvé qu'une tombe aux bords d'un
écueil :

     La vaste mer murmure autour de son cercueil !

LES CANNIBALES

Le nom triste et charmant de mademoiselle de Sombreuil jette un doux éclat au milieu des plus sanglantes orgies qui aient souillé l'histoire des peuples. Le nom de mademoiselle de Sombreuil, s'il n'efface pas l'horrible nom de Danton, nous console au moins d'avoir à le prononcer. Mademoiselle de Sombreuil fut la chaste et généreuse héroïne d'une journée du massacres, et seule, en cette journée du 2 septembre (1792), cette noble enfant fit croire encore au courage, à l'honneur, à la vertu.

Ceci se passait au milieu d'une époque de révolution et de désordres. Vous saurez cette histoire un jour. Elle est terrible, et les pères de vos pères en ont supporté tout le poids. A cette époque d'affreuse mémoire, la France était gouvernée par quelques misérables, qui n'avaient pas d'autre joie que de trancher les têtes les plus illustres, de verser le sang à longs flots. La vertu, la jeunesse, le talent,

le nom des aïeux, la gloire, les cicatrices gue_riè-
res, rien ne mettait à l'abri de ces fureurs; être
innocent, c'était être un grand coupable; être en
prison, c'était preuve de dévouement et de loyauté;
l'échafaud, c'était la vertu de ce temps-là.

Le 30 août 1792, les prisons de Paris étaient
remplies de nobles prisonniers qui n'attendaient plus
que leur arrêt de mort. Danton et Marat, effrayés
par une défaite de la République au dehors, voulurent, à leur tour, *faire peur aux royalistes*. Ainsi
parlait Danton. Ce fut d'abord, dans Paris, un bruit
sinistre, une rumeur vague et sans fondement. Peu
à peu l'horrible rumeur prit une consistance; on
s'agitait dans les rues, la ville entière était debout.

Toutes les prisons étaient plongées dans une terreur profonde. Le roi Louis XVI, qui était prisonnier avec sa famille dans la tour du Temple, se
demandait avec effroi pourquoi ses gardiens étaient
si consternés. Bientôt on entendit le tocsin, le canon
d'alarme se prit à mugir! C'en est fait, le massacre
était commandé. O ténèbres! meurtre! épouvante!
égorgeurs!

Le massacre commença dans la prison de l'Abbaye. On venait d'y transporter vingt-quatre prêtres
au milieu des injures et des excès de la populace. A
peine ces malheureux furent entassés dans ce vaste
espace... ils tombèrent percés de coups. Ils furent
ainsi égorgés tous ensemble! Une hécatombe! Un
seul fut sauvé par un miracle : c'était l'abbé Sicard,
le père des sourds-muets, celui qui avait réalisé
cette parole de l'Évangile : *Il a dit aux sourds d'entendre, aux muets de parler!*

Les cris des bourreaux, les plaintes des victimes, l'agonie et le sang qui suintait déjà à travers la muraille avaient excité au plus haut degré les passions de la populace. Un des maîtres de ce temps-là, Billaud-Varennes, s'était écrié au milieu du massacre : *Peuple, tu fais ton devoir!* Quand il n'y eut plus un prêtre à immoler dans l'Abbaye, les massacreurs se portèrent à la prison des Carmes. Deux cents prêtres attendaient l'heure suprême en ce lieu funèbre. A l'aspect des bourreaux, les martyrs de la foi s'embrassent et s'encouragent. Arrivés dans l'église, les assassins demandent à grands cris l'archevêque d'Arles, et le prélat répond sans s'étonner : *Me voici!* Aussitôt il tombe abattu comme une victime aux autels des furies. *Priez pour nous, ô martyr!* disaient ces malheureux voués à la mort! On les égorgeait à coups de sabre, on les perçait à coups d'épée, on les tuait de loin à coups de fusil. Les murs en restèrent tachés de sang.

Des Carmes, la bande féroce revient à l'Abbaye, où elle avait laissé des prisons pleines d'égorgements. Dans cette cour sanglante la troupe fait halte, au milieu des cadavres; les cannibales demandent du vin, et ils en boivent vingt-quatre pintes. Leurs affreux cris de joie pénétraient déjà dans les cachots lugubres. On ouvre les portes, et le massacre commence. Il est vrai qu'après les premiers meurtres on y mit plus d'ordre et de régularité. O la honte! les assassins, tout sanglants, se firent les juges de leurs victimes. Le chef des égorgeurs, nommé Maillard, fut nommé président de cet horrible tribunal. Ces monstres conviennent entre eux que ce cri : *A la Force!* prononcé par le président, vaudra un arrêt de mort.

D'abord on amène à ces horribles juges quelques malheureux Suisses dont le crime était de s'être défendus le 10 août. — *A la Force!* criait Maillard, ce qui voulait dire : *A la mort!* Et ils furent égorgés tous.

Ceux-là morts, on fit venir de nouvelles victimes. *A la Force!* disait toujours le président. M. le comte de Montmorin, l'ancien ministre, est immolé au moment où il demande une voiture. Thierry, le valet de chambre du roi ; Thierry, la fidélité, le courage et l'honneur, tombe en criant : *Vive le Roi!* percé de mille coups. *Tel maître, tel valet!* criait Maillard. Les égorgements continuent, pendant que tout Paris se tait et se cache! Et pas une voix ne s'élève contre ces meurtriers que n'eût pas supportés une nation de cannibales!

Ce fut alors que, dans l'enceinte de ces murs souillés par tant de crimes, au milieu de cette mer de sang, se passa cette généreuse action de mademoiselle de Sombreuil. Son père était un vieillard, gouverneur des Invalides, homme respecté de tous. Il avait donné, toute sa vie, un rare exemple de toutes les vertus militaires. Il était en prison depuis longtemps déjà, et chaque jour sa fille venait, à la même heure, implorer du geôlier la permission de voir et d'embrasser son père. C'était pour le vieillard son rayon de soleil dans cet abîme, sa consolation dans ce désespoir. Ce jour funeste entre tous, mademoiselle de Sombreuil voulut, comme à son ordinaire, embrasser son père. En vain on parlait de massacre, en vain, belle et jeune comme elle était, ses amis, ses parents la voulurent retenir... plus grand était le danger, plus la noble fille était poussée à réclamer l'auteur de ses jours.

Ainsi le meurtre et le sang, rien ne l'arrête. Elle accourt, elle arrive, elle ose entrer dans cette prison entourée d'un ruisseau de sang. O douleur, elle arrive à l'instant où son père venait d'être condamné — *à la Force!* Elle savait que c'était un signal de mort. C'est l'intelligence suprême, la piété filiale! — Non, dit-elle, se précipitant sur son père, non! vous n'enverrez pas mon père à la Force! le noble vieillard! Non, vous n'ôterez pas mon père à sa fille! Non! non! il est vieux. Il est mourant. Rendez-le-moi! rendez-le-moi! Ses cris étaient si déchirants, son amour pour son père était si plein de foi et d'ardeur, elle était si éloquente en sa douleur, que les piques s'arrêtent, les bourreaux pâlissent, les jurés eux-mêmes sentirent je ne sais quoi d'humain dans leur cœur.

— Mon père! mon père! criait l'enfant. Son père la serrait tendrement sur son cœur; il croyait l'embrasser pour la dernière fois.

Mais l'infâme Maillard, qui sentait sa proie lui échapper, prend, sur une table qui lui servait de tribunal, un verre dans lequel il avait bu. Il le fit remplir de sang dans la cour. — Si tu veux ton père, dit-il à cette enfant, *bois le sang d'un aristocrate!* Elle, alors, ô l'héroïne! elle prit... de sa main vaillante... elle prit ce verre, elle regarda son père, elle but le calice affreux jusqu'à la lie. Alors Maillard lui-même s'avoua vaincu, et M. de Sombreuil fut sauvé.

Noble fille! Ah! femme admirable! Son dévouement arracha des larmes à l'Europe épouvantée ; il
n'y eut pas un père, pas un enfant, pas une mère,
qui depuis ce dévouement sans exemple n'invoquât
dans ses prières le nom vénéré de mademoiselle de
Sombreuil.

Quand les bourreaux eurent pleuré, ils reprirent
leur tâche interrompue. Au Châtelet, à la Force, à
la Conciergerie, aux Bernardins, à Saint-Firmin, à
la Salpêtrière, ce fut le même carnage. Ce fatal jour
du 2 septembre, une honte ineffaçable, fut ensanglanté jusqu'à la nuit. Le lendemain, les massacreurs se rendirent en corps à l'Hôtel-de-Ville pour
toucher les gages de leur journée ; on voit encore
sur des registres plusieurs signatures avec une tache
de sang.

N'oublions pas, parmi les victimes de cet horrible
jour, de nommer cette jeune et belle princesse de
Lamballe, égorgée au seuil de sa prison. Les bourreaux lui demandent son nom. Elle répond de sa
voix douce : — Louise de Savoie, princesse de Lamballe. — Jurez haine à la reine et à la royauté ! —
Elle répondit, la main sur le cœur : — Vive la
Reine!... On la tue! Elle était une des plus belles
personnes de la cour de France. Son beau corps fut
déchiré en lambeaux. On lui arracha les entrailles
et le cœur, on lui coupa la tête, on plaça ces horribles trophées au bout d'une pique. On courut au
Temple. et ce peuple en fureur cria sous les fenêtres
de la reine : La reine! la reine! La reine dormait,
elle s'entendit appeler par le peuple, elle se mit à
la fenêtre, et voilà le spectacle qui s'offrit à sa vue :

la tête de son amie au bout d'une pique! Malheureuse reine! Elle tombe évanouie, et le roi et madame Élisabeth l'emportèrent inanimée sur le grabat de sa prison.

Et la populace, ardente à ces crimes, murmura sur ses entrefaites un chant de mort. Infâmes, qui se jouaient ainsi des têtes coupées, qui ne respectaient pas même le sommeil des rois captifs!

Enfants, vous croyez peut-être que le dévouement filial de mademoiselle de Sombreuil sauva son père? Vous faites trop d'honneur à notre histoire. Hélas! si M. de Sombreuil fut rendu à sa fille par les égorgeurs du 2 septembre, ce fut pour peu de temps. Le vieillard échappait à la mort, mais non pas à la prison; l'impitoyable échafaud le retrouva plus tard. Il se trouva des jurés qui osèrent condamner cet homme, à qui la piété filiale avait fait trouver grâce aux yeux des massacreurs de septembre. Ce sang que mademoiselle de Sombreuil avait bu ne put sauver son père qu'un seul jour.

Quand son père lui fut arraché pour la seconde fois, la noble enfant courba la tête ; elle comprit qu'il n'y avait plus d'espoir. Cette fois, tout le dévouement de son cœur ne pouvait suffire à retarder d'une heure le supplice de l'infortuné vieillard.

Malheureuse nation qui ne se souvenait pas, du jour au lendemain, d'une action de vertu!

Vous vous rappelez, dans l'histoire romaine, cette jeune femme dont le père avait été condamné à mourir de faim, et que sa fille nourrit de son lait. Le Sénat, touché d'admiration pour le dévouement de cette héroïne, fit grâce à son père, et, sur l'em-

8.

placement de cette prison, il éleva un temple à la *piété filiale.*

On éleva un échafaud pour le père de mademoiselle de Sombreuil.

Tristes récits! funestes époques! c'est bien dur peut-être de jeter vos jeunes âmes dans ces douleurs, mais il n'est pas sans prudence d'habituer les jeunes âmes à ces sévères enseignements.

La vérité est triste, elle est utile, et les plus douces fictions ne peuvent pas lutter avec elle.

Enfin, s'il y a des larmes dans vos yeux au récit de ces malheurs, vous serez fiers de l'héroïsme de cette enfant, au moment de notre histoire le plus sanglant et le plus honteux.

LA DERNIÈRE LEÇON

DE GEORGES CUVIER

Vous n'êtes pas si petit que vous n'ayez entendu parler de Georges Cuvier, car on disait *Georges Cuvier*, tout court; lui vivant, on laissait de côté ses titres de comte ou de baron, parce que ce titre était le plus beau de tous : *Georges Cuvier*. Nous autres, les enfants de ce siècle, nous avons vu Georges Cuvier, nous l'avons connu, nous lui avons parlé. C'était un homme d'un visage imposant, d'un sourire affable.

A le voir sourire, on n'eût jamais deviné qu'il avait été, dans son enfance, un petit être souffreteux et contrefait. Telle est la puissance de la volonté. Cet enfant, qui était laid, faible, impotent, avait voulu devenir un homme, il était devenu un homme. Son corps s'était redressé; son regard s'était animé; son front, couvert de cheveux presque rouges, s'était ombragé de cheveux blonds ; sa parole était lente, embarrassée : elle était devenue hardie..., une flamme.

Eh ! c'est ainsi que nous l'avons tous vu, nous autres, quand son regard tombait sur nous, jeunes gens qui l'écoutions dans le silence du respect, comme le plus savant et le plus populaire parmi les plus illustres savants.

Georges Cuvier fut un de ces hommes rares qui semblent avoir apporté en naissant l'universalité de toutes les sciences. — Imagination prodigieuse qui devina tout ce que la science ne pouvait lui révéler. Toutes les parties des connaissances humaines, Georges Cuvier les a embrassées : sciences naturelles, physique, astronomie et philosophie. Tout ce qui est renfermé entre le ciel et la terre, Georges Cuvier l'avait étudié.

Il a retrouvé à lui seul les races perdues ; il a rendu leurs noms à des animaux qu'avait détruits le déluge. Il a recomposé des squelettes épars ; il a dit le nom de tous les poissons de la mer. En même temps l'illustre savant était un homme politique ; il passait de son cabinet dans le conseil d'État ; il savait parler comme il savait écrire. Il était professeur dans sa chaire, orateur à la tribune. Il fut en même temps ministre et membre de l'Académie. Autour de Georges Cuvier se groupaient, naturellement, toutes les gloires scientifiques du monde intellectuel dont il était le roi, dont il était le Dieu. Tel était Georges Cuvier.

Je ne vous ferai pas ici l'analyse des ouvrages de

Georges Cuvier; il faudrait un homme plus savant
que je ne suis; il faudrait écrire un gros tome. En
revanche, on vous dira par quelle sage économie de
sa vie il est parvenu à tant savoir et à tant écrire.
Il vivait double.

Il se couchait tous les jours à la même heure, à
minuit. Il avait tant travaillé dans la journée, il
aura tant à travailler le lendemain!... Le sommeil
est une des conditions de la vie laborieuse : il rend
ses forces à l'esprit fatigué; il repose la tête accablée
sous les pensées de la veille; il ranime les facultés
du cerveau, lassé de produire; il rend à la tête humaine la pensée, l'intelligence et la force, et la vie.

C'était donc une chose précieuse, le sommeil de
Georges Cuvier! Il dormait huit heures (tout autant)! A peine réveillé, il se levait, il lisait ses lettres,
il mettait ses papiers en ordre, il disposait heure
par heure, minute par minute, le travail de la journée. C'était à grand'peine que son valet de chambre
venait à bout d'habiller son maître. Il courait, à
demi vêtu, autour de sa chambre remplie de livres,
d'ossements, de squelettes, de mémoires commen-
cés, de minéraux, de végétaux. De toutes les parties
du monde on lui envoyait, chaque jour, quelques
débris précieux et rares d'histoire naturelle qu'il fallait classer, quelques restes d'animal inconnu qu'il
fallait nommer.

Georges Cuvier était, en même temps, à tous les
travaux. Quelle admirable confusion, ce bureau de
travail, tout chargé de plumes, de crayons, de bu-
rins; car il écrivait, il dessinait, il gravait. Il était
l'homme universel.

Quand toutes choses étaient en ordre, Georges Cuvier déjeunait. Ce premier repas était déjà un travail. Cuvier mangeait peu, le matin ; en revanche, il lisait beaucoup, à table, en mangeant. Livres et journaux, tout y passait. En vain sa femme, en vain sa fille s'efforçaient de distraire quelque peu de ses méditations profondes ce grand homme qu'elles aimaient tant! rien n'y faisait! Il était lancé dans ses méditations, pour tout le jour. A peine il avait pris une tasse de thé, il rentrait dans son cabinet, et se mettait à écrire (il écrivait debout sur une table). Cependant, entraient ses amis. Lui, sans quitter le travail, il était à la conversation.

On annonçait alors les visiteurs; c'étaient, pour la plupart, des étrangers qui venaient de bien loin pour voir de près ce grand homme. Georges Cuvier ne faisait jamais attendre; il allait recevoir lui-même l'étranger dans son salon ; en se promenant (il appelait cela *faire de l'exercice*), il écoutait, il répondait.

Il était net et précis dans ses réponses; il écoutait bien. Il savait à l'avance tout ce qu'on allait lui dire. Georges Cuvier n'était pas un de ces hommes dont les oisifs font leur proie; on ne venait le trouver que si, très-sérieusement, l'on avait affaire avec lui. Chacun respectait des instants si précieux.

Cependant, à deux heures sonnantes, Georges Cuvier sortait d'un cabinet si rempli de charmes. Il laissait son livre à la page entr'ouverte, il arrêtait sa ligne commencée; il passait, avec la plus merveilleuse facilité, d'une idée à l'autre idée, et toujours sûr qu'il était de retrouver, quand il voudrait, son idée interrompue. Il sortait. Il était appelé en tant de lieux différents, où sa présence était indispensable !

Ses emplois ne se comptent pas : il était membre du conseil d'État ; — il était directeur des cultes, au ministère de l'intérieur ; — il était président du conseil de l'Université ; — il était membre de trois académies, et tous ces devoirs, dont un seul remplirait la vie d'un homme ordinaire, Georges Cuvier s'en acquittait avec un zèle infatigable.

Il était partout, prêt à conseiller, toujours prêt à parler, à agir. Il avait un jugement rapide et sûr ; au conseil d'État comme au ministère de l'intérieur, à l'Académie française comme à l'Académie des sciences, on l'écoutait en oracle.

Or, c'était pour lui une vieille habitude : être écouté, et pour les autres, habitude aussi de l'écouter. Il avait commencé de bonne heure ; à trente-quatre ans, il était secrétaire perpétuel de l'Académie des sciences, et l'Académie des sciences n'oubliera jamais le président qui lisait toutes les écritures, qui comprenait toutes les idées les plus nouvelles et les plus folles, qui répondait à chacun, dans sa langue et comme il convenait de répondre.

Jamais fatigué, toujours patient, le plus simple des hommes, parce qu'il en était le plus intelligent. Ainsi il était à l'Académie des sciences, ainsi il était au conseil d'État, parlant peu, allant droit au but, simple et précis, toujours le même, et partout.

Quand il s'était acquitté de toutes ses fonctions, il rentrait chez lui, où son dîner l'attendait. Avant de se mettre à table, il lisait encore sa correspondance de la journée, et sa correspondance était immense.

A dîner, il appartenait à sa famille; à dîner, il redevenait un homme; heureux de vivre, simple, abordable et facile, aimant à rire, et riant toujours de ce gros rire que le parterre des théâtres reconnaissait très bien, quand Georges Cuvier allait, par hasard, au théâtre.

Sa fille surtout, sa Clémentine, le rendait le plus heureux des pères; Clémentine était son orgueil, son amour, sa vie. Elle avait compris, l'enfant, elle avait compris de bonne heure à quel génie elle appartenait. Elle savait par instinct que la fille de Georges Cuvier ne devait pas, et ne pouvait pas être une femme ordinaire : aussi avait-elle étudié de toutes ses forces pour se mettre au niveau de son père. Souvent le père, à son tour, était l'enfant de sa fille; il lui obéissait en toutes choses. Souvent, quand son père était plus négligé que d'habitude, Clémentine accourait et lui faisait prendre, bon gré, mal gré, son plus bel habit de cérémonie; et sur ce bel habit c'était Clémentine qui plaçait elle-même les ordres, les plaques, les rubans dont son père était décoré.

D'autres fois elle le menait au spectacle; elle le conduisait par la main; d'autres fois encore, elle venait à son père, et elle lui disait : « Il me faut un discours pour la première réunion de l'Académie. » Et Georges Cuvier, pour plaire à sa fille, écrivait son discours.

Hélas! cette noble enfant, si nécessaire à son père, vie, et joie et bonheur de cette maison, — Clémentine est morte, à vingt-deux ans, pleurée par son père, qui ne s'est jamais consolé de cette mort!

Ainsi vivait Cuvier, tout entier au travail, tout entier à sa famille. Il était l'homme de l'Europe ; sa présence animait toutes choses, sa parole éclairait les mystères les plus difficiles. Il avait à ses ordres une armée de savants, qui lui obéissaient comme à leur chef ; il envoyait des ambassadeurs de la science en toutes les parties du monde ; il avait une bibliothèque immense, il avait des collections sans nombre, il remplissait à lui seul d'immenses galeries, allant d'une galerie à l'autre, s'arrêtant pour consulter un livre, écrire une page ; et même, quand il était avec sa fille, s'il rencontrait sur son chemin une fleur, une plante, une graine, tout à coup il retombait dans ses préoccupations.

Hélas ! pourquoi faut-il que la mort arrête en sa course des hommes de ce génie ! hélas ! la nature en fait si peu de cette valeur. O mort ! que viens-tu faire, et quels projets tu vas déranger !... Ne l'implorons pas, elle est sourde. A peine elle a désigné sa victime, il faut la suivre ; à peine elle a touché ce savant, ce héros, ce jeune homme, il n'est rien qui vous sauve. Il est mort, d'une mort subite, Georges Cuvier.

J'y étais, j'étais au collége de France le dernier jour où Cuvier parla en public. Je me souviens de la tristesse solennelle qui s'empara de l'école. Nous étions, il est vrai, dans une triste époque ; le choléra, cette horrible peste, s'était emparé de la ville ; la tristesse et l'épouvante étaient partout. Les rues étaient silencieuses, les écoles étaient dépeuplées, les hôpitaux étaient remplis. Dans les rues effarées, le char de la mort courait au grand galop, jusqu'au cimetière, conduisant plusieurs corps entassés.

Ce fut ce moment-là que choisit Cuvier pour ouvrir son cours; il savait que ce serait une heureuse et utile distraction aux ennuis de la jeunesse des écoles. Nous étions donc tous arrivés autour de sa chaire éloquente pour répondre à l'appel de l'illustre professeur. Il arriva; c'était lui encore; il y avait quinze ans qu'il n'avait fait une leçon publique. Il allait parler des sciences naturelles, le résumé de toutes ses connaissances. Il monta dans sa chaire, et Dieu sait s'il fut applaudi! Alors il commença; que disait, ce jour-là, cette voix puissante? O ciel! nous n'eûmes pas le temps de nous souvenir de ses dernières paroles. Il parla de la terre et des révolutions qu'elle avait subies, de ses révolutions présentes, de ses révolutions à venir, du nombre de ses habitants... et, parlant de la création, il leva les yeux vers le Créateur.

Ce mouvement fut sublime; et quand de cette intelligence suprême, qui ne peut pas mourir, et qui mène le monde, il se reporta sur lui-même, une intelligence mortelle et périssable, une nouvelle tristesse s'empara de son cœur et de son visage: « Fasse le ciel, dit-il en terminant, que j'aie assez de force pour mener à fin cette entreprise! » Il se tut, il se leva, et nous tous, nous l'accompagnâmes en silence jusqu'à sa demeure, frappés comme lui d'un sinistre pressentiment.

En effet, nous ne devions plus le revoir ni l'entendre; il venait de nous adresser ses adieux éternels. A peine rentré chez lui, il se mit à table; il s'aperçut que la paralysie venait de frapper ses

membres; ses deux bras étaient arrêtés par un mal
soudain; sa voix était la voix d'un enfant; il ne vivait plus que par la tête et par le cœur, et, comme
c'était un homme à qui rien n'était caché, il comprit
qu'il était mort.

Aussitôt, à l'annonce horrible de cet immense
danger, voilà tout Paris qui s'inquiète. Chacun accourt, apportant le secours inutile de son amitié,
de ses conseils. On se porte en foule à cette illustre
maison pour savoir des nouvelles de cette santé si
chère. Georges Cuvier avait prononcé lui-même son
arrêt; il mourut à neuf heures du soir, le 13 mai 1832.

Toute cette ville en deuil, qui avait admiré l'homme
de génie, voulut accompagner son cercueil jusqu'à
son dernier asile. Cependant nous n'étions pas dans
un temps ordinaire; la mort était partout. Il y avait
dans le convoi qui accompagnait Georges Cuvier des
hommes qui s'exposaient à la mort en allant jusqu'au cimetière; ils accompagnaient Georges Cuvier
au péril de leur vie. Plusieurs sont morts en effet
au retour de ce triste voyage. Ce jour-là le ciel était
chargé de nuages, la terre était humide, le choléra
put choisir à son aise ses victimes à la suite du char
funèbre de Georges Cuvier. Je ne crois pas qu'il y
ait jamais eu de plus belle oraison funèbre que
celle-là, des hommes qui meurent, parce qu'ils ont
voulu rendre à un noble cercueil les honneurs qui
lui étaient dus!

L'AGONIE ET LE BAL

Un homme, à Paris, règne; un de ces hommes
que l'on prendrait pour les dieux visibles d'une
grande cité. Leur nom est dans toutes les bouches.
Leur gloire est partout. Ils marchent, comme des
dieux, entourés de respect, de reconnaissance et de
terreur!

Venez avec moi à la porte d'un riche hôtel, vis-
à-vis la colonnade du Louvre. C'est une vaste et
riche maison, les domestiques y sont nombreux; la
cour est remplie des voitures du maître; on entend
de la rue hennir les chevaux anglais. A cette maison se rendent nuit et jour les plus riches et les
plus puissants de Paris, et là chacun fait antichambre, attendant, comme chez le roi, que son tour soit
venu de parler au maître.

Ici habite, ici veille, et la nuit et le jour, le plus
grand chirurgien de l'Europe. La foule arrive en

silence, et vient chercher bien mieux que la fortune,
bien mieux que les honneurs : elle vient chercher la
santé, cette inappréciable fortune. L'espoir et la
crainte habitent cette demeure. Ceux qui pénètrent
dans ces murs sentent battre leur cœur pénible-
ment. Et lorsque enfin ils sont parvenus en face de
l'homme... à peine si le plus courageux de ces malades peut soutenir le regard tout-puissant qui l'interroge. Quelle maison ! Elle s'ouvre également à
l'or du riche, à la misère du pauvre. Ils attendent
là, côte à côte, l'arrêt du médecin, comme au cimetière ils attendront côte à côte la résurrection
éternelle.

Dupuytren ! le maître absolu de la vie et de la
mort ! Roi de Paris... plus que le roi ! Il n'y a pas
un homme en cette brillante foule, qui, tôt ou tard,
ne vienne un jour s'humilier devant Dupuytren et
lui raconter, pâle et tremblant, ses maux les plus
cachés, ses angoisses les plus secrètes. Il n'y a plus
d'amour-propre devant Dupuytren. Tout courage à
son aspect s'efface, et tout orgueil s'arrête. On est
bien léger, pour peu que l'on échappe à cette puissance ! O mon camarade, alerte et bien portant, je
comprends ta joie ! et comme on est fier de dire aux
passants : Voyez comme je suis fort, et comme je me
porte bien !

Mais une fois dans le cabinet du grand praticien,
le visage est pâle, on prend une contenance plus
humble, un regard moins vif ; on s'humilie, on
tremble, on a peur ! Et les plus puissants de ce
monde ont ainsi tremblé, chacun à son tour. M. Dupuytren a pénétré dans tous les mystères de la vie

humaine, il a vu les hommes si petits sous son regard! Une nuit, on est venu le réveiller au nom du roi! au nom de S. M. le roi Louis XVIII!... monseigneur le duc de Berry venait d'être frappé par un assassin nommé Louvel, et la monarchie des Bourbons, aux abois, envoyait chercher le médecin pour savoir ce qu'elle devait espérer.

Dupuytren arrive à ce lit funèbre; il sonde cette plaie immense qui frappait une monarchie; et le roi éperdu osait à peine interroger *ce voyant!* De son côté, Dupuytren s'étonna *de la quantité de larmes que contenaient les yeux des rois.*

Un pareil maître, entouré des respects et de la terreur d'une immense ville, marche hardiment l'égal de toutes les puissances de la terre. Il ne dépend de personne en ce monde. Eh! que de fois M. Dupuytren a vu revenir chez lui, tout brisé, le même brillant jeune homme qui, le matin, avait passé sous ses fenêtres, plein de santé et de vigueur, monté sur un impétueux cheval! Que de fois on est venu lui apporter quelque jeune cadavre de vingt ans, tombé à la chasse ou frappé dans un duel!

Alors cet homme, étranger tout à l'heure à la famille qui l'implore, devient tout à coup le membre le plus respecté de cette famille. Il arrive : aussitôt toutes les portes s'ouvrent; pour lui faire place, le vieil ami se retire; le père et la mère de famille sont ses premiers domestiques. Comment le recevoir? comment le supplier? C'est de lui maintenant que dépend la vie ou la mort de ce jeune homme étendu là, sur le lit de misère. O moment terrible et solennel!

Ainsi, Dupuytren était l'homme de tous les accidents, de toutes les infortunes, de toutes les douleurs, c'est-à-dire il était l'homme de toute la vie humaine. Chaque famille était sa famille et chaque maison sa maison; chaque douleur était sa douleur. Il se levait tous les matins à l'aurore, et, comme l'ange de la Bible, il s'arrêtait à chaque porte dont le seuil était ensanglanté.

Quelle vie! et que de veilles, que de travaux! Que d'existences il a sauvées! Et que d'enfants il a rendus à leurs mères, et que de mères il a rendues à leurs enfants!

Dupuytren était la providence des familles; il avait le regard même du génie; il savait, à coup sûr, où se tenait le mal le plus caché; son intrépide scalpel allait chercher, jusqu'au fond des entrailles de l'homme en proie aux tortures, la douleur qui le dévorait. Ce grand génie inspirait tant de confiance aux plus malades, qu'ils se soumettaient avec joie aux opérations les plus douloureuses, sûrs qu'ils étaient d'en réchapper.

Mais ce n'était là qu'une moitié de la vie et des labeurs de M. Dupuytren. La moitié de sa vie appartenait aux riches, l'autre était le domaine du pauvre. Or, voici comme il divisait sa journée, et comme il l'a divisée invariablement tout le temps qu'il a vécu :

A cinq heures du matin, l'hiver et l'été, M. Dupuytren sortait de son logis pour se rendre à l'Hôtel-Dieu, son hôpital. Sur ce seuil redoutable, il était reçu par ses nombreux élèves accourus pour l'entendre; aussitôt la *visite* commençait.

C'est un instant solennel, dans un hôpital plein de mourants, la visite du médecin. Tous ces malades, étendus sur leur lit de misère après une longue insomnie, attendent un arrêt. Quels malades! les plus pauvres, les plus vieux, les plus souffrants. M. Dupuytren les visitait l'un après l'autre; il jugeait leur maladie tantôt d'un coup d'œil, et tantôt lentement et par mille inductions. Sa visite achevée, il présidait aux opérations qu'il avait arrêtées la veille; à l'Hôtel-Dieu, le plus pauvre manœuvre de cette grande ville était traité avec autant de soins par M. Dupuytren, le chirurgien du roi, que le roi lui-même. Il opérait donc avec cette main ferme qui ne s'est jamais trompée. Il faisait souvent des miracles, improvisant son art, comme un poëte improvise un poëme; enfin, quand ses opérations étaient faites, M. Dupuytren commençait ses leçons.

Sa parole était vive, prompte, sonore, éloquente. On l'écoutait en silence, et tête nue, et si l'un des élèves gardait par hasard son chapeau sur sa tête, M. Dupuytren à haute voix : *Votre chapeau, monsieur!* Il était lui-même tête nue, devant ses élèves comme devant ses malades. Quoi d'étrange? il remplissait un sacerdoce.

Les leçons de M. Dupuytren, sa *clinique*, ont fait faire un pas immense à la chirurgie française, une des gloires de la France. Jamais ses élèves, les plus grands praticiens de ce temps-ci, qui l'ont vu et entendu parler au chevet des malades, n'oublieront la puissance de ce regard et la merveilleuse facilité de cette parole. Sa démarche était fière; il portait la tête haute; il avait toujours un habit vert, il savait que la tache de sang, rouge aujourd'hui, sera jaune le lendemain. Entouré d'une grande foule d'étudiants, il n'adressait jamais la parole qu'à quelques-uns, si bien que tous se pressaient pour l'entendre; il témoignait son mécontentement et sa satisfaction par un sourire dont il fallait deviner la nuance. Sa leçon finie, il était reconduit jusqu'à la porte de l'hôpital; l'Hôtel-Dieu restait sous la surveillance des internes; il ne revenait plus que le lendemain, à moins qu'un de ces pauvres gens le réclamât tout de suite : en ce cas-là, il revenait le même soir.

Un des droits du chirurgion en chef de l'Hôtel-Dieu, et auquel M. Dupuytren tenait beaucoup, était celui-ci : chaque matin, à son entrée à l'hôpital, on lui remettait un petit pain d'un sou; il prenait gravement son petit pain, et c'était son déjeuner de chaque jour : du vrai pain sec, encore il se hâtait de le manger dans les rues, entre deux visites. A peine rentré chez lui, il se trouvait au milieu de nouveaux malades qui tous imploraient son secours; du petit enfant au vieillard, de la jeune fille au militaire chargé de blessures; il avait un conseil pour tous les malades, et souvent une guérison pour toutes les maladies.

Ainsi se passait une partie de sa journée. Et quand les visiteurs étaient partis, Dupuytren se mettait en route aussitôt, pour aller par la ville, visiter les malades qui ne pouvaient pas venir chez lui. Ainsi, en un jour, il avait parcouru toute l'échelle de la douleur : le mendiant, le bourgeois, le grand seigneur. Il avait traité le mendiant comme le grand

9.

seigneur; il avait été au-devant de ces deux misères; Dupuytren ne s'endormait pas avant d'avoir secouru, consulté et traité trois cents personnes chaque jour. Il a fait ce noble métier pendant trente ans.

Une autre particularité touchante : ce grand homme était simple et doux aux petits enfants. Hélas! les petits enfants ont leurs maladies cruelles comme les hommes! Il faut aussi que le fer les frappe et les coupe, ils sont soumis à la douleur, cette éternelle loi de l'humanité! Eh bien! quand un petit enfant venait aux mains de Dupuytren, Dupuytren l'encourageait et le calmait par de bienfaisantes paroles; il lui parlait comme un père à son fils, et, quand l'opération était faite sur ce petit corps, M. Dupuytren plaçait lui-même l'enfant dans son lit; il suivait avec la plus vraie sollicitude la convalescence de son petit malade, et l'enfant était guéri. Si l'enfant était pauvre et orphelin, M. Dupuytren lui servait de père; il devenait son bienfaiteur, et ne voulait pas que l'orphelin qu'il avait sauvé mourût, faute d'un protecteur. Aussi les petits enfants le connaissaient, comme les vieillards.

La nuit venue, et quand toute la ville ne rêve plus qu'au repos, à la fête, au plaisir, aux longs repas, aux bals superbes, quand les spectacles envahissent la ville, abandonnée à toutes les fêtes de l'esprit et des beaux-arts, M. Dupuytren restait seul dans le silence de son cabinet, il repassait tous les événements de sa journée. Le sommeil le surprenait au milieu de ses livres, il s'endormait enfin tout habillé dans son fauteuil.

Cet homme illustre avait été pour lui-même le plus dur de tous les maîtres. Il n'a jamais connu ni le repos, ni le bonheur; ni le sommeil de la nuit, ni les doux loisirs; ni le frais de l'ombre en été, ni les fleurs de la campagne, ou les joies du voyage, ou les amis du foyer domestique. Toute sa vie a été consacrée au soulagement de ses semblables; voici pourquoi il regardait un lit comme un meuble inutile dans sa chambre. Il avait beaucoup trop la pleine conscience de sa force, pour s'endormir avec la nonchalance d'un homme vulgaire dont la tâche finit chaque jour, et recommence le lendemain, à la même heure.

Il savait que tout le monde à Paris pouvait dormir, excepté lui, Dupuytren. Il était donc toujours prêt, nuit et jour. Il répondait à la première voix gémissante qui l'appelait dans la rue; aussitôt il était debout. Que Paris dorme en paix, que le roi repose comme le dernier de ses sujets, quelqu'un veille, en ces heures sombres, pour le salut des siens; quelqu'un veille pour défendre Paris contre les caprices de la mort : cet homme qui veille est Dupuytren!

Ainsi il a passé sa vie, en plein travail, dans l'insomnie et dans le sang. Autour de lui, ce ne sont que soupirs, douleurs, membres coupés; mais aussi des hommes sauvés de la douleur, arrachés à la mort. Toute douleur s'est abaissée sous ses mains puissantes; tout mal caché s'est dévoilé à ce merveilleux regard. Tel était cet homme, une des gloires les plus incontestables et peut-être la gloire la plus utile de notre pays.

Eh bien! le jour dont je vous parle, un funeste jour, ce même hôtel où je vous arrêtais tout à l'heure, cette maison chérie de tant de malades, elle était triste et silencieuse; les passants marchaient en silence en frôlant cette porte fermée pour la première fois; il n'y avait dans cette maison, ordinairement si remplie de malades, qu'un seul malade.

Ah! grand Dieu! c'était Dupuytren qui succombait. A la fin, la maladie, à son tour, le touchait de son doigt de fer; la mort planait sur sa tête inclinée, et se saisissait, triomphante, de cet homme invincible qui lui avait arraché tant de victimes. Dupuytren s'est senti mourir, il s'est vu mourir. Il annonçait à l'avance chaque nouveau progrès de sa maladie; il annonçait l'heure de sa mort avec autant de précision et de sang-froid que ferait une horloge bien montée. Jusqu'au jour suprême il a donné des conseils à ceux qui ont imploré ses conseils, à ceux qui étaient moins malades que lui. Et comme il savait qu'il n'avait plus besoin que du médecin des âmes, il a fait venir un prêtre à son lit de mort.

Quelques jours avant le *maître-jour* on dansait au-dessus de cette noble tête, encore agissante sous les ténèbres qui l'envahissaient. La chose est vraie! il s'est trouvé des hommes, il s'est trouvé des femmes, qui ont consenti à danser sur le cadavre de Dupuytren! Ils ont mené le bal au-dessus de cette intelligente agonie. En ce moment, Dupuytren faisait son dernier rêve!... Il fut réveillé par l'odieux tapage de ces orchestres impitoyables; son sourire d'ironie et de mépris reparut sur ses lèvres

indulgentes, et il dit à sa fille qui pleurait : *Allons,
ma fille, puisqu'on danse là-haut, égayons aussi
notre soirée, faisons du thé!* C'est une horrible histoire à ajouter dans l'ingratitude humaine, l'histoire
de ce bal, en un pareil moment.

Dupuytren a laissé en mourant la fortune d'un
prince. Il était chargé de tous les titres et de tous
les revenus que peuvent décerner à un simple mortel la vénération des peuples et la reconnaissance
des rois. Il est mort après avoir fondé un musée, et
une chaire nouvelle à cette École de médecine dont
il était l'orgueil. Pour le conduire au champ du dernier repos, ses élèves se sont attelés au char funèbre. Sa mort a retenti dans toute l'Europe; on
eût dit la mort d'un roi.

Cet homme illustre, dont la perte est une cala-
mité publique, dont le corps est traîné par ses
élèves en deuil, cet homme entouré de tant de respect et d'admiration, que les pauvres ont suivi
comme les grands de la terre, il n'est pas inutile de
savoir comme il a commencé :

Il y a de cela déjà soixante et dix ans, dans un
village ignoré, mais désormais célèbre, de la Haute-
Vienne (ce village s'appelle Pierre-Buffière), un jeune
enfant jouait avec les autres enfants de son âge. Le
père de cet enfant était si pauvre, qu'à peine il
l'envoyait à l'école : tout à coup le jeu de ces enfants
est interrompu par l'arrivée d'un régiment de cavalerie. Les enfants se rangent pour laisser passer et
voir passer les beaux soldats.

Ce fut alors qu'un officier remarqua un beau
petit garçon vif et joyeux, dont l'air et la tenue le

frappèrent d'étonnement ; c'était déjà ce profond regard qui devait percer tant de mystères. L'officier dit à l'enfant : Veux-tu venir à Paris avec moi, mon fils? L'enfant dit: Oui! Il dit adieu à sa mère, adieu à son père; puis il monte en croupe derrière son protecteur, qui le conduisit à Paris.

Cet enfant, trouvé pour ainsi dire sur la place publique par un officier de cavalerie, c'était LE BARON GUILLAUME DUPUYTREN.

LE GRILLON

Nous ne voulons pas donner à l'histoire un trop grand démenti, et nous disons que certainement Christophe Colomb a découvert un monde; il est venu, et, pour sa part, il a donné l'Amérique à l'Europe. O la grande et belle destinée des hommes qui peuvent se dire, à leur lit de mort : « J'ai bien vécu, j'ai donné un bon exemple à mes semblables; poëte, à mes chants le malheureux s'est consolé; homme d'État, j'ai servi ma patrie par la politique; soldat, je l'ai défendue par les armes. » Heureux celui qui peut se dire aussi : « J'ai donné à mes concitoyens un bon métier pour filer le chanvre; je leur ai enseigné le moyen de conserver le poisson séché à la fumée! » Il n'y a pas de petits services rendus à la cause humaine. La Hollande a élevé une statue en bronze au matelot qui lui enseignait à sécher le hareng !

Bienheureux ceux qui ont été utiles à leurs semblables; ils ont rempli toute leur destinée; ils peuvent mourir en paix; ils emportent au tombeau la reconnaissance des hommes, et le repos dans le ciel.

Mais se trouver, comme Christophe Colomb, pauvre et sans nom, sans pain, perdu dans la foule et sur le bord de la mer, regardant l'espace en se disant : « Il y a là-bas un monde inconnu, qui est à moi! » Mais chercher dans toute l'Europe un roi qui veuille accepter ce monde, en échange de quelques vaisseaux! Mais voir tous les savants de son siècle sourire de pitié à cette proposition; être attaché sur le rivage inerte, infranchissable, faute d'une planche, et penser que si l'on vient à mourir, l'on emporte avec soi dans la tombe... un monde ! Voilà certainement la plus haute et la plus solennelle position dans laquelle se soit jamais trouvé un homme de génie. Ainsi commença Christophe Colomb.

Il était né à Gênes en 1441, en ce siècle de gloire et de grandeur, appelé *la Renaissance*, dont les divines clartés mirent en fuite les superstitions, les terreurs et les crimes du moyen âge. Au souffle inspiré de la double antiquité qui sortait de son tombeau surgirent soudain les plus grands artistes, contemporains de Christophe Colomb : Dante et Giotto, Michel-Ange et Léonard de Vinci, Raphaël, un peu plus tard.

C'est l'heure, entre toutes solennelle, où Gutenberg cherche et trouve enfin l'imprimerie, où Copernic raconte à l'univers les lois qui le régissent, où Colomb découvre un monde.

On ne sait pas, encore aujourd'hui, quelle famille a le droit de se glorifier de ce grand homme.

Les uns disent que sa famille était de basse condition; d'autres, qu'elle était de noble origine? A des hommes de cette gloire que fait un degré de plus ou moins, dans leur généalogie?... Ils sont toute leur famille; ils sont à la fois le présent et l'avenir. On s'accorde à dire que les parents de Christophe Colomb avaient perdu leur fortune à la guerre. Les premières études du hardi navigateur furent des études littéraires; il étudia les lois civiles et les poëtes; il allait être un savant, quand, un jour, il lui sembla que la mer avait pour lui des confidences, des appels, des invocations, des lamentations.

— Me voilà! dit le jeune homme à l'immensité, et tout de suite il entreprend de lointains voyages, il aborde à tous les rivages connus, il suit le cours de toutes les étoiles, il s'applique à comprendre enfin *ce globe*. On lui disait : « Certainement la terre est ronde et tourne... » et pourtant on n'en connaissait qu'une demi-face. Une fois pareille idée en pareille tête, l'idée devait grandir! Celle-ci l'obsédait la nuit et le jour, sur terre et sur mer : il la portait partout avec lui. Un jour, on lui parla de la boussole qui venait d'être découverte, indiquant leur route aux navigateurs à venir.

Un autre jour, Pierre Tornéa, un parent de sa femme, apporte à Christophe Colomb une pièce de bois trouvée en pleine mer, d'une forme étrange et toute nouvelle. Cette pièce de bois fut pour Christophe Colomb comme une confirmation soudaine des grands soupçons qui l'agitaient ! *Eurêka !* « j'ai trouvé ! » C'est le grand cri de l'inventeur.

Mais quel roi, quel prince ou quelle république aurait l'honneur de venir en aide à ce chercheur de nouveaux mondes ?

D'abord Christophe Colomb proposa *sa terre* à la république de Gênes, sa patrie ; les Génois l'écoutèrent avec mépris. Au refus des Génois, Christophe offrit son monde à Jean II, roi de Portugal. Le Portugal, à demi convaincu, envoya au devant des terres nouvelles, mais à l'insu de Colomb lui-même, ses plus intrépides navigateurs. C'était une action mauvaise, et cette action mauvaise amena toute une déroute. Ah ! pilote indigne ! ah ! patron sans foi ! — Il revint, ce Portugais malhonnête, et complice d'une action mauvaise, épouvanté de l'entreprise, et s'écriant : C'est impossible ! Christophe alors s'en fut proposer à l'Angleterre (ah ! qu'elle a dû le regretter !) cette part miraculeuse de ce même univers qui l'a faite, à ce point, riche et superbe... Et l'Angleterre, en ce jour de honte, éconduit Colomb comme un aventurier.

Pendant cinq ans il erra pauvre et seul, méconnu, convaincu, de grandes routes en grandes routes, de ports en ports, de cours en cours, dévoré de chagrins, malheureux, désespéré. Enfin, un jour, comme il allait partir d'Espagne, où il avait porté son dernier espoir, la reine Isabelle lui dépêche un courrier, lui annonçant que la reine avait foi en lui, Christophe Colomb.

Cette reine Isabelle d'Espagne, grand homme s'il en fut, était alors occupée à reconquérir Grenade sur les Maures, qui depuis cinq cents ans occupaient les belles provinces d'Andalousie, de Castille, de Navarre, d'Aragon. Quelle reine et quelle tâche éclatante! Conduire en même temps et mener à bien deux entreprises pareilles : la délivrance de l'Espagne et la découverte du Nouveau Monde !

Elle seule, en ce siècle des intelligences, elle a compris Christophe Colomb; elle seule, elle osa confier à ce génie, à ce maître inventeur, quelques vaisseaux pour le porter à ces rives inconnues et rêvées si longtemps !

Ce fut le 19 avril 1492 que Christophe Colomb signa son traité avec la reine Isabelle. Dans ce traité, la reine le reconnaissait comme le vice-roi de toutes les terres, îles et mers à découvrir. Le 3 août de la même année, dans le port de Pulos en Espagne, trois vaisseaux, portant quatre-vingt-dix hommes, firent voile pour ces destinées inouïes.

Dès le second jour, l'escadre avait perdu la terre, et ce fut un grand étonnement pour les marins de la flotte de ne plus voir que l'eau et le ciel ! et toujours le ciel ! et pas un navire ! et pas un arbre !... un lointain, la terre et le ciel ! Colomb cependant, tout entier à sa découverte, l'œil fixé sur la boussole, interrogeait les vents, interrogeait les étoiles.

Depuis neuf jours, ils étaient en mer, et déjà les matelots craignaient de ne plus revoir l'Espagne. Cependant ils allaient toujours; mais toujours l'espace et l'immensité! Voici pourtant quelques signes de cet univers tant rêvé! une brise!... un tronc d'arbre!... un trait de feu s'était perdu dans la mer; la mer s'était chargée de plantes marines : on espérait la terre, on la pressentait... elle échappe à tous les regards.

Christophe Colomb allait toujours.

Cependant les matelots passaient de la crainte aux murmures. Ils patientèrent encore quelques jours, mais l'*inconnu* est plein d'épouvante, et le hasard est le premier nom de la terreur. Attendre aujourd'hui, demain, toujours!... Ces faibles âmes se révoltaient à cette idée : attendre encore.

Ah! que de menaces violentes, quels muets désespoirs! Ah! matelots sans courage et chrétiens sans croyance! En vain Colomb cherche à les calmer par ses exemples, et par ses menaces de l'indignation de l'Espagne! Et tantôt il leur parlait de ces terres qu'ils allaient découvrir, tantôt il les menaçait de la colère royale s'ils revenaient lâchement, sans avoir achevé leur voyage... Il apaisait pour quelque temps les murmures; mais bientôt recommençaient les murmures; les groupes se formaient sur le pont du navire; on accusait hautement l'amiral, ses matelots complotant contre lui et menaçant sa vie, et se disant qu'il fallait s'en défaire, et revenir en Espagne, et ne pas rester plus longtemps avec cet homme qui les perdait.

Ils étaient les maîtres! Seul contre tous, Colomb courba la tête. « Amis, leur disait-il, vous le voulez, je me résigne! ...» Et pourtant il allait toujours. Une fois Colomb fit crier : « Terre! terre! » par la vigie. A ce cri tout l'équipage se précipite sur le pont, cherchant la terre et croyant la voir. Il gagne ainsi deux jours, deux jours de soumission et de respect. Mais cette terre... un fantôme, a disparu dans le lointain! Cet univers entrevu ce n'était qu'un nuage ; et les murmures recommencèrent.

Poussé à bout, Colomb assembla son équipage et lui déclara que la terre qu'ils cherchaient devait être à sept cent cinquante lieues de l'Angleterre. Il ajouta qu'il allait se détourner de sa route, et suivre le vol des oiseaux, à l'exemple des Portugais, qui ont fait ainsi toutes leurs découvertes. En effet, beaucoup d'oiseaux inconnus fendaient les airs ; une forte odeur de terre arrivait jusqu'aux navires ; un jour encore, passa près du vaisseau, cherchant sa voie, une plante travaillée de main d'homme ; une autre fois on aperçut un rameau d'épine chargé de fruits ! Traces fugitives !... Espérances trop tôt déçues ! Toujours l'espace !

Et maintenant, capitaine et matelots, chantons le *Te Deum*.

Soyez loué, grand Dieu, maître inspirateur des grands génies ! soyez loué ! le voici, le voici ce Nouveau Monde !

A la fin, Colomb la tenait, cette terre inconnue, il allait s'en emparer, de sa main puissante ! « O mes compagnons, disait-il, soyez loués ! nous touchons à nos rivages ! Veillez toute la nuit, vous verrez la terre, au point du jour ! A celui qui la verra, le premier, je promets dix mille marcs d'argent, au nom du roi ! »

Enfin, le 12 octobre 1492, après une navigation de trente-cinq jours, Christophe Colomb découvrit le Nouveau Monde. A cette vue, à l'aspect de l'univers complété, les matelots entonnèrent le *Te Deum!* Ils saluèrent du regard cette terre promise et tant désirée. Colomb monta dans une chaloupe, por-

tant à la main l'étendard royal; le premier, il mit
le pied sur cette terre dont il était le second créateur; aussitôt les matelots à genoux, les larmes
dans les yeux, lui demandèrent pardon de leur
révolte, en le proclamant vice-amiral. Ainsi le Nouveau Monde fut découvert.

Il faudrait un volume entier pour vous faire l'histoire de cette découverte : ce n'est pas une découverte, c'est une révolution.

Christophe Colomb, chargé d'ennuis, privé de sa
protectrice la reine Isabelle, accablé de fatigues
d'esprit et de corps, mourut à Valladolid, le 20 mai
1506, âgé de soixante-cinq ans. Il avait ordonné que
l'on plaçât dans son tombeau les chaînes dont il
avait été chargé à son second voyage au Nouveau
Monde, par ordre du roi.

Christophe Colomb est un grand homme! Il en
a toutes les apparences! Son corps était tout à
fait digne de loger une âme si belle. Il avait les
yeux bleus et animés; son maintien était plein de
noblesse; il était éloquent, affable, enjoué; il était
sobre et modéré en toutes choses; il possédait tous
les genres de courage. Malgré ses longs voyages et
ses études à travers les constellations du ciel, il
n'avait pas cessé de cultiver les belles-lettres : la
poésie fut souvent toute sa consolation, dans les
chagrins de sa vie. Il faisait des vers latins, ce qui
était toute la poésie à cette époque. Il avait la foi!
avant d'entreprendre œuvre si grande, il faut y
croire! Allez donc, sans y croire, à ces grands ho-
rizons!

Un soir d'hiver, comme on racontait la découverte

illustre de Christophe Colomb, et que chacun rendait à ce héros les devoirs mérités, un vieux commandeur espagnol, qui prêtait à ce discours une oreille attentive : « Oh! là, dit-il, mes chers enfants, on vous trompe, et ce n'est pas un navigateur génois qui a découvert l'Amérique, c'est un petit grillon espagnol. Écoutez-moi, je vais vous en faire un récit véridique.

« Il est très-vrai que Christophe Colomb eut à lutter contre les terreurs, l'ignorance et les superstitions de son équipage, et que, plus d'une fois, ses propres matelots refusèrent d'aller plus loin.

« Un de ces matelots s'appelait Antonio. Avant de s'embarquer pour le Nouveau Monde, il pétrissait la farine chez son père, Antonio Nuñez le boulanger. Quand il partit, à la suite de Colomb, le petit Antonio emporta dans un vieux sabot un grillon de la boulangerie. « Il me servira de compagnon, se di- « sait-il, sa chanson me rappellera le pétrin pater- « nel. » Voilà donc le grillon embarqué; bientôt le voilà qui s'échappe, et c'est en vain qu'Antonio le cherche et l'appelle. Hélas! pas de grillon!... pas de chanson!

« Ce ne fut que le dernier jour, à l'heure suprême, à l'instant où Colomb, vaincu, tournait décidément la voile, et, désespéré, déshonoré, renonçait à sa conquête... ô surprise! ô bonheur! le grillon chanta!

« C'était bien sa chanson, son petit cri joyeux et de bon augure. Alors Antonio, tombant aux pieds de l'amiral, attestant ses camarades, et la brise et le ciel : « Par tous les saints du paradis! monseigneur, « et vous, matelots mes amis, croyez-moi, mar-

« chons en avant ! la terre est proche, et le grillon a
« chanté ! »

« Et le navire, au cri du grillon, reprit son essor.
Et voilà comme un grillon d'Espagne est le véritable
inventeur de l'Amérique ! »

Il disait cela sans rire, et d'un regard narquois,
le commandeur espagnol.

DE PARIS A ROUEN

Qui veut avoir une idée approchante des événements illustres, des grands hommes, des poëtes,
des paysages que contient la carte de France, et
juger du *tout* par le fragment, entreprendra ce
voyage d'un instant, de Paris à Rouen... Que de
souvenirs, que d'enchantements!

La Normandie pourrait être à elle seule le théâtre d'une magnifique poëme dans lequel rien ne
manque, les grands hommes, ni les hardis soldats,
ni les vaillants capitaines. Même la barbarie, en
cette histoire magnifique, a quelque chose d'imposant et de sérieux, et d'un effet irrésistible. Certes,
on vous a raconté déjà bien des histoires des Grecs
et des Romains, les deux grands peuples antiques,
mais pas une de ces histoires n'est supérieure à
celle de cette admirable province dans laquelle on

10

peut aller, et de laquelle on peut revenir, en un jour.

C'est une terre fertile et savante, toute chargée des plus nobles ruines et de la plus riante verdure. En ces grâces réunies de la terre et du ciel, se rencontrent, à chaque pas, au milieu des moissons jaunissantes et des plus verdoyantes prairies, les villes occupées, les villages laborieux, les fabriques qui ne se reposent la nuit ni le jour; jamais un peuple n'a donné un exemple plus complet de travail, de prudence, de sagesse et de prévoyance.

Ce sont là pourtant les descendants directs de ces hardis aventuriers qui s'en vinrent, du fond de la Norvége, pour s'emparer de ces terres fertiles; ce sont les successeurs de ces fameux Normands. Après avoir fondé le royaume des Deux-Siciles, menacé l'empire d'Orient, rétabli le souverain pontife sur son trône, protégé de leur toute-puissance les rois francs eux-mêmes, ils ont fini par conquérir l'Angleterre, comme ils avaient conquis la Normandie; combats de géants auxquels rien n'a manqué, pas même la prudence; ils étaient de ces hommes qui savent vaincre et profiter de la victoire.

La guerre, le commerce, la navigation, l'industrie, la jurisprudence, la poésie enfin, sont autant de conquêtes de ces conquérants. Le grand Corneille, qui avait tant de génie, Fontenelle, qui avait tant d'esprit, Claude Groulard, qui avait tant de courage, l'éloquent Basnage, le grand chimiste Vauquelin, ce sont là autant d'illustres et admirables Normands.

La Normandie fut longtemps une province à

part, disons mieux, un royaume à part dans le royaume de France; il n'y a guère plus de trente ans (comme elles s'en vont, les années; comme elles se rapprochent, les distances!) que Rouen, grâce à la vapeur, est devenu un faubourg de Paris. Désormais quatre heures suffisent, pour qu'un homme parti de la cathédrale de Paris se trouve transporté à cette merveille des premiers siècles chrétiens, l'église de Saint-Ouen, et durant ces quatre heures, que de beaux paysages vous allez rencontrer, que de grands hommes, que de souvenirs, touchants ou terribles!

Vous partez par le même sentier qui conduit à Saint-Germain; vous traversez les deux ou trois premiers villages jusqu'au village d'Asnières, et tout d'un coup vous rencontrez à votre gauche, dans un site élégant et pittoresque, un très-beau château, bâti par l'architecte même du palais de Versailles, Jules Hardouin-Mansart.

Ce château de Maisons, aux temps de Louis XIV et sous le roi Louis XV, fut habité par plusieurs hommes célèbres, sans compter les princes du sang royal. Voltaire, dans sa jeunesse, y venait régulièrement passer plusieurs mois de la belle saison; là, il oubliait de son mieux les enivrements et les distractions de Paris; là, il rêvait à loisir à ses plus beaux poëmes, à ses plus fières tragédies; il oubliait d'être insolent et moqueur; il donnait trêve à cette ironie infatigable qui devait le rendre le plus dangereux des hommes de génie.

Même un soir, comme il était à écrire quelque tragédie éloquente, il mit le feu aux rideaux de son

lit; bientôt toute la chambre est en flammes, et peu
s'en fallut que le château tout entier ne disparût
dans l'incendie. On vous montre encore la chambre
de Voltaire, au château de Maisons, comme aussi, on
vous montre les appartements du roi Louis XVI,
de la reine Marie-Antoinette, de M. le comte d'Ar-
tois, le cabinet de Napoléon et celui du maréchal
Lannes, à qui l'empereur fit présent du château de
Maisons.

Que de grandeurs réunies dans cette enceinte,
mais aussi que de misères! Louis XVI et la reine de
France, morts sur l'échafaud; Napoléon, mort à
Sainte-Hélène; le roi Charles X, mort en exil! Le
plus heureux de tous fut le maréchal Lannes, mort
au champ d'honneur, mort dans les bras de son ami
qui le pleurait. Le dernier propriétaire de ce parc,
de ces jardins, de ce château des princes et des
rois, avant qu'il ne fût divisé et vendu à l'encan par
fragments misérables, M. Jacques Laffitte, après
de longs jours de prospérité et de gloire, il subit
courageusement, comme un grand citoyen qu'il
était, sa défaite et sa ruine; le beau parc dont il
était si fier, et dans lequel il recevait les hommes
illustres de ce siècle, il fut obligé de le vendre en
détail.

Hélas! pas une de ces grandes habitations que
vous allez rencontrer sur votre route ne seront
exemptes de ces vicissitudes qui attendent toutes
les hautes fortunes; non pas même les plus simples
et les plus modestes demeures. *Cache ta vie!* a dit
le sage, et la sagesse n'a jamais mieux parlé. —
Cache ta vie... et ta maison!

Jetez, en passant, un coup d'œil d'admiration et de respect sur cet illustre château de Saint-Germain, dans lequel vint au monde le grand roi Louis XIV; là aussi les fêtes brillantes, la puissance, l'autorité, la majesté royale, la gloire, ont été remplacées par toutes sortes de lamentations. Le château du roi Henri IV et de la reine Marie de Médicis, et du roi Louis XIII, et de S. Em. monseigneur le cardinal de Richelieu, n'est plus qu'une prison lugubre et sombre, et maintenant il vous serait impossible d'y rien trouver qui ressemble aux splendeurs, aux grandeurs d'autrefois.

Plus loin, au sortir du château de Maisons, vous rencontrez la ville de Poissy, dans laquelle Charles le Chauve, en l'an 860, a tenu l'assemblée des seigneurs et des prélats du royaume. A Poissy, le roi Louis IX, saint Louis, vint au monde le 24 avril de l'an 1215; la reine Blanche, sa mère, accoucha de ce glorieux fils, sur l'emplacement même du maître-autel de l'église! Ah! sans nul doute, voilà de quoi illustrer toute une ville et plus grande et plus belle! « Ici naquit le roi saint Louis! »

Un peu plus loin, et sans tenir compte des villages intermédiaires qui ont leur histoire, car le moindre des hameaux de ce pays de France a la sienne, vous rencontrez la ville de Meulan, qui se souvient encore des premiers assauts et des premiers massacres des Normands. Bien souvent cette ville de Meulan a été prise et reprise; vivement attaquée, elle a été vivement défendue.

Le sang a coulé sous ces murailles, dans cette plaine..., les murailles sont abattues par la paix et

par la guerre; les plaines se chargent de fruits et
de fleurs, les batailles s'oublient. La gloire a consolé ces campagnes ravagées; chez nous, la gloire est
la consolation suprême.

Bientôt après, apparaît dans sa grâce un peu
coquette la ville de Mantes; Mantes *la jolie*, comme
on l'appelle. Dans ces rues embrasées, vint tomber
et mourir le plus hardi et le plus heureux capitaine
de son siècle, Guillaume le Conquérant, furieux
d'une insulte imprudente[1]. Il était parti de Rouen
pour aller chanter au roi de France *la messe des
lances*; un faux pas de son cheval brisa toute cette
fortune! Hélas! c'en est fait du duc Guillaume. Re-
marquez Notre-Dame de Mantes, qui est un beau
monument gothique. Un des abbés de cette église
s'appelait Philippe-Auguste; il était le vainqueur de
Bouvines.

Voici, l'instant d'après, le château de Rosny.
Dans ces nobles murailles vit et respire encore le
plus fidèle ami de Henri IV, M. de Sully lui-même;
son nom est dans toutes les bouches, sa mémoire
est dans tous les cœurs. C'est là qu'il vint se reposer
des fatigues et des périls de la bataille d'Ivry, la
nuit qui suivit cette mémorable journée. Dans la forêt qui entoure le parc, M. de Sully fit cette grande
coupe de bois dont il porta l'argent au roi son maître.
pour l'aider dans les dépenses de la guerre. Le château de Rosny a été, de tout temps, le séjour de la

---

1. Le roi avait dit : « Quand donc le duc de Normandie *accou-
chera-t-il?* » Le duc répondit : « *J'accoucherai dans six semaines.
et j'irai faire mes relevailles au grand autel de Notre-Dame de
Paris, avec vingt mille lances en guise de cierges.* »

fidélité et du courage. Ces vastes et magnifiques
jardins, dans lesquels le grand duc de Sully se promenait entouré de ses gardes, ont appartenu à madame la duchesse de Berry elle-même, aimable et
bienveillante princesse dont la bienfaisance et la
charité ont soulagé tant de malheurs.

Dans les embellissements de cette maison prin-
cière, madame la duchesse de Berry n'avait pas
oublié les pauvres; elle avait caché, pour ainsi dire,
la magnificence du palais sous les simples et élé-
gants dehors de l'hôpital. En ceci, madame la duchesse de Berry suivait l'exemple du vertueux duc
de Penthièvre. Il ne faisait jamais bâtir une maison
de plaisance sans construire en même temps un
hospice; aussi disait-on, quand on voyait des pauvres secourus, des orphelins adoptés : *M. de Penthièvre a passé par là !*

C'est au village de Rolleboise que le chemin de
fer devait rencontrer les plus rudes obstacles; une
montagne escarpée, infranchissable, s'opposait à ce
que le chemin allât plus loin; la briser était impossible, on prit le parti de la creuser. Figurez-vous un
immense souterrain de 2,600 mètres. Dans cette
nuit profonde le chemin plonge et se précipite;
l'abîme est profond, la nuit est épaisse; pas une
lueur n'apparaît à vos yeux attristés; c'est un supplice qui dure quatre minutes; mais aussi quel
enchantement, quelle fête à vos yeux éblouis, lorsqu'au sortir de cet abîme vous retrouvez l'azur du
ciel, le calme soleil normand, la vaste campagne
doucement éclairée, et le berger ingénu, qui regarde
passer toute cette tempête.

Au sortir de cet immense tunnel, le premier château qui frappe vos regards, c'est la Roche-Guyon [1], une forteresse normande, défendue autrefois par une femme qui aima mieux perdre ses domaines, que de rendre la forteresse aux Anglais.

Arrive ensuite la fraîche ville de Vernon ; elle fut d'abord un camp retranché, puis une tour dans laquelle se réfugia Philippe-Auguste en 1198, puis une ville qui appartint au comte d'Anjou, Geoffroy Plantagenet. Philippe-Auguste réunit Vernon à la couronne de France. A cette heure, la ville entière repose à l'ombre de la forêt de Bizy : Bizy, un domaine de l'apanage de S. M. le roi Louis-Philippe. Dans une humble maison qu'elle avait fait élever au milieu de ces bois magnifiques, madame la duchesse d'Orléans, la mère du roi, venait passer les beaux jours de l'été. Mais quoi ! la forêt et le château de Bizy ont changé de maître, et déjà l'oubli monte à ces vieilles murailles, semblable au lierre, étouffant le vieil ormeau.

Cependant sur la rive droite de la Seine, au sommet des coteaux qui bordent la vallée, s'élèvent les ruines formidables de Château-Gaillard. A cette place, qu'on disait imprenable, le roi d'Angleterre, Richard Cœur de Lion, fit élever ces terribles murailles, et sous ces murailles, il fit creuser des cachots sans fin. Si ces pierres pouvaient parler, elles raconteraient des crimes, des trahisons, des vengeances, des impiétés sans nombre ; toutes les terreurs et

1. La Roche-Guyon appartient aux La Rochefoucauld. La copie originale des *Maximes* de M. le duc de La Rochefoucauld est un des plus précieux ornements de la bibliothèque de ce château.

toutes les cruautés de la féodalité se retrouveraient
dans ces murailles sanglantes; mais le temps, la
paix et le soleil, mais la ruine qui fait justice des
forteresses, mais la liberté sainte ouvrant les cachots et comblant les abîmes, mais le vent du matin
et le vent du soir ont depuis longtemps balayé toute
cette poussière féodale.

Le Château-Gaillard n'existe plus que comme ac-
cessoire d'un paysage pittoresque..., un fantôme
démantelé du despotisme et des crimes d'autrefois.

N'est-ce pas que c'est là un beau voyage, et que
votre jeune esprit est charmé par la contemplation
de toutes ces grandes choses? Tous ces souvenirs se
mêlent sans se confondre; qu'ils appartiennent à la
gloire, à la défaite, au despotisme, à la liberté. Au
pied même de Château-Gaillard vint au monde, en
1594, le plus grand peintre de la France, Nicolas
Poussin. Il a prouvé que le génie de ce grand art
de la peinture n'appartenait pas seulement à l'Italie;
il fut mieux qu'un artiste de génie, il fut un esprit
sérieux, un cœur honnête, un honnête homme.

C'est un des plus grands noms de la France, le
nom de Nicolas Poussin !

Ainsi nous approchons du but de notre voyage;
ici, nous traversons le tunnel du Roule, un tunnel
de 1,700 mètres. Là, nous rencontrons la ville de
Pont-de-l'Arche, fondée par Charles le Chauve, en
854. C'est la première ville qui se rendit à Henri IV,
sans attendre que le Béarnais eût prouvé son droit
par ses victoires. Vous pouvez même apercevoir de
loin Elbeuf, ville importante qui travaille et la nuit
et le jour.

Elbeuf est moins une ville qu'une vaste manu-
facture, un assemblage de filatures, de lavoirs à
laine, de moulins à foulon, de teintureries; c'est
tout à fait la vie occupée et laborieuse. A peine il est
assez fort pour tourner une roue, l'enfant d'Elbeuf
est déjà un travailleur. Plaignez-les, ces pauvres
petits qui n'ont pas d'enfance, qui sont obligés de
gagner à la sueur de leur front leur pain noir de
chaque jour!

Mais enfin nous voilà dans la vaste plaine qui conduit à Rouen, Rouen, le but solennel de ce rapide
voyage, la riche capitale de la Normandie, l'intelligente cité dans laquelle se sont accomplis les plus
importants événements de l'histoire.

Le premier duc de Normandie, Rollon, fit de
Rouen sa ville capitale. Lothaire Ier, en l'an 540 de
l'ère chrétienne, y fonda l'abbaye de Saint-Ouen;
en 1389, Othon, empereur d'Allemagne, Louis VI,
roi de France, et son capitaine Arnould, comte de
Flandre, assiégèrent, mais en vain, cette ville héroïque; elle résista six mois à toutes les forces du
roi Henri V d'Angleterre. Noble, intelligente, illustre cité, elle a posé son empire sur la rive droite de
la Seine, au fond d'une vallée puissante, protégée
et défendue par une chaîne de montagnes.

Il serait difficile de vous dire les monuments re-
marquables de cette ville célèbre; beaucoup ont
disparu dans la suite des temps, et par l'incendie de
1120. Plusieurs sont restés debout. Le palais du
cardinal d'Amboise, l'abbaye de Saint-Ouen, célèbre
entre toutes les abbayes de la France, l'église de
Saint-Maclou, aux vitraux admirables, l'église de

Saint-Patrice, un des chefs-d'œuvre de la Renaissance, Saint-Romain, tout rempli d'antiquités et
de miracles, Saint-Gervais, dont les fondations n'ont
pas moins de seize siècles, autant d'illustres et ex-
cellents vestiges du génie imitateur des Normands
des premiers siècles.

A chaque pas, dans la ville et dans le voyage,
vous retrouverez ces grands noms de l'histoire. Catherine de Médicis a posé la première pierre du collége; le roi Louis XV a posé la première pierre de
la Bourse; les halles ont été fondées vers la fin du
XVIIe siècle, sur l'emplacement même du palais de
Richard Ier, troisième duc de Normandie. Le nom
de Guillaume le Conquérant et de Mathilde, sa
femme, se retrouveraient dans les fondations de la
caserne Bonne-Nouvelle. En revanche, l'Hôtel-Dieu
est un monument du dix-huitième siècle. Au vieux
château, vous trouverez les vestiges d'une tour
construite par Philippe-Auguste; dans cette tour
était renfermée Jeanne d'Arc, la sainte et la guerrière, indignement sacrifiée à la lâcheté des Anglais
qui la brûlèrent sur la place du marché.

Le duc Guillaume le Roux est le fondateur de cet
hôtel du Bourgtheroulde, un chef-d'œuvre d'art et
de goût dont vous admirez encore l'élégante tourelle
suspendue dans les airs. Le Palais de justice ne
remonte qu'au roi Louis XII; l'origine du parlement
de Normandie remonte à son premier duc.

Mais qui pourrait compter ces places, ces fontaines, ces promenades, ces ponts, ces avenues, ces
maisons éblouissantes? Autant vaudrait compter ces
fabriques sans nombre; ces nombreuses filatures

obéissantes à l'eau qui tombe, à la vapeur qui s'é-
lève, c'est-à-dire, en un mot, tout cet immense commerce qui fait de la ville de Rouen un immense
entrepôt, le vaste entrepôt de tant de richesses qui
commence à l'Océan pour s'arrêter à Paris, au centre
commun de toutes les grandes productions de l'univers.

Par ce chapitre écrit en courant, comme fait la
vapeur, vous aurez une indication fidèle du très-
beau livre que l'on pourrait écrire *à la suite du chemin de fer*.

LE JOUR DES ROIS

C'est un de nos vieux usages de célébrer en famille la fête des Rois. A ses austérités, à ses tristesses, l'Église a mêlé des joies sans nombre, des
joies domestiques, un bonheur intime, et jusqu'à
des grâces purement humaines.

A peine l'année, à son renouveau, se montre à
son premier jour, le premier jour de l'année est une
fête. C'est fête encore au sixième jour; c'est fête en
l'honneur de ces trois Mages, ces rois d'Orient venus de si loin à l'étable enchantée de Bethléem,
pour offrir leurs présents au pauvre enfant couché
dans sa crèche. Ces Mages ont eu l'honneur, parmi
les premiers hommes du monde chrétien, de répondre à cette voix qui disait aux quatre vents du
ciel : *Un enfant nous est né !*

Ce jour des Rois, la famille est réunie autour de
la table « entreteneuse de l'amitié ! » (c'est un mot

11

du philosophe Montaigne), et la réunion est au
grand complet. L'aïeul sort de sa retraite et repa-
raît au milieu de ses petits-enfants, et chacun te
salue, ô divinité bienfaisante du foyer paternel! Tout
est jeune et sourit. Les fronts respirent la gaieté, les
cœurs sont épanouis. Grande joie et fête plénière!
Au choc des verres, comme au temps des fables, le
hasard va désigner le roi du festin. Aimable royauté,
cette royauté d'une heure; innocente aussi. C'est un
enfant qui décerne la couronne. — Qui donc est roi?
On interroge, en riant, le gâteau royal. A cette distribution d'une couronne, chacun a droit de tendre
la main; le pauvre à ta porte, ô jeune enfant, le
mendiant sans asile et sans pain; si les parts sont
bien faites dans ce gâteau des rois, il a des chances
pour être à son tour le roi du festin.

La part du pauvre, eh! qui donc la voudrait
oublier?

Un jour des Rois, la longueur et les hasards du
chemin m'avaient arrêté dans une ferme de Normandie... Il faisait très-froid ce jour-là, et la neige
avait jeté un grand silence au fond des campagnes.
La vaste maison des champs se taisait, le ruisseau
était arrêté, l'oiseau avait froid. A peine on entendait le hennissement joyeux du cheval à l'écurie, et
le cri perçant du coq sous le hangar; les chiens aussi
se taisaient, assis au seuil odorant de la cuisine. On
eût dit, de loin, dans cette ombre et ce silence
austère, le château de la Belle au Bois dormant.
Gloire aux Mages! honneur à leur brillante étoile!
Étoile et rois, ils apportaient la fête en ces demeures
désolées. Dans un coin de cette maison, la table

était dressée, et c'étaient des chants joyeux, des
verres tout remplis, et le bruit du bouchon, couronné de pourpre, qui sautait au plancher, poussé
par le cidre impétueux... le vin de Champagne des
Normands.

Moi, inconnu, j'avais été admis à la table hospitalière du riche fermier, au milieu de toute sa famille,
et comme un hôte qui est le bienvenu, mais que
l'on n'attendait pas. Toute la famille était accou-
rue, et d'assez loin, pour assister à ce festin. Il y
avait de grands vieillards en cheveux blancs, des
hommes robustes comme des chênes, laboureurs
vaillants qui ont travaillé toute leur vie, écono-
mes, infatigables, vivant de peu, soldats à l'heure
où la patrie est en danger, de vrais patriarches,
dignes de tous nos respects.

Il y avait, pour tenir tête à ces héros de la charrue, de respectables femmes courbées par l'âge et
le travail ; les mères vaillantes de plusieurs généra-
tions, patientes, résignées, laborieuses : les compagnes de ces vieillards, et leurs dignes compagnes.
Quand vous voyez ces villageoises au visage serein,
à l'œil vif encore, aux mains calleuses, au teint
ridé, et de bonne apparence (on voit leur cœur sur
leur visage), ne vous êtes-vous jamais attendris en
songeant à toutes les fatigues de ces laborieuses ?

Dès l'enfance, elles apprenaient le travail des
champs, et depuis le premier jour où elles marchent, souvent pieds nus, à la suite de leurs trou-
peaux, elles n'ont jamais été un seul jour sans
rien faire. O la consolation et le conseil de leurs
maris ! Nourrices de leurs enfants ! Tendres gar-

diennes de leurs petits-enfants! Elles ont tout souffert sans se plaindre, au contraire, avec le courage
et la résignation des saintes femmes : la faim, le
froid, les maladies, les invasions des ennemis, les
impôts cruels, les épizooties qui emportent les trou-
peaux, la grêle emportant leurs récoltes, la guerre
emportant leurs enfants, la mort emportant leurs
maris !

Elles ont supporté tout cela, ces pauvres vieilles
femmes que vous voyez si courbées, et qui n'ont pas
l'air de vouloir vivre demain! Héroïnes bienfaisantes qui ne se doutent pas de leurs bienfaits.
Tout enfant bien né, quel qu'il soit, tendra sa joue
au baiser de ces bonnes vieilles, et sa jeunesse à
leurs bénédictions.

Après les vieillards, venaient les jeunes gens. De
robustes gaillards pleins d'avenir; de belles jeunes
femmes, de jeunes mères brillantes de bonheur et
de santé, puis les petites filles de quinze ans avec
les jeunes garçons de quatorze qui se tiennent déjà
comme des hommes; puis enfin toujours des enfants, beaucoup d'enfants, partout des enfants; à
table, et sur la table, et sous la table; ils chantaient, ils criaient, ils racontaient, ils grimpaient sur
le dos de leurs grands-pères, sur les genoux de leurs
grand'mères, aux pieds de leurs mères, et ils étaient
joyeux, si joyeux, que chacun riait de leur joie, et
riait de leur rire. O rois mages, du haut des cieux
qu'en disiez vous?

Ce jour-là, vous vous en doutez bien, était le jour
des Rois. La ferme en célébrait la fête; après un
long dîner, le moment était venu de savoir enfin

qui serait le roi, sous ce toit rustique, à ce bon foyer, où pétillait un feu de sarment?

La royauté de la fève, heureuse royauté pour laquelle on ne tire pas le glaive du fourreau; le roi de la fève, un roi d'une heure, assuré de sa royauté d'une heure! Quel roi de ce monde en a pu dire autant, de nos jours? Tout enfant que vous êtes, enfants, vous avez déjà vu passer tant de bons et sages rois, qui partaient pour un injuste exil. La royauté aujourd'hui est le plus grand danger qui puisse menacer la tête d'un mortel. C'est une tâche ingrate, sans repos et sans sommeil. C'est un grand malheur, pour lequel il faut des âmes fortes et éprouvées. Dans ce vaste naufrage de royautés de toutes sortes, il n'y a qu'une royauté qui surnage, celle de la fève! Au milieu de ces débris de trônes et de sceptres brisés, voilà tout ce qui surnage... une fève, un gâteau... un enfant!

Donc, nous étions à la fin du dîner; on venait d'étaler le dessert sur la table, un riche et noble dessert campagnard, comme on n'en voit guère dans les villes, et sur les tables les plus opulentes, quand tout à coup, moment solennel, les plus petits enfants gardèrent le silence. En ce moment, deux corbeilles savoureuses furent apportées toutes fumantes, au milieu de la table. Ces corbeilles étaient remplies de petits gâteaux, en nombre égal au nombre des convives. Le silence était voisin de l'extase. — O ma mère, ô mes enfants, et toi, petit Pierre, et toi, le grand Nicolas, si tu étais... le roi, qui serait ta reine? Ainsi chacun s'interrogeait de l'air et du regard.

Quand les gâteaux furent sur la table, on prit le plus petit enfant de l'assemblée, on le posa, souriant et confus de son importance, entre les deux corbeilles, et là, les deux mains dans chaque corbeille, il se mit à distribuer les gâteaux.

Le joli enfant que c'était là ! Le charmant représentant du dieu Hasard ! C'était un gros garçon tout bouffi, tout souriant, bonhomme en jaquette, de quatre à cinq ans, très-joufflu, bien frais, bien potelé ; il était parent de tout ce monde ; il tenait, par les liens du sang, à ces vieillards, à ces jeunes femmes ; les âmes et les regards étaient posés sur sa beauté naissante et forte ; oh ! le beau et bon, et joyeux et rose garçon ! J'aurais bien voulu être au moins son arrière-petit-cousin, mais j'étais le seul étranger de la maison.

Il se mit donc à genoux, entre les deux corbeilles, et d'un très-grand sang-froid il fit sa distribution de gâteaux. C'était la seconde année qu'il remplissait cette importante fonction, et, pour lui, l'autre année n'avait pas marché si vite, qu'il ne se souvînt fort bien de la majesté de ses fonctions de grand pannetier, de grand électeur.

Véritablement, il n'oublia personne ; il commença par les vieux, et par les jeunes, il nomma ses frères et ses sœurs ; et moi-même, il ne m'oublia pas. Il était déjà le génie hospitalier. Avec quelle grâce il vint à moi, toujours sur la table, tenant d'une main son gâteau et de l'autre main mon gâteau ; puis, après les avoir comparés l'un à l'autre, il garda le plus gros pour lui-même, il me donna l'autre, en me disant : — *Tiens, monsieur !*

Quand la distribution fut achevée, chacun se mit à chercher dans son gâteau cette sensitive royauté du jour des Rois, qui donne à l'élu de si doux priviléges. C'était plaisir de voir tout ce monde interroger, chercher la fève... Hé Dieu ! ce fut en vain ! la royauté échappait à toutes les ambitions ! De ces gâteaux dévorés, la fève était absente. O·déception ! le petit enfant joufflu lui-même, en ses étonnements, s'écria, la bouche pleine : *Ah ! moi, pas roi !...* Mais qui donc était le roi ?

L'inquiétude était grande en toute l'assemblée ; une fête des Rois et pas de roi ! Qu'a-t-on fait de la fève ? A coup sûr, il y en avait une, et c'est madame Bernard qui l'enfouissait en un des gâteaux. Les convives étaient mornes et tristes ; pareil accident n'était pas encore arrivé depuis 1789, cette solennelle année de famine dans laquelle il fut défendu, par décret royal, de mettre au four le gâteau des rois !

Comme on était dans une anxiété profonde, et que déjà commençaient les terreurs du mauvais présage, tous les regards se portèrent sur une jeune fille de douze ou treize ans, et d'une grande beauté, mais d'une beauté simple et franche. Elle avait une de ces figures... charmantes ! On ne les trouve belles que si l'on est digne de les comprendre. Cette enfant, si l'on peut l'appeler une enfant, avait gardé devant elle et sans y toucher, le gâteau que lui avait donné son frère. Elle était immobile et sérieuse ; son œil noir, intelligent, et tout rempli d'une ardeur généreuse, se posait tour à tour sur les convives et semblait les interroger ?

— Mon enfant, dit le père, allons, te voilà reine !
Oui-da, c'est toi ma fille, qui as la fève. Hâte-toi
d'ouvrir ton gâteau, ma chère Marie, et que nous
buvions à ta santé. — *La reine boit! la reine boit!*

Et déjà les convives rassurés portaient la main à
leurs verres, se préparant à crier de toute la force
de leurs poumons : *La reine boit! la reine boit!
la reine boit!*

Mais la jeune fille, énergique, et d'un geste ingénu, porta vivement la main sur sa part de la couronne, et toujours nous regardant, de son regard
vif et perçant.

— Et la part du pauvre, où donc est-elle? dit
Marie... Et le *pauvre*, à l'heure où sa main sera
tendue au gâteau des Rois, que va-t-on lui répondre?

A ces mots, tous les convives se regardèrent,
effrayés de ce qu'ils avaient fait... ils avaient oublié
la part du pauvre!... La part même que se réserve,
en toutes nos fêtes, Notre-Seigneur Jésus-Christ!

Or, la part du pauvre, injuste et cruel que
j'étais, c'était moi qui l'avais mangée. Hélas! j'étais
le nouveau venu! La famille ne m'attendait pas!
J'étais vraiment honteux et désolé du trouble que
ma présence avait jeté, sans le savoir, dans cette
fête des vieillards, des amis, des cousins, des enfants.

Comme nous étions frappés de cette inquiétude,
mes hôtes n'osant pas témoigner tout leur chagrin,
par crainte de me faire trop de peine... holà! voici
que nous entendons aboyer les chiens de la basse-
cour. A ces aboiements, qui n'avaient rien de cruel,

la petite Marie ouvrit la fenêtre. — Ah! (fit-elle) ah! le voici, voici le *pauvre!* Et, battant des mains, elle fut ouvrir la porte au vieillard : — *Venez, venez, venez!* disait-elle avec un doux rire, on vous attend, mon père. Et, d'un beau geste, elle se retourna vers nous : *Voici le pauvre, ah! voici le pauvre.* Aimable enfant, son cœur bondissait de joie. Elle était superbe, elle était charmante. Un grand secret pour être belle, enfants, c'est d'être bonne. Il n'est rien de plus certain.

Donc nous vîmes entrer un grand vieillard qui avait supporté bien des orages. Il portait une besace vide et s'appuyait sur un bâton. C'était un de ces mendiants normands, attachés au sol de leur chère province de Normandie; après l'avoir labourée pendant quatre-vingts ans, ils ont bien acquis le droit de lui demander quelques épis de blé dans la moisson, et un morceau de pain durant l'hiver. Ce vieillard entra, guidé par Marie, et prit place, en homme heureux, à côté de la belle jeune fille. On lui apporta à dîner; il but et il mangea comme un jeune homme qui revient de la chasse et s'assied à la table de son père. Quand il fut bien repu, Marie à la belle main lui donna son gâteau, en disant: *Voici le roi!*

En effet, les rois mages avaient décidé là-haut que le mendiant aurait la fève et porterait la couronne. Ainsi le *pauvre* eut son jour. Il tint le sceptre à son tour, ce vétéran du travail; il fut roi, cet invalide infatigable de la charrue.... Et chaque fois que de sa main réjouie il portait son verre à ses lèvres, c'étaient d'immenses clameurs : *Le roi boit! le roi boit!* Il accepta sans honte et sans peur

11.

cette royauté qui lui tombait du ciel ; il choisit Marie pour sa reine ; il la baisa au front, comme c'était le droit paternel de sa royauté. Après le dîner, on leva la table et le bal commença ; les vieillards se plaisaient à voir danser les jeunes, c'était le passé qui veillait sur l'avenir. La fête se prolongea très-avant dans la nuit. Marie et le vieillard, la reine-enfant et le vieux roi furent applaudis, loués, imités, chansonnés.

J'ai revu bien souvent la jeune reine. Elle avait adopté le vieux roi dont elle fut la providence. Après avoir aimé la petite Marie pour sa royauté bienfaisante, on l'aima pour sa grâce et pour sa beauté. Reine, elle égaya le charmant, joyeux et beau petit royaume dont le bon Roi inspira la plus aimable chanson de Béranger..... le royaume et le roi d'Yvetot !

LA FORCE DE L'ÉDUCATION

I

M. le duc de Bourgogne fut l'élève bien-aimé, et peut-être le chef-d'œuvre de Fénelon, son maître et son ami. Le disciple était digne du maître, à coup sûr. Figurez-vous un esprit vif et juste, vaste et pénétrant, laborieux et naturellement porté aux sciences difficiles, curieux de toutes choses, et plein de sagacité dans ses recherches : tel était M. le duc de Bourgogne.

Quand M. l'abbé de Fénelon, qui n'était encore qu'un simple prêtre des Missions, se trouva pour la première fois en présence de ce jeune prince dont le roi l'avait fait précepteur, il demeura pour ainsi dire épouvanté de cet admirable mélange de toute sorte d'éléments bien divers, qui pouvaient faire inévitablement de ce prince, attendu par la couronne, ou la ruine ou le sauveur du plus beau royaume de l'Europe, attaqué et menacé de toutes parts.

Son grand œil noir était plein de feu et d'intelligence. Sa volonté était de fer, son courage allait à l'audace; une fois en courroux, il était impitoyable. Ce noble sang de tant de rois qu'il avait dans les veines s'en allait bouillonnant et fermentant. Ajoutez que pas un ne savait encore comment dompter cet esprit rebelle. Il faisait face à chacun et à tous; et puis, que d'obstacles de tous côtés : du côté de la majesté royale qui l'enveloppait de toutes parts, du côté même de la royauté qui l'attendait dans un avenir certain !

De pareils disciples épouvantent les gens de cœur. Quant aux précepteurs ordinaires, eux seuls tournent la difficulté, disons mieux, de précepteurs généreux et sévères ils se font de lâches et vils flatteurs. Heureusement la nature avait fait beaucoup pour ce jeune homme, et le roi Louis XIV fit autant que la nature. Le roi, lorsqu'il nommait l'abbé de Fénelon précepteur de monseigneur, imposait au duc de Bourgogne un homme, une intelligence, une volonté, un génie dignes de féconder les admirables ressources de l'esprit et du cœur.

La pensée honnête et sérieuse de tout jeune homme qui veut mettre la main aux affaires humaines, c'est d'abord d'étudier à fond les sciences qui ouvrent l'esprit, et parmi ces sciences d'étudier en première ligne l'histoire de son pays. Cette étude de l'histoire vous initie aux hommes du passé, et vous dévoile, à n'en rien perdre, les hommes du temps présent; elle vous fait pressentir et deviner les passions à venir... Otez l'histoire de l'éducation, toute éducation libérale est incomplète.

Ignorer le genre humain! disait un autre précepteur des fils des rois, Bossuet.

L'histoire fut bientôt la passion vive et vraie de M. le duc de Bourgogne. Il pénétra au pas de course dans ces ténèbres, dans ces dédales, dans ces amas également incroyables de vérités et de mensonges. Ainsi il fut élevé dans la passion de l'histoire et dans l'amour des belles-lettres; Fénelon, son maître, écrivit pour son cher disciple ces belles pages latines, que l'on dirait empruntées aux plus ingénieux conteurs du siècle d'Auguste. Quelles charmantes pages, par exemple, la mort de La Fontaine, racontée en si beau latin, par l'auteur de *Télémaque,* dans la langue de Phèdre le fabuliste!

Nous avons nommé le *Télémaque;* ce livre, qui est pour ainsi dire le chef-d'œuvre de la philosophie et de l'éducation, fut vraiment le bréviaire de M. le duc de Bourgogne. Fénelon avait pressenti, quand il écrivit le *Télémaque* (un poëme en prose digne et voisin des vers d'Homère), que le temps n'était pas loin où les sujets demanderaient compte aux rois de l'administration du royaume. Ainsi élevé dans toute sorte d'études et de beaux-arts, le jeune prince faisait l'admiration de cette cour, qui était la cour la plus polie de l'univers.

Cependant le roi Louis XIV était devenu vieux; Mme de Maintenon tenait là place de la reine de France; le palais de Versailles, naguère si rempli

de joies et de fêtes brillantes, était plein de décence,
de religion, de réserve; la jeunesse de M. le duc de
Bourgogne n'en fut que la mieux venue autour de
ce trône entouré d'ennuis et de soucis. O misère,
et qui l'eût dit? le roi Louis XIV se faisait vieux !

La première fois que M. le duc de Bourgogne
dansa chez le roi, toute la cour se rappela les jours
heureux où le jeune roi Louis XIV, triomphant alors
et tout-puissant, menait lui-même cette ronde immense qui s'emparait du palais et des jardins de
Versailles. Belles heures, à jamais évanouies, des
concerts, des nuits étincelantes, des fêtes aux flam-
beaux, des douces sérénades sous les arbres, au
bruit des eaux qui jaillissaient sur l'épais gazon que
foule d'un pied timide la douce et touchante La
Vallière, pendant que là-bas, sous les arbres, dans
l'*allée des Philosophes*, se promènent gravement
Bossuet et l'abbé Fleury, celui-là même qui, après
avoir été le professeur du duc de Bourgogne, sera
le maître et le confesseur du jeune roi Louis XV, un
peu plus tard.

Ce fut ainsi que le duc de Bourgogne eut le dernier écho des fêtes de Versailles, le dernier souvenir
de ces magnificences sans bornes, le dernier pré-
texte à ce luxe incroyable des monarchies absolues
que l'Europe à venir ne reverra jamais.

Quand donc Louis XIV voulut marier son petit-
fils avec la jeune et charmante duchesse de Savoie,
une digne fille d'un si *habile* père, le roi parut sortir tout d'un coup de son silence. La princesse touchait encore à l'enfance — douze ans à peine. —
Le roi, qui se rappelait ses beaux jours, avait dit,

un peu avant le mariage, qu'il voulait que la cour fût magnifique, et cette fois encore la parole du maître fut écoutée.

Aussitôt, comme par enchantement, cette cour sérieuse et grave, à l'exemple du roi, revient à ses broderies, à ses plumes flottantes, à ses diamants, au luxe, aux dépenses d'autrefois. Le roi, le premier, donna l'exemple de ce souvenir des jours de 1660, quand il était le plus jeune et le plus beau monarque du monde. En un clin d'œil la cour changea d'aspect. Plus de doctes réunions, de graves causeries, de messes solennelles, de confesseur du roi; en revanche, une joie, un attrait, une fête universelle, et les plus belles dames, divinement parées, les plus galants seigneurs dans leur plus riche attirail.

Toute la science de chacun se manifesta en accoutrements, en habits, en splendeurs. Les tailleurs se montraient de plus belle, et aussi brodeuses et brodeurs. Il y eut même, en cet empressement général, une princesse du sang royal qui fit enlever à main armée des brodeuses dans l'hôtel de Rohan. Le roi voulut lui-même poser les broderies de la nouvelle duchesse de Bourgogne. — Ma foi, disait le roi, je ne croyais pas avoir si bien fait. Mais comment donc feront les maris pour n'être pas ruinés par les habits de leurs femmes? Ah! si le roi avait pu savoir à quel prix et par qui seraient payés (en 1793) ces meubles, ces broderies, ce palais de Versailles, ce luxe insultant d'une monarchie aux abois et mordue au cœur... le roi serait mort d'épouvante et de remords.

Voilà nos deux enfants mariés. On distinguait à cette cérémonie auguste le roi et la reine d'Angleterre, un roi proscrit, une reine exilée, M. le duc de Chartres, M. le duc du Maine, M. le prince de Conti et M. le cardinal de Coislin, la duchesse de Lude, mesdames de Mailli et les plus grandes dames de la cour. Le soir venu, on fut coucher la mariée; la reine d'Angleterre donna la chemise. Dans l'antichambre, M. le duc de Bourgogne se déshabilla sur un pliant, au milieu de toute la cour; alors ce fut le roi d'Angleterre qui présenta la chemise; et quand la jeune duchesse fut au lit, M. le duc de Bourgogne se mit au lit, à sa droite; Mme la duchesse de Bourgogne était gardée par Mme la duchesse de Lude, sa gouvernante, et monseigneur par le duc de Beauvilliers, son gouverneur.

On resta ainsi un quart d'heure à causer, après quoi M. de Beauvilliers reconduisit son élève dans ses appartements; Mme la duchesse de Bourgogne se retira dans les siens.

Hélas! ce fut en vain que la cour de Versailles s'était mise en fête... Après cet effort d'un instant elle était redevenue grave, posée, méthodique, et plus portée au découragement, à l'ennui, qu'à l'espérance, au plaisir!

Cette jeune duchesse de Bourgogne, cette enfant de douze ans, vous paraît-elle assez digne d'envie? A l'âge heureux où la jeune fille n'a pas d'autres soucis que de s'abandonner aux innocents plaisirs de son printemps; lorsque autour de son printemps tout devrait être et joie, esprit, saillie et gracieux abandon, cette enfant, la voilà devenue, et tout de

suite, à ses risques et périls, une des plus grandes
dames du monde.

Oui ! Et pendant que les jeunes filles de son âge
jouent encore à la poupée, Mme la duchesse de
Bourgogne joue au mariage. Elle est forcée de recevoir toute la cour, en toute majesté ; elle se tient
debout sur les marches du trône de France ; elle a
pour son premier courtisan le roi Louis XIV. Elle a
son petit lever, son grand lever ; le soir, elle tient
cercle ; à ce cercle arrivent le roi, Mme de Maintenon
et toute la cour ; autour de cette enfant circulent, en
s'inclinant, les plus grands noms de la monarchie.

Or voulez-vous savoir les noms des invités à ces
fêtes royales ? Vous ferez bien de les apprendre ;
il n'est pas malséant de ne pas ignorer comment
s'appelaient les grandes dames et les grands seigneurs du XVIIe siècle. Ils ont embelli, épuré, protégé la langue française, qui est devenue une langue
européenne. Ils ont applaudi de toutes leurs forces,
et les premiers, les tragédies de Corneille et de
Racine, les comédies de Molière, les tableaux de
Lesueur, la musique de Quinault, les palais de Man-
sard, les jardins de Le Nôtre. En leurs jours d'autorité et de puissance, ils ont été bienveillants pour
nos pères qui n'étaient guères que gens taillables
et corvéables, à merci et miséricorde.

Et lorsque enfin, de toutes ces hauteurs il a fallu
descendre ; à l'heure où la révolution française est
venue, qui, de sa hache abominable, impie, a brisé
toutes ces grandeurs, le courage de ces généreux
gentilshommes ne s'est pas démenti plus que leur
bonté.

Ils sont morts, en expiation des folies et des dépenses de leurs pères, comme le roi Louis XVI est mort pour expier les prodigalités insensées et les vices de Louis XIV, son prédécesseur.

Voilà pourquoi, jeunes gens, il faut vous habituer de bonne heure à saluer avec une sincère sympathie les vieux noms de notre histoire, ces noms portés avec tant de grâce et d'honneur : Sully, Saint-Simon, Luxembourg, Villeroi, Lauzun, d'Elbœuf, d'Armagnac, d'Épernay, Villequier, Châtillon, Turenne, La Force, La Vieuville, Guébriant, Barbezieux, La Ferté.

Vains efforts, vaine gaieté, folles joies que le vent emporte ! Le palais de Versailles, un instant tiré de ces langueurs, retombait, de plus haut, dans les ennuis de chaque jour. Depuis longtemps quelque chose s'était dérangé dans la fortune de la France, et cette fois l'ennemi était aux frontières. Le duc de Bourgogne (on se battait dans les Pays-Bas) voulut sa part dans cette guerre. Il partit, sans équipage, en officier de fortune. Et cependant qu'il était heureux, à mesure qu'il s'éloignait de Paris ! Comme il sentait son cœur battre à la fois de reconnaissance et d'orgueil. Ah ! grand Dieu ! loin de Paris, à Cambrai... vous savez le nom de l'archevêque de Cambrai !

L'archevêque, c'est Fénelon lui-même, exilé de la cour pour avoir écrit le *Télémaque !* Hélas ! cette haute vertu avait paru rêverie à Versailles; cet ardent amour du bien public avait été traité de chimère ! Enfin, le *Télémaque* avait été jugé comme une trahison.

A la lecture de ce beau rêve d'un peuple, heureux par son roi, et d'un roi dont toute la force et le bonheur viennent de son peuple, Louis XIV s'était effrayé. Le *Télémaque* avait' été, pour son règne, la plus cruelle des censures. Fénelon fut éloigné de la cour dans un exil qui devait être éternel ; mais lui, le saint prélat, il avait accepté cette illustre tâche d'une Église à défendre ; il avait dit adieu à cette cour, dont il était le plus bel esprit ; à ce Paris, qui l'aimait comme un sage, à ce monde profane, qui l'avait adopté comme un poëte, harmonieux enfant de Virgile et d'Homère.

Fénelon, dans l'exil, restait calme et fort; il savait que son œuvre était accomplie... Le roi pouvait mettre à l'index le *Télémaque*, il ne pouvait arracher du cœur de son petit-fils ces nobles sentiments de liberté, ces nobles maximes de tolérance, ces ardentes révélations de l'avenir, que l'auteur du *Télémaque* avait si glorieusement enfouis dans le cœur de son royal disciple.

Ainsi Fénelon pouvait loin du soleil de Versailles se contenter de faire le catéchisme aux enfants : le disciple de Fénelon n'attendait plus que la couronne de France pour être un grand roi.

Certes (cela va vous paraître étrange et cruel et cependant la chose est vraie); lorsque M. le duc de Bourgogne partit pour aller se battre en Flandre, le roi, son grand-père, avait prévu la rencontre du maître et du disciple. Il s'était dit qu'ils allaient se revoir à Cambrai, que l'archevêque de Cambrai ferait les honneurs de sa ville à son prince, que dis-je? à son enfant bien-aimé.

Aussitôt voilà le roi qui entre en de grandes in-
quiétudes! Le roi *veut* que le duc de Bourgogne
évite à la fois Cambrai et l'archevêque. Il défend
au disciple de saluer son maître!... On arrive à
Cambrai et l'on passe... A l'instant même, ô surprise espérée! où la voiture arrivait à la poste, sur
le seuil de cette maison où tout passe, où rien ne
s'arrête, le premier qui vient au-devant du prince,
c'est Fénelon, le saint archevêque, les larmes dans
les yeux, la joie au cœur.

L'exempt du roi, fidèle à sa consigne, était à la
portière de la voiture, mais qu'importe? Le maître
et l'élève, en ce moment qui les payait de toutes
leurs peines, maître et disciple à jamais dignes
celui-ci de celui-là! tombent dans les bras l'un de
l'autre. — O mon maître! — O mon élève bien-aimé!
La foule, qui savait leur amitié, les entourait de
ses vœux les plus ardents.

Or ceci n'avait pas été prévu dans les instructions
données à l'exempt. Celui-ci, très-inquiet, demandait des chevaux à grands cris; voyez l'accident!
le-maître de la poste eut la charité de ne pas trouver
tout de suite les chevaux qu'on lui demandait. Le
brave homme était pris au dépourvu! Un cheval
était déferré, un autre cheval était vicieux; c'est à
qui, dans cette hâte, bêtes et gens, viendrait en aide
au grand archevêque enivré de cette joie. Ah! récompense inespérée! Ah! complicité de tous ces
braves gens, par qui ce jeune homme et ce vieillard
avaient le temps de se reconnaître!... Il l'embrassait
de toute son âme, il ne pouvait se lasser de revoir
ce noble enfant, dont il avait fait un grand homme;

la parole lui était défendue, mais non le regard.

Et le duc de Bourgogne, de son côté, qu'il était heureux de revoir cet ami fidèle de son enfance, ce dévoué serviteur de sa jeunesse, ce philosophe chrétien qui pensait comme Platon, qui prêchait comme saint Paul! La foule était émue à ce touchant spectacle; elle s'éloignait de toutes ses forces de ce noble groupe; seul, l'exempt restait entre le prince et l'archevêque. A la fin il fallut se séparer. — Adieu donc! adieu donc! Ils se séparèrent sans larmes, sans paroles; le duc de Bourgogne au saint prélat montrait le ciel, l'archevêque à son élève montrait la France, cette France tant aimée, qu'ils auraient sauvée à eux deux, si le ciel l'avait permis.

Le malheureux prince continua sa route. Le prélat revint à son œuvre de chaque jour, œuvre de charité, de zèle, de probité et d'honneur. A l'armée, M. le duc de Bourgogne rencontra déjà tous les obstacles qui, toute sa vie, se mirent entre lui et la gloire. Il devait commander, c'est vrai,... mais l'ordre était de ne pas obéir. La responsabilité de la défaite pesait sur lui; un autre, à l'avance, était désigné au bruit que fait la gloire. Tout ce qu'il put faire, ce fut d'aller au feu en véritable soldat, sans reproche et sans peur. Il avait en lui-même le sang-froid qui fait rechercher les périls. Il avait l'instinct de la guerre, il l'aimait beaucoup plus que n'eût voulu Fénelon, son maître.

Dieu merci, ce n'est pas à moi à vous dire les désastres de cette campagne dont Fénelon fut le héros, le héros de la charité chrétienne, le héros tel que le veut l'Évangile! Au milieu des deux armées, l'archevêché était lieu d'asile ! Entrez, malheureux ! La porte est ouverte à quiconque est blessé sur le champ d'honneur.

Il y eut dans la chapelle et dans la maison de l'archevêque des prières pour tous les morts, des secours pour tous les blessés, sans demander sous quels drapeaux morts et blessés étaient tombés, et pour quelle croyance ils avaient souffert? L'ennemi, reconnaissant de tant de charité, respectait tout ce qui était du domaine de l'archevêque. L'ennemi respecta sa moisson et ses arbres, et sa maison et son église. Attenter à la fortune de l'archevêque, ô juste ciel ! mais c'était le bien de tous !

Quand M. le duc de Bourgogne fut de retour de l'armée, le roi lui ouvrit ses conseils; dans les conseils du roi, le duc de Bourgogne était entouré d'obstacles comme à l'armée. On prenait son silence pour une leçon; venait-il à parler, on s'écriait que c'était tout le langage de M. de Cambrai. Il est vrai que Fénelon, quand par hasard se présentait une rare occasion de faire passer des lettres, souvent interceptées, ne manquait pas d'écrire à son noble élève sur toutes les questions autour desquelles s'agitait l'Europe à la fin du xviie siècle.

Lettres admirables, remplies de pressentiments, de leçons austères, de conseils providentiels; lecture abondante en convictions, en prévoyance, en tristesses infinies. Le duc de Bourgogne, entouré par la sagesse de l'archevêque, passait, dans les conseils de Sa Majesté, comme un écho de ces claires et saines paroles.

On finit par le trouver beaucoup trop austère, on

aima mieux le voir à l'armée, que de le supporter à la cour. Pour les monarchies qui se sentent perdues, le bras qui agit est moins à craindre que l'intelligence qui prévoit et qui conseille. On envoya notre prince sur le Rhin pour faire le siége de Brissac; rude labeur, un siége! Il faut, pour le suivre, autant de patience que de courage. Il faut tout voir, tout savoir, tout prévoir. Le duc de Bourgogne fut admirable; il était le premier au travail... et le dernier. Il ne ménageait ni sa fatigue ni sa vie.

En même temps il encourageait les plus braves, il venait en aide au plus malheureux. L'armée était pleine du duc de Bourgogne. Jamais on n'avait vu un prince du sang payer si bravement de sa personne. Il prit Brissac! Alors le roi inquiet de cette gloire naissante rappela le duc de Bourgogne. Il partit à regret; mais s'il avait pu prévoir que la guerre n'était pas finie, il n'eût pas quitté l'armée.

Paris était en proie à la plus grande misère : la faim habitait cette ville au désespoir. C'était le temps où Massillon, l'orateur inspiré, prêchait son sermon sur l'*aumône*; rare justice, voix sévère qui ne fut pas assez écoutée. M. le duc de Bourgogne entendit sur son chemin les plaintes de ce peuple affamé. Il comprit toutes ses douleurs. Il fit à Paris ce que son maître Fénelon faisait à Cambrai. Il vendit ses diamants, ses meubles, ses équipages; il vendit les pierreries de feu Mme la dauphine; en même temps il renonce au jeu, il renonce à la comédie. En vrai prince... en vrai père... il prenait sa bonne part, sa part royale dans la ruine et la désolation du peuple de France...

A la cour, on disait : voyez ce mécontent !

Hélas ! le duc de Bourgogne n'était ni un factieux ni un mécontent ; c'était tout simplement le prince le mieux élevé de la monarchie, un noble cœur et le plus loyal qui fût à la cour de Versailles, un homme intelligent, dévoué, sérieux, des meilleurs jours ! On ferait un livre avec les beaux traits de ce charmant prince, enlevé trop vite à l'amour du genre humain.

Il avait à son service un vieux valet de chambre que lui avait donné Fénelon ; ce valet de chambre avait supporté tous les bouleversements de cette impétueuse jeunesse ; il avait vu le prince au plus fort de ses grandes colères, dont il s'était si bien corrigé. A la fin, devenu vieux, et le prince étant si jeune, Moreau (c'est le nom du valet de chambre) s'était pris pour monseigneur d'une affection toute paternelle.

Moreau, beau causeur, vif avec esprit, un peu goguenard, un peu sceptique, avait mérité l'estime de monseigneur par sa loyauté, par sa fidélité, par son dévouement à l'archevêque de Cambrai. Plus d'une fois Moreau avait servi d'intermédiaire entre le prince et son maître ; bon vivant, d'agréable humeur, recherché pour ses saillies, il tenait une assez grande place. A la fin, Moreau, se sentant mourir, fait dire au prince sa dernière volonté, qui est de le voir et de lui parler une dernière fois. Si monseigneur de Cambrai était à Paris, à coup sûr il ne refuserait pas au fidèle serviteur sa bénédiction et sa prière ; en l'absence du prélat, Moreau veut que son âme soit confiée au duc de Bourgogne. — Voilà mon saint à moi, disait Moreau, voilà mon modèle et mon sauveur!

A cette nouvelle que son fidèle serviteur le fait appeler, et ne veut avoir pas d'autre confesseur, voilà monseigneur le duc de Bourgogne qui monte jusqu'à son lit et encourage de toutes ses forces ce galant homme qui va mourir! Vous pouvez croire qu'à cette nouvelle que monseigneur avait fermé les yeux de son pauvre valet de chambre, qu'il avait fait dire pour lui l'office des morts et qu'il avait communié à son intention, toute la cour se mit à joindre les mains d'étonnement et à crier :
— Où donc allez-vous ?

Telle était cependant la toute-puissance de la vertu, que ces frivoles courtisans de l'*OEil-de-Bœuf*, voués comme ils l'étaient à toutes les exigences de l'étiquette, n'osèrent pas outrager de leurs railleries la dévotion de monseigneur. Au contraire, chacun loua Moreau à l'envi; le roi lui-même fit son éloge; on disait de toutes parts qu'il était impossible de trouver un meilleur serviteur; on était bien forcé d'ajouter, pour être juste, qu'il était impossible de trouver un meilleur maître.

II

Nous retrouvons plus tard M. le duc de Bourgogne en Flandre; la Flandre l'appelait toujours, la Flandre... et son saint archevêque. Pour ce nouveau voyage, M. le duc de Bourgogne partit un vendredi, et le 13 du mois! En vain le roi Louis XIV,

qui était superstitieux, voulut avertir son petit-fils
que le *vendredi* était un jour néfaste, que son aïeul
Louis XIII était mort un *vendredi*, que Henri IV
avait été assassiné un *vendredi*, le prince répondit
qu'il voulait partir. La messe fut une messe de *Re-
quiem*; grande tristesse pour toute la cour.

Cependant M. le duc de Bourgogne partit gaiement. N'allait-il pas à Cambrai? A Cambrai, la défense de s'arrêter avait été maintenue... Il arriva,
toujours par grand hasard, qu'à cette même maison
de poste, où déjà il avait fait la rencontre de son
illustre maître, le duc de Bourgogne eut grand'soif
et grand'faim... On lui fit à dîner, à son dîner il
invita l'archevêque de Cambrai.

Cette fois la contrainte fut moins grande que la
première, et les deux amis, oubliant la défense du
roi, leur maître, causèrent à cœur ouvert. Le prince
osa dire au prélat, devant tous, qu'il lui était plus
redevable que s'il lui devait la vie; et, de son côté,
Fénelon répondit tout haut à monseigneur qu'il
l'aimait comme un père aime son enfant. Chacun les
entourait en silence, et put voir toute cette tendresse
qui inquiétait si fort le château de Versailles. Les
larmes étaient dans tous les yeux, l'admiration dans
tous les cœurs.

Ce que ces deux seigneurs ne pouvaient pas se
dire, les assistants le disaient tout bas à leur place.
Ah! certes, le roi Louis XIV est encore le roi tout-
puissant, mais désormais rien ne saurait empêcher
les plus illustres personnages de la monarchie d'aller
présenter leurs hommages et leurs respects à l'archevêque de Cambrai.

De Cambrai, M. le duc Bourgogne se rendit à Valenciennes, où il déclara qu'il voulait marcher, en simple volontaire, à la tête de l'armée. L'ennemi, sachant que le prince venait pour combattre, se sentit disposé à mieux faire, puisqu'il devait avoir pour témoin un si jeune et vaillant capitaine. L'armée française était pleine de jeunesse, de courage et d'éclat; elle se composait de deux cent six escadrons, de cent trente et un bataillons en cinquante-six brigades : maison du roi, gendarmerie, cavalerie, régiment des gardes, dix-huit lieutenants généraux. Le moyen de résister à pareille armée où commandait un pareil prince?

La ville de Gand fut prise sans coup férir. La ville était dans la joie; l'armée anglaise était en fuite; le duc de Bourgogne ressemblait à un conquérant pacifique domptant les cœurs, lorsque les murailles sont tombées. Maintenant, le brave prince ne demandait plus qu'à marcher en avant, à profiter de la victoire; toute l'armée le demandait comme lui, mais l'armée et M. le duc de Bourgogne devaient obéir à M. de Vendôme. M. de Vendôme aimait ses aises : quand il était bien assis quelque part, il était difficile d'obtenir le signal de la marche. Il attendit, et ne permit pas un mouvement à M. le duc de Bourgogne, si bien que l'ennemi revint sur ses pas à Oudenarde, et voilà M. de Vendôme entouré de tous côtés, comme il allait se mettre à table pour dîner. Alors on se battit en désordre, dans les haies, dans les ravins, au pas de course.

Au milieu de cette mêlée et de ce carnage, M. le duc de Bourgogne conserva son sang-froid et son

admirable coûp d'œil. Comme il était en train de
mener à la charge la maison du roi, il vit passer
M. de Vendôme, et lui parlant avec la déférence
d'un inférieur :—Monsieur, lui dit-il, il serait temps
de veiller au salut de l'armée. A quoi M. de Vendôme, hors de lui et oubliant qu'il avait affaire à
l'héritier de la couronne de France : — Monsieur,
dit-il, rappelez-vous que vous êtes ici pour obéir!
A cette insolente réponse, toute l'armée frémit d'indignation et de colère; seul M. le duc de Bourgogne
garda le silence. Il comprit qu'il devait à l'armée
un grand exemple. Et c'était lui cependant, le même
prince qui, dès l'âge le plus tendre, insolent *comme
un fils des dieux*, faisait trembler tout le monde par
ses cruels emportements.

Mais voici bien un autre outrage et plus complet,
plus grave que le premier : un déshonneur ! — La
bataille fut perdue, perdue par l'incurie et la paresse de M. de Vendôme. Il fallait enfin ordonner la
retraite, l'Anglais nous débordant de toutes parts.
— Allons! dit Vendôme, que l'armée se porte en
arrière et qu'elle cède la place ; aussi bien, ajouta-
t-il en regardant le duc de Bourgogne, il y a longtemps, monseigneur, que vous en avez envie ! Eh
·bien! M. le duc de Bourgogne ne porta même pas
la main à son épée. Il resta immobile, silencieux,
résigné. Toute l'armée se fût jetée à ses pieds, par
dévouement et par admiration.

Ceci dit, M. de Vendôme, laissant à elle-même
cette armée qu'il avait précipitée en un si grand
péril, s'en revint en toute hâte dans la ville de Gand,
où il ne songea plus qu'à faire grande chère et grand

feu pendant dix jours, et sans même demander ce
que l'armée était devenue ? Pendant que le général
en chef restait dans son lit où il fut couché cinquante heures de suite, M. le duc de Bourgogne,.
ramenant un petit corps de troupes derrière le canal
de Bruges, couchait sur la dure, à la belle étoile,
et s'informait à toute heure ce qu'étaient devenus
ses frères d'armes, Puységur, Sousternon, Matti-
gnon, Cheladet, Puyguyon, Gamache et ce brave
Chantfort, le vidame d'Amiens, et Nangis, et le
chevalier du Rosel, autant d'amis que le duc de
Bourgogne s'était acquis par son courage et par sa
loyauté.

Dans ce funeste combat, l'armée avait fait de
grandes pertes, le marquis de Croï, le duc de Saint-
Aignan, le marquis d'Ancenis, Ximenès, Labretan-
che, quatre mille hommes et sept cents officiers
prisonniers qui furent dispersés çà et là, sans que
jamais on les ait revus. Le duc de Bourgogne écrivait au roi, en peu de mots, la perte de la bataille,
et sans accuser personne ; mais à sa jeune femme,
qui était la parfaite confidente de ses pensées, il
annonçait que la journée avait été perdue par l'opi-
niâtreté du duc de Vendôme, qui était resté immobile quand il aurait dû marcher en avant ; que cet
homme était fait pour dégoûter les plus braves gens
du métier des armes ; qu'il ne savait ni l'attaque,
ni le combat, ni la retraite.

Ah ! le grand prince ! il écrivait les grandes choses
en toute liberté d'esprit et de cœur, et ne se doutait
pas qu'une affreuse cabale était montée à la cour.
Toutes sortes de vils flatteurs avaient intérêt à

perdre, à déshonorer cette intelligente vertu. En
vain, de tous les côtés de l'armée, venaient des hommages pour le duc de Bourgogne, et avec ces hommages une admiration bien sentie, un dévouement
sans bornes... les ennemis de M. le duc de Bourgogne commencèrent par murmurer tout bas, puis
bientôt par crier tout haut, que M. de Vendôme avait
été abandonné traîtreusement; que M. le duc de
Bourgogne s'était mal battu, et autres indignités qui
ne vinrent pas tout d'abord aux oreilles du roi, et
que le roi seul pouvait démentir.

Bientôt ce fut un bruit général que M. le duc de
Bourgogne avait perdu la bataille. On fabriqua des
lettres, on inventa des récits, on fit parler des té-
moins; des émissaires se répandirent dans les cafés,
dans les jardins, dans les lieux publics, dans les
assemblées de jeu, dans les maisons particulières,
déshonorant à plaisir ce jeune héros. De ces bruits
infâmes les halles furent infectées, le Pont-Neuf en
retentit, les provinces les plus éloignées en furent
remplies. Rien n'y manqua, les chansons, les quolibets, les pamphlets, les insultes publiques. On eût
dit que toute cette nation s'étudiait à déshoncrer
l'héritier de la couronne.

Cette fois M. le duc de Bourgogne allait expier
tant de vertus, tant d'austérités, une vie exacte, et
Fénelon son maître. Quiconque se sentait un vice
au fond de l'âme, ou sur la conscience un crime,
ou quelque action honteuse, se mit à déclamer
contre le noble prince, terreur des scélérats et des
vicieux. En moins de huit jours, le digne élève de
Fénelon devint en France une espèce de lépreux dont

il était honteux de prononcer même le nom! Certes,
l'histoire offre à notre étude peu de positions qui
soient plus dignes d'intérêt et de sympathie. Au
plus fort de ce déchaînement, madame la duchesse
de Bourgogne restait fidèle au noble insulté.

Mais pour défendre dignement son mari, le courage lui manquait. Elle ne savait que pleurer en
silence, en voyant ce misérable duc de Vendôme
au lieu et place du duc de Bourgogne dans l'estime
du roi et de la France. Hélas! il arriva que M. le
duc de Bourgogne, accourant au-devant des respects et hommages qu'il avait mérités, reçut l'ordre
du roi : *de bien vivre avec M. le duc de Vendôme.*

Ce coup fut rude à porter. Ce prince, héroïque et
si brillant à Nimègue avec le maréchal de Boufflers,
à Brisach à côté de Tallard, s'était senti brisé par
l'arrogance du duc de Vendôme. L'insolence de cet
homme l'avait dégoûté ; l'injustice du roi le frappa
d'un coup mortel. A dater de ce jour cruel, M. le
duc de Bourgogne, enjoué naguère et de bonne
humeur, la bonne humeur et la gaieté des consciences honnêtes, devint sombre et taciturne. Il
se renferma dans sa tente pour n'en plus sortir.
Comme il avait peur du roi, il poussa l'obéissance
jusqu'*à bien vivre* avec le duc de Vendôme. Alors
l'armée, à son tour, abandonna son héros. Tant d'abnégation ne fut pas comprise par ces jeunes gens,
la fleur de la noblesse et du courage, qui ne par-
donnaient pas à Vendôme une bataille perdue par
sa faute. L'armée, qui avait été témoin de l'outrage
de M. de Vendôme, ne pouvait se figurer que M. le

duc de Bourgogne pût jamais saluer un pareil homme.

On l'accusa, même à l'armée ! Ses frères d'armes, le voyant si résigné et si calme, se tournèrent contre lui. De son côté, madame la duchesse de Bourgogne, apprenant que son mari revoyait M. de Vendôme, se prit à pleurer de dépit et de rage contre ce qu'elle appelait *la lâcheté de son époux*. Pour comble de malheur et de misère, M. de Vendôme, insolent jusqu'au bout, s'en vint un jour, la tête haute, prier le prince qu'il eût à écrire à madame la duchesse de Bourgogne pour qu'elle mît un terme à ses mauvais propos contre lui, Vendôme... Et le prince écrivit cette lettre à sa femme !

A quoi la princesse répondit... comme il fallait répondre, qu'elle n'avait pour M. de Vendôme que haine et mépris.

Cependant la guerre continuait, guerre impie, incroyable; il s'agissait désormais, non pas de battre et de repousser l'ennemi, mais de déshonorer tout à fait M. le duc de Bourgogne. C'était pour M. de Vendôme un plan de campagne tout nouveau : il était content d'être battu, pourvu que le prince se perdît sans retour. Un convoi échappe à M. de Vendôme, M. de Vendôme écrit au roi que c'est la faute du duc de Bourgogne ; à Lille, M. le duc de Bourgogne propose de prendre la ville, il en donne les moyens, M. de Vendôme hésite, il délibère, il faut que le roi écrive deux fois pour qu'on ait à obéir aux ordres de son petit-fils.

Ainsi, plus il allait et moins le duc de Bourgogne

avait d'autorité. Chacun tremblait au nom seul de
Vendôme. A la fin tout se prépara pour une bataille
décisive. A Versailles, l'inquiétude était immense;
le roi était pâle d'anxiété; les prières de quarante
heures étaient partout; madame la duchesse de
Bourgogne passait les nuits à la chapelle; la frayeur
était peinte sur les visages; les églises se remplis-
saient d'une foule de femmes demandant la vie de
leurs maris! Si un cheval venait à passer au galop,
la ville entière se mettait aux fenêtres. Jamais le
prince Eugène n'avait soulevé tant de peurs, jamais
le duc de Marlborough n'avait causé tant d'insom-
nies! Eh bien! le courrier tant attendu arriva de
Mons, portant la nouvelle que, malgré M. le duc de
Vendôme, le duc de Bourgogne n'avait pas voulu
combattre; que Lille eût été prise, si le prince eût
été rappelé de l'armée!

A cette suprême, incroyable et cruelle délation
recommencèrent de plus belle toutes les calomnies
du combat d'Oudenarde. Plus que jamais le malheureux prince fut accusé de toutes parts. M. le
dauphin, le père du duc de Bourgogne, avait tout
d'abord pris parti contre son fils; le roi l'avait
abandonné plus tard; personne à Versailles n'eût
été assez hardi pour défendre un prince attaqué si
cruellement; personne aussi ne l'eût osé, à l'armée.
Hélas! ce sont là de tristes détails, que j'abrége, et
puisse au moins ce véridique récit vous faire comprendre que nous autres, les fils du vulgaire, nous
ne sommes pas les seuls à trouver en notre chemin
toutes sortes d'obstacles. Chaque homme en ce
monde, quel qu'il soit, a ses obstacles à surmonter,

même ceux que La Bruyère appelait *les fils des dieux*.

M. le duc de Bourgogne fut rappelé à Versailles avant la fin de la campagne; il quitta cette armée qu'il aimait, le désespoir dans le cœur. A peine arrivé, le duc de Bourgogne entra chez madame de Maintenon. L'appartement de madame de Maintenon était de plain-pied et faisait face à la salle des Gardes. Cette chambre était vaste et profonde; contre la cheminée était le fauteuil du roi; de l'autre côté se voyait, dans une niche de damas rouge, un fauteuil où se tenait madame de Maintenon, une table devant elle. Avec le roi et madame de Maintenon, la duchesse de Bourgogne jouait et riait comme un bel enfant gâté, qu'elle était en effet; Pontchartrain, le ministre, travaillait avec S. M. A la vue de M. le duc de Bourgogne, le roi devint pâle et pensif. Il y avait dans le cœur du vieux roi comme un remords d'avoir si peu... et si mal protégé et défendu son petit-fils.

Mais telle est la force de la vertu, que tôt ou tard elle se dégage absolument des nuages qui la voudraient obscurcir. A peine on eut revu le duc de Bourgogne, aussitôt tombèrent toutes ces clameurs; la vérité se fit jour de toutes parts. M. de Boufflers et M. le maréchal de Berwick, et les plus braves gens de l'armée, arrivèrent; ils n'eurent qu'une voix pour M. le duc de Bourgogne et contre le duc de Vendôme, le triste héros des caprices du roi. Autant le duc de Bourgogne fut entouré de respects et d'hommages, autant M. de Vendôme resta seul et méprisé. Tous les récits mensongers furent dévoilés et mis au clair : c'en était fait de ce cou-

pable et inhabile capitaine... En revanche de ses
cruautés, le roi venait de promettre au duc de
Bourgogne une armée dont il serait le seul général.

Nous arrivons à l'instant où M. le duc de Bourgogne va s'appeler M. le dauphin. Il avait porté
toute sa vie un grand respect à ce triste idiot qui
était son père. Toutes les fois que l'occasion s'était
présentée de rappeler au fils de Louis XIV les devoirs des rois envers leurs sujets, M. le duc de Bourgogne avait saisi cette occasion en homme de cœur.
Il avait pris en haine les traitants qui se gorgeaient
de la fortune de la France; il s'excitait, il excitait
son père par le souvenir de saint Louis, de Louis XII,
père du peuple, et de Louis le *Juste*; il s'indignait
que tant de gens, partis du néant, fussent engrais-
sés de la fortune publique. La vive éloquence du
fils finissait par tirer M. le dauphin de ses torpeurs;
il s'indignait à son tour, il promettait, quand il serait roi, de porter remède à ces misères, et les honnêtes gens espéraient dans l'avenir.

Mais hélas! ni M. le dauphin, ni M. le duc de
Bourgogne, ne pouvaient compter sur l'avenir! En
ce temps-là, il y avait une maladie implacable à
laquelle les plus grands et les plus petits étaient soumis sans appel. C'était un mal affreux et sans remède; une épée à la Damoclès, posée incessamment
sur la tête des sujets et des rois : la petite vérole,
un mal dont l'art s'est emparé pour en faire une
fièvre bénigne! Au XVIIe siècle, elle jouait le rôle
même de la Mort dans *les danses macabres*. Elle arrivait à la façon du tonnerre, et se jetait tout d'un
coup, implacable, à travers ces prospérités passa-

gères ; elle enlevait sans miséricorde les plus jeunes,
les plus belles, les puissants, les plus riches.

Le dauphin en avait grand'peur ; en général
il avait peur de toutes choses. Un jour, à Meudon,
le lendemain des fêtes de Pâques, M. le dauphin
rencontre un prêtre qui portait le saint viatique à un
malade ; le prêtre dit à monseigneur que ce malade
a la petite vérole ! Voilà le prince épouvanté qui
rentre en son palais, triste et tout pensif. Un jour
se passe assez bien, sans accident ; le surlendemain,
la fièvre arrive, horrible et brûlante : c'était l'affreux mal qui venait de se déclarer.

A cette horrible nouvelle (ô vanité de ces grandeurs, voisines du trône !), chacun de s'enfuir,
même les serviteurs les plus fidèles ! Au contraire,
M. le duc de Bourgogne accourt pour ne plus
quitter son père qu'au lit de mort ; le roi, de son
côté, voulut s'asseoir au chevet de son fils. Ils restaient ainsi tous les trois à s'aimer, à se le dire, à
se parler de Dieu et de l'éternité. Les petits-fils du
roi venaient chaque jour au bout du jardin pour voir
leur grand-père, et le roi, sans se laisser approcher,
leur criait de loin : *Bonjour !*

Cependant, au dehors, que faisaient les bons citoyens, les grands politiques, les hommes qui savaient prévoir ? Ils faisaient, tout bas, des vœux pour
que M. le duc de Bourgogne, par la mort du dauphin son père, fût rapproché du trône de France.
Ces prévoyants et ces sages politiques savaient très-
bien qu'après tant de misères et tant de ruines,
et le long despotisme du roi Louis XIV, la France
avait enfin besoin d'un roi philosophe, et pour la

royauté à venir ils n'avaient plus d'espoir que dans la royauté de l'élève de Fénelon.

M. le dauphin mourut en moins de huit jours. Il ne fut pleuré que par ses deux fils; il ne fut regretté que de ses valets. Sa mort délivra la France d'un élève de Bossuet qui avait appris à lire dans le *Discours sur l'histoire universelle*, et qui ne lisait plus guère que *le Mercure galant*, aux charades. C'était bien la peine d'avoir pour ses maîtres M. le duc de Montausier et Bossuet!

Maintenant, M. le duc de Bourgogne s'appellera *M. le dauphin :* suivons-le, puisque aussi bien nous avons commencé ce triste pèlerinage! Où l'on cherche un trône et la gloire, on arrive, à travers mille douleurs, par un sentier rempli de funérailles, aux caveaux de Saint-Denis!

III.

Nous avons laissé M. le duc de Bourgogne dans toutes les espérances d'un avenir royal. Le roi Louis XIV se reposait maintenant sur son petit-fils d'une grande part de sa toute-puissance et de ses travaux. L'élève de Fénelon pouvait enfin déployer en toute confiance les grandes et bienveillantes idées que son précepteur lui avait enseignées.

La France espérait que le jeune dauphin réaliserait quelque jour ces promesses illustres... soudain le ciel jaloux se mit à contrarier cette fortune. Toutes les douleurs qu'il avait subies jusque-là n'é-

taient rien, comparées aux chagrins qui attendaient
M. le dauphin. Sa plus grande douleur, ce fut la maladie et bientôt la mort de cette aimable duchesse
de Bourgogne, ornement fragile et charmant de ce
Versailles en proie à toutes ces douleurs.

Activité, courage, esprit, dévouement à ce mari
qu'elle aimait!... Il n'y avait rien de plus alerte et
de plus vivant! Du roi lui-même, elle était le dernier sourire! Sur la vieillesse du roi et de madame
de Maintenon, l'aimable princesse jetait quelque
peu de sa douce gaieté, de sa bonne grâce, de sa
vive et bienveillante jeunesse. Elle faisait rire le
vieux roi, qui ne riait plus guère; elle était pour
madame de Maintenon un soulagement précieux.

M. le dauphin ne trouvait rien de plus charmant,
rien de plus aimable que sa femme. Hélas! c'était
là justement que l'attendaient les ennemis cachés
de M. le duc de Bourgogne.

Pour le frapper plus sûrement, on le frappa d'abord
dans la personne de la dauphine. Le poison se mit
de la partie. On était alors au mois de janvier, le
roi était à Marly, le vent était froid et pluvieux; la
tristesse était partout dans ce château des féeries,
consacré aux fêtes brillantes. Retirés dans leurs salons et tête à tête, le triste tête-à-tête de deux vieillards qui n'ont plus d'illusions, plus d'espérances,
Louis XIV et madame de Maintenon interrogeaient
la porte du salon voisin, pour savoir si leur dauphine allait venir. A la fin, la dauphine arriva;
mais cette fois, ce n'était plus ce pas alerte et
joyeux, cette voix heureuse et vibrante, ces riches
habits qui allaient si bien à sa taille élancée...

Une femme accablée et souffrante apparut, qui se traînait à peine, et qui venait rendre au roi ses derniers devoirs. Le jeu fut triste: la dauphine se retira de bonne heure : elle était frappée à mort.

Les historiens ne sont pas d'accord sur les détails de cette mort. Les uns, et ceux-ci paraissent les mieux instruits, prétendent que madame la dauphine fut empoisonnée avec du tabac d'Espagne : elle en prenait à l'insu du roi, avec la permission de madame de Maintenon, qui en prenait, de son côté. Quoi qu'il en soit, la fièvre, accompagnée d'un profond sommeil, s'empara de la princesse. Au bout de trois jours de souffrances, on comprit que la dauphine était perdue. A cette nouvelle, à ce cri funèbre, la douleur de M. le dauphin ne saurait se décrire. Il restait immobile, et la tête appuyée à ce lit de douleur. Le roi se tenait de l'autre côté, madame de Maintenon aux pieds de la mourante.

Que de prières ils adressèrent, à eux trois, à ce ciel inexorable ! Vaines prières! la princesse (à vingt-deux ans) rendit le dernier soupir, sa belle main tendue au dauphin, un dernier regard au roi de France! O roi malheureux! qui n'étais pas encore au bout de tant de funérailles, que tu devais payer cher les longues prospérités de ce règne fabuleux !

Le dauphin pensa mourir de douleur; le roi tomba dans un désespoir dont il ne put jamais se relever. Avec madame la dauphine s'en allait, pour ne plus revenir, le peu de bonheur qui était resté à cette cour naguère si brillante.

Madame la dauphine était le plus vif et plus sin-

cère esprit, l'âme la plus bienveillante qui se pût voir.
Sa beauté peu régulière, et souvent contestée, était
remplie de majesté et d'une certaine grâce naturelle, irrésistible. Elle avait un port de tête galant,
gracieux, imposant comme son regard; le sourire le
plus expressif; la taille longue, ronde, menue, aisée,
parfaitement coupée; *une marche de déesse sur les
nues*, disait un historien... qui l'a vue!

Et dans ses manières, dans ses discours, la grâce
était empreinte. Sa gaieté jeune et vive animait
toute chose, et sa légèreté de nymphe la portait
partout: dans les bals, dont elle était l'ornement,
dans les fêtes, dans les spectacles, où elle ravissait
tout le monde à force d'être affable et polie.

Elle s'amusait de tout, même de jouer quelque
jeu d'enfant. Tout ce qui vous convenait lui convenait à merveille. Surtout, pour madame de Maintenon et pour le roi, elle était admirable. Elle les
entourait de soins, d'hommages, de respects, de
petites minauderies charmantes. Une fois en liberté
avec eux, elle les embrassait, les chiffonnait, les
tourmentait; elle fouillait leurs papiers, leurs lettres,
leurs meubles, à ce point que plus d'une fois le roi
se demandait si c'était bien à lui, Louis XIV, que
s'adressaient toutes ces familiarités enfantines. Elle
ne le quittait pas même aux heures du conseil, et
là, sans qu'on le lui demandât, elle disait tout haut
son avis sur les hommes et sur les choses. Souvent l'avis était écouté.

Pour M. le dauphin, elle n'était pas moins bonne
et dévouée.

Elle l'aimait avec respect; elle partageait ses tris-

tesses, ses émotions, ses scrupules religieux. Elle
le calmait s'il était découragé; elle lui rendait
la force et l'espérance; elle était sa Providence.

Hélas! tant d'éminentes qualités ne la purent
sauver de la mort. Elle mourut à l'instant où sa vie
était le plus nécessaire à son mari, à son beau-père,
à cet enfant qui devait être sitôt le roi Louis XV.
Avec elle s'éclipsaient joie et plaisir, et toutes sortes
de grâces : les ténèbres couvraient la surface de la
cour; elle l'animait tout entière; elle pénétrait tout
l'intérieur. Si le roi Louis XIV vécut encore quelque
temps, ce ne fut plus que pour pleurer et pour regretter madame la dauphine. Jamais mort n'a causé
des regrets plus sincères, n'a été suivie d'un deuil
plus amer et plus profond.

Cette mort cruelle, imprévue, porta dans le cœur
de M. le dauphin un coup affreux; il sentit tout de
suite qu'il allait suivre au tombeau cette femme
adorée. Religieux et chrétien comme il l'était, M. le
dauphin portait au pied des autels le fardeau de
cette immense douleur. Il priait! Malgré ses plus
ferventes prières, son âme succombait à la peine.

Au-dessus de sa tête se préparaient les apprêts
des funérailles; il fallut l'entraîner de vive force hors
de ce séjour de misère et de deuil. Ce fut M. le duc
de Beauvilliers, son précepteur et son ami, qui
l'entraîna loin de ces funérailles. M. le duc de Beauvilliers était malade; il pensa en lui-même qu'il
voyait son prince bien-aimé pour la dernière fois.
M. le duc de Beauvilliers ne croyait pas si bien dire;
seulement, c'était le disciple... et non le maître qui
allait mourir.

Cependant le roi, plongé dans sa douleur, demandait à voir son fils. Il fallut avertir, à plusieurs reprises, M. le dauphin; il n'entendait pas, il n'écoutait pas; il restait frappé de cette foudre! A la fin, on poussa le dauphin dans les bras de son père. Leurs embrassements furent déchirants, pleins de cris et de larmes, du côté du roi, silencieux et muets du côté de M. le dauphin. Et comme le roi, frappé de cette douleur muette, voulait regarder son fils face à face, le père infortuné ne trouva plus de vie à cette aimable figure naguère si calme et sereine; la mort avait déjà jeté sa pâle empreinte sur ces traits charmants. Le roi put comprendre, à cet instant, qu'avant peu de jours il lui faudrait encore pleurer sur son petit-fils.

Ce fut la dernière visite de M. le dauphin au roi son grand-père: le même soir, il se mit au lit pour ne plus se relever. Ce prince infortuné annonça lui-même à ses amis, qui l'entouraient, qu'il n'avait plus d'espérance : sa grande espérance n'était plus de ce monde; elle était là-haut, dans le ciel. C'est là, seulement, que M. le dauphin pouvait rencontrer le repos qui l'avait fui toujours !

Cependant ses douleurs étaient intolérables; la fièvre augmentait d'heure en heure, la désolation universelle entourait cette lente agonie; il priait pour ceux qui allaient lui survivre. Il mourut les mains jointes, en prononçant le nom de tous ses amis sur la terre, le nom de sa femme, le nom du duc de Chevreuse, du duc de Beauvilliers, de Fénelon, « les brèves et malheureuses amours » du peuple français.

Ce prince, habile à l'exercice de toutes les vertus privées et publiques, est peut-être le plus grand exemple de la toute-puissance d'une belle âme, quand cette âme est convenablement gouvernée. Il était né le plus violent, le plus fougueux et le plus emporté des hommes ; il avait, en venant au monde, avec toute la majesté et tout l'orgueil, toute l'insolence d'une position royale. Il était barbare, même en ses railleries ; cruel, même en ses jeux.

Grâce à la prudence de M. le duc de Beauvilliers, grâce au sang-froid, à la prévoyance de Fénelon, grâce aussi au calme heureux, à l'abandon du digne abbé Fleury, sous-précepteur de M. le duc de Bourgogne, de cet abîme affreux de tous les emportements et de tous les orgueils, devait sortir un prince affable, humain, modéré, patient, modeste ; un prince qui eût sauvé la France, et cette monarchie expirante, si Dieu avait voulu la sauver.

La mort de M. le dauphin fut suivie en tout lieu, sous le chaume et dans les palais, d'une désolation générale ! Il était la dernière espérance de cette France abattue et vaincue de toutes parts. Mais la plus grande affliction, sans contredit, devait retomber sur le cœur de l'archevêque de Cambrai. Depuis douze ans, déjà, que Fénelon était exilé de la cour, le saint prélat avait vieilli ; mais il avait vieilli, plein d'espérance et plein de confiance en l'avenir. En vain le roi avait défendu que le nom de l'auteur du *Télémaque* fût prononcé devant lui ; en vain madame de Maintenon lui avait voué cette haine implacable à laquelle on ne résistait guère, l'archevêque de Cambrai se disait que l'avenir appartenaît au dauphin, son élève, et qu'un jour ils pourraient, lui et le nouveau roi, réaliser à eux deux quelques-uns des beaux rêves de liberté et de bonheur répandus dans le *Télémaque*.

Aussi bien, quand le duc de Bourgogne, par la mort de son père, se fut assis sur le premier degré du trône, l'archevêque de Cambrai retrouva sa confiance et son courage ; ses amis qui lui restèrent fidèles jusqu'à la fin se pressèrent plus que jamais autour de sa grandeur future. Les amis de Fénelon étaient dignes de lui ; ils étaient les plus honnêtes gens de la cour ; les uns et les autres, dans la même communauté d'opinions et de pensées, ils avaient un but, qu'aucune disgrâce ne put déranger : rappeler leur ami de cet injuste exil, et le mettre à la tête des affaires.

Dans l'éloignement où ils étaient, ils ne vivaient et ne respiraient que pour lui ; ils ne pensaient et n'agissaient que d'après ses principes : la moindre parole venant de Cambrai était pour M. de Beauvilliers comme un oracle infaillible. Telle était la puissance de ce génie, uni à cette vertu. Le duc de Chevreuse, le duc de Beauvilliers et leurs dignes femmes, et le duc de Mortemart, et la duchesse de Béthune, et le duc de Charost et tous les autres soutiens de cette illustre infortune, se réunissaient à certains jours, uniquement pour parler de l'illustre absent, pour se communiquer les nouvelles venues de cet archevêché lointain, pour se fortifier dans leur dévouement à Fénelon.

M. le dauphin, de son côté, ne laissait guère passer une occasion sans donner à l'exilé une marque

de son souvenir; aussi, ce fut bièntôt, même à Cambrai, un empressement véritable de tous les hommes
sages et prévoyants qui allaient faire leur cour à
l'archevêque. Ils se disaient, chemin faisant, que
M. le dauphin, devenu roi, leur tiendrait compte
avant peu de ces déférences. Hélas! ces lueurs d'une
autorité future, dont ils devaient, son maître et lui,
se servir avec tant de génie et de grandeur pour le
bonheur des peuples, étaient trompeuses et passagères.

M. le dauphin dans sa tombe, ouverte avant
l'heure, emportait toutes les doctrines de *Télémaque*, et l'auteur même du *Télémaque*. Les grands
hommes ne meurent jamais seuls; ils se tiennent
l'un l'autre par un lien invisible, providentiel; ils
se soutiennent l'un par l'autre; celui-ci par celui-là
se complète, et quand Dieu veut leur être favorable
jusqu'au bout, il les enlève le même jour.

Ainsi la mort, en prenant M. le dauphin, enlevait
à la France le roi de l'avenir; en prenant Fénelon,
elle enlevait à l'Église le plus brillant génie du
XVII⁰ siècle chrétien.

A cette heure, funèbre entre toutes les heures du
siècle de Louis XIV, le grand Bossuet était mort; le
Père Bourdaloue avait été le dernier représentant de
l'éloquence chrétienne. Massillon n'attendait plus,
pour se retirer, que l'heure du *Petit Carême*. La
mort de M. le dauphin, celle du duc de Chevreuse,
et celle du duc Beauvilliers, accablèrent cette grande
âme. Tout fort qu'il était, Fénelon ne put pas survivre à la perte de ces trois compagnons de sa
vie, et des nobles appuis de sa fortune. Il mourut, à

13.

l'instant même où Louis XIV allait descendre au tombeau. Sa mort fut calme et digne comme sa vie; l'Europe entière le pleura; sa bienfaisance avait apprivoisé jusqu'aux armées ennemies.

Son dernier souvenir, sa dernière pensée, l'archevêque de Cambrai les envoyait à ce duc de Bourgogne, son plus bel ouvrage, à ce dauphin de France qu'il avait tant aimé.

Ah! ces dernières années du xviie siècle sont fécondes en pertes irréparables! Autour de ce roi superbe, entouré de louanges et de respect, qui commandait à la fortune, ce ne sont plus que désastres, murmures, deuils impitoyables, et ce silence absolu des peuples qui est la leçon des rois. Ce grand siècle, à son aurore, triomphant et radieux de toutes les pompes de la poésie, de l'amour, de la gloire et de la majesté royale, s'éteint obscurément, entre la tombe d'un vieillard et le berceau d'un enfant!

Quand Massillon, prosterné sur le cercueil de celui qui avait été le grand roi, s'est écrié, dans le transport de sa douleur : *Dieu seul est grand, mes frères!* Massillon a fait, en un seul mot, nonseulement l'oraison funèbre de ce règne illustre, mais encore l'oraison funèbre du xviie siècle tout entier.

LA MUSE INDIGENTE

Hélas ! ceci n'est pas une histoire inventée à plai-.
sir. C'est l'histoire d'une pauvre fille intelligente,
ambitieuse, et morte de misère et de faim, parce
qu'elle s'était trop fiée à son esprit, à son talent.
Moi qui vous parle, j'ai vu passer son modeste cercueil drapé de blanc ; il se rendait au champ des
morts, suivi d'un petit nombre d'amis en deuil ; il
est vrai qu'au nombre de ces hommes qui suivaient
le cercueil en silence, il y avait le grand poëte,
l'homme de génie et le maître-instituteur du
XIXᵉ siècle, qui disait si bien : « Laissez venir à moi
les petits enfants! » Il y avait M. de Chateaubriand.

C'est une lamentable histoire, et pleine de sages
enseignements.

Il y a de cela vingt-cinq ans ; je m'en souviens
comme si c'était hier. On annonce à Paris qu'une
jeune fille (elle se nommait Élisa Mercœur) arrivait,

du fond de sa province, la tête couronnée à l'avance
de la couronne poétique. A Paris, le succès vient
vite, à condition que ce succès, tôt venu, s'en ira
vite. Une belle page, un beau vers peuvent faire
une réputation, surtout si ce beau vers est échappé
à une jeune fille de quinze ans, comme était alors
mademoiselle Élisa Mercœur.

Et de fait, rien qu'à la voir, on comprenait que
l'inspiration ne manquait pas à cette jeune tête, à
ce front radieux. Son œil était vif; le sang circulait
violemment sous sa peau brune; l'intelligence animait son sourire; elle avait une voix pure et franche, un grand cœur, un immense espoir.

L'avenir lui paraissait si beau! Elle avait été si
bien reçue, en cet immense Paris! Elle avait été
tout de suite entourée avec de si grands transports!
Ses premiers vers étaient déjà dans toutes les bouches, déjà dans toutes les mémoires! Elle allait voir
enfin se réaliser ses plus beaux rêves de gloire et
d'enthousiasme! Ah! pauvre ignorante enfant! Elle
ne savait pas que si l'enthousiasme est facile à Paris, l'oubli est plus facile encore!

Elle ne savait pas que la cité sans limites n'a
guère le temps de s'occuper des beaux vers et des
beaux ouvrages, plus d'une heure! Elle ne savait
pas que ces riches salons qui s'ouvraient, empressés,
aux premiers accents de sa voix, lui seraient fermés, dans un an, dans six mois peut-être, aussitôt
qu'elle aurait jeté toute sa verve et toute sa poésie!

Aussi bien, sans crainte, et hardie, elle se laissait aller au bonheur présent, elle s'abandonnait à
la facilité de sa poésie; elle s'enivrait d'applaudis-

sements et d'éloges, elle ne voyait pas, la malheureuse enfant! l'abandon qui la menaçait.

Mais bientôt après ces rapides jours de l'enivrement poétique, arriva le désenchantement. La foule qui s'était amassée autour de la muse-enfant, pour l'entendre et l'applaudir, s'éloigna tout d'un coup quand la nouveauté de la muse eut disparu. Chacun revint à ses affaires, à ses plaisirs de chaque jour, et personne enfin ne s'informa si la pauvre Élisa Mercœur avait un abri pour la nuit, un morceau de pain pour le lendemain. On s'était amusé de son génie... on ne lui devait rien de plus! N'avait-elle pas remporté tous les applaudissements qu'elle méritait?

Applaudissements stériles! vains hommages! Ils ne donnent ni la paix, ni le pain de chaque jour; ils exaltent un instant la pauvre fille qui en est la victime, pour la laisser retomber dans la réalité déplorable. Il en fut ainsi de la jeune Mercœur. Après ce grand rêve, elle se réveille un matin toute seule, oubliée, perdue, sans espérances, sans avenir, sans savoir comment nourrir elle et sa mère. Hélas! sa mère était avec elle! Elle avait dépensé à ce frivole métier les dernières ressources de sa famille! Alors se voyant si pauvre au milieu de sa gloire, la malheureuse enfant regretta sa première vie, et se prit à pleurer.

Pourquoi donc était-elle venue avec tant de hâte et d'imprudence se perdre à Paris, en cet immense gouffre qui dévore tant d'existences? Pourquoi donc avait-elle abandonné sa ville natale, ses parents, ses amis, le frais berceau de son enfance? Là aussi elle était pauvre; mais elle était aimée, elle était consolée, elle était secourue.

Là aussi elle était poëte, et dans le doux village on n'oubliait pas le poëte! On l'encourageait, on ne l'épuisait pas.

Élisa Mercœur était née dans la ville de Nantes, où de bonne heure elle donna des leçons de langue française. Elle était une jeune fille précoce et studieuse; étant encore enfant, elle avait merveilleusement profité des leçons de ses maîtres. Si elle était restée en toute simplicité dans la médiocrité de sa ville natale, si elle avait obéi à sa vocation première, entourée de ses élèves plus âgées qu'elle, aimée de toutes les familles où elle apportait son enseignement de chaque matin, citée avec orgueil comme un modèle de modestie et de piété filiale, Élisa Mercœur était sauvée.

Elle gagnait honorablement une vie innocente! Elle avait tout ce qui fait le bonheur : une âme pure, un grand fonds de raison et de bon sens, beaucoup de science acquise, une imagination vive et prompte. Elle eût vécu doucement d'un travail honorable; on n'eût pas dit, la voyant passer : *Voici le génie!* on eût dit : « Saluez cette aimable institutrice des meilleurs enfants de la ville...»

Elle eût trouvé, plus tard, un honnête homme, ami des talents modestes, pour lui donner sa main et son nom... L'ambition poétique a tout perdu. Elle a dit adieu à sa bonne ville natale, à ses voisins, à ses compagnes d'enfance, à ses jeunes élèves, elle est venue à Paris. Paris, l'impitoyable, a fait expier à cette enfant, par l'abandon, par l'oubli, par la plus

horrible mort, un enivrement d'une heure. Hélas !
pauvre Élisa !

Peu de jeunes filles (heureusement) ont une idée
approchante des misères et des labeurs de la vie
littéraire. Il n'y a pas d'existence au monde qui
soit plus cruelle et plus difficile. Attendre ! espérer !
courir après la renommée, et, sans cesse et sans
fin, recommencer aujourd'hui, demain, la même
tâche ! à peine éveillée, appeler, chaque matin,
l'inspiration qui fuit toujours !

Eh ! la plainte cruelle : — Si je n'ai pas d'esprit
aujourd'hui, ma mère et moi nous n'aurons pas à
dîner, ce soir ! Vendre aux libraires, qui souvent ne
veulent pas les acheter, les confidences de son
cœur, les rêves de son esprit ; écrire incessamment
pour vivre, et penser pour vivre ; chanter quand on
est triste, et décrire en vers l'abondance et le luxe,
dans une chambre obscure et sans feu ; vivre au milieu des fêtes... dans ses livres pleins de tristesse,
et pas un ami à qui parler, quand ce livre est écrit !
Quels rêves ! quelle épouvante ! Telle fut pourtant
l'horrible tâche à laquelle se condamna cette enfant de la pauvreté.

Chaque jour de cette misère, abandonnée à l'inspiration défaillante, amenait un nouveau travail, un
désenchantement nouveau. Chaque jour, s'en allaient un à un ses rêves de gloire ; la misère avait
coupé ces ailes dorées, et plus la pauvre fille avait
faim, plus son vers devenait triste ; plus elle avait
froid, plus son vers était languissant ; plus elle avait
besoin de gagner sa vie, et moins elle la gagnait.

Ainsi luttant contre l'abandon, contre la pauvreté,

contre l'oubli, contre son propre génie, elle se lamentait de n'être pas née une simple fille des champs, une bourgeoise d'une intelligence vulgaire !   .

Que de fois elle envia la vie heureuse et facile de la joyeuse couturière qui fait une robe en chantant, et qui gagne, au jour le jour, sa vie avec la diligente aiguille ! Hélas ! elle avait raison, l'enfant ; il vaut mieux rendre aux hommes les services les plus vulgaires, que de les amuser par les plus beaux rêves. Mais quoi ! il n'était déjà plus temps, aux heures du regret et de la réalité, pour Élisa Mercœur, de faire ces tristes réflexions.

A la fin, quand elle eut bien combattu, bien travaillé, bien écrit, bien souffert, elle sentit avec joie et recueillement que la mort arrivait, pour la délivrer de cette amertume. La misère avait frappé sur ce faible corps qui avait besoin d'air, de liberté, de soleil, et qui n'avait trouvé que tristesse et pauvreté. Ses forces, que la prière avait soutenues... et la poésie... ombre d'une ombre, s'en allèrent rapidement, sitôt que la jeune muse au désespoir comprit enfin qu'il fallait mourir.

C'en est fait, elle meurt ! C'en est fait, adieu le monde ! adieu la vie ! adieu le ciel riant ! adieu ! Plus de printemps ; elle ne verra plus l'herbe, au renouveau, reverdir ; elle n'entendra plus l'eau qui murmure entre les saules verts ; elle ne verra, plus l'agneau qui bondit dans la prairie, elle n'entendra plus les mille bruits de rivages, de forêts, les bruits de l'air, les bruits de la terre, et les réjouissances du ciel, enchantement perpétuel de son âme : Élisa se meurt ! La cruelle agonie a chargé cette noble

poitrine; le feu dévore ces yeux doux et charmants.
O misère! Ah! printemps envolés! jeune martyre
de l'ambition des poëtes! lente agonie... Hélas! à
dix-huit ans, mourir!

Avant de mourir, Élisa pense à sa mère; elle ouvre en gémissant ses beaux yeux, pour voir une
dernière fois toute la misère qui l'entoure. Plus
rien dans cette maison désolée! Et le froid et la
faim, voilà ce qu'elle laisse après elle! Alors, par
un dernier effort, par un effort sublime, elle se relève, et d'une main tremblante voici le testament
qu'elle écrit de son lit de mort. Ces vers, adressés
à un homme qui était fait pour les comprendre, et
qui les a compris, les voici tels que la pauvre Élisa
les a écrits, de sa main mourante, à M. Guizot, le
grand ministre et le sage historien, qui l'avait prise
en sincère et paternelle pitié :

> Dans une route défleurie,
> Sous un ciel froid, qu'oublie un soleil bienfaisant,
> Je n'ai rencontré, pour ma vie,
> Qu'indigence, regrets, vains désirs; et pourtant
> J'ai peur de la quitter, cette existence amère,
> Et je viens vous crier : Sauvez-moi pour ma mère,
> Pour elle qui, sans moi, ployant sous son chagrin,
> Seule au monde de l'âme, à ceux dont sa misère,
> En cherchant la pitié, trouverait le dédain,
> Irait, dans sa douleur cruelle,
> Dire : « Ma fille est morte, ah! donnez-moi du pain!
> Du pain! je n'en ai plus. Pauvre enfant! c'était elle
> Dont le sort faisait mon destin. »
> Ah! que ce cri jamais de ses lèvres n'échappe!
> Que Dieu ramène dans mon sein
> Le flambeau pâlissant de ma triste existence!
> Que, rendue à ma mère et calmant sa souffrance,

Je lui donne mes soins, et charme ses vieux ans,
Ou prenne dans mon cœur ma part de ses tourments!
Je n'ose dire encor : Sauvez-moi pour la gloire,
Fier objet de mes vœux, ma noble idole!... Hélas!
Pour aller à mon nom chercher une mémoire,
Le fardeau de ma chaîne alourdit trop mes pas.
Cependant si, trouvant votre appui tutélaire,
J'obtenais du destin un regard moins sévère,
Comme le naufragé qui voit enfin le port,
Recueillant sa pensée, à genoux sur le bord,
Vers Dieu qui l'a sauvé fait monter sa prière;
Ainsi, par vos secours, recouvrant la lumière,
    Pour célébrer mon protecteur,
    De votre noble bienfaisance
    Le souvenir inspirateur
    Saurait, dans ma reconnaissance,
Féconder à la fois mon esprit et mon cœur.

Quand elle eut écrit ses dernières et poétiques
volontés, Élisa déposa sa plume, elle se tourna vers
sa mère, et dans un dernier embrassement... elle
expira.

LES PETITS FOYERS.

LES PETITS FOYERS

I

Qui voudrait écrire une histoire du *prix de vertu*, institué par M. de Monthyon, écrirait un beau drame, et ferait un bon livre utile en bons préceptes, fécond en grands exemples. Nous écrirons, s'il vous plaît, un chapitre de cette histoire du prix Monthyon.

Il y a de cela cinquante ans à peine ; l'Académie française, instituée par le cardinal de Richelieu pour veiller sur la langue de notre pays, comme la chambre des pairs est instituée pour veiller sur les lois, s'était augmentée, chemin faisant, de plusieurs autres Académies : l'Académie des sciences, l'Académie des beaux-arts, l'Académie des inscriptions et belles-lettres ; en un mot, toutes les parties de la philosophie étaient représentées, dans cette illustre enceinte, par les hommes les plus éminents.

Des grands prix avaient été institués par ces diverses Académies : un prix à l'ode, au poëme...; il y manquait le prix de *bienfaisance!*

L'Académie avait des récompenses toutes prêtes pour les beaux-arts, pour les beaux discours, pour les beaux tableaux, pour les marbres sculptés, pour les découvertes du chimiste ou du voyageur...; elle n'avait pas de récompense encore pour la vertu ! Toutes les couronnes de laurier, toutes les médailles d'or, tous les applaudissements de la foule étaient réservés aux grands esprits, aux grands génies, aux illustres courages, et nul ne semblait se souvenir qu'il y a quelque chose au-dessus du talent, préférable au génie, à savoir : un brin de sympathie, un peu de bonté.

Heureusement, vivait en ce temps-là, caché dans les rangs de la magistrature parisienne, un homme entouré de respect, d'une modestie incroyable, d'une bienfaisance à toute épreuve, — main invisible et toujours ouverte, — un admirable ambitieux qui courait après l'infortune et l'abandon, comme on ne court guère, de nos jours, qu'après les honneurs et la fortune. Cet homme, dont le nom a fini par devenir populaire, avait nom M. de Monthyon.

A force de répandre çà et là ses bienfaits, comme le ciel répand sa rosée, M. de Monthyon fut frappé de cette fatale lacune qui existait dans les institutions philosophiques et littéraires de la France ; et comme il vit que la charité leur manquait, il voulut les rendre charitables. Au premier abord, on croirait la chose assez facile... au contraire, elle devait rencontrer mille obstacles.

Chez nous Français, on n'a jamais pensé qu'à la gloire; plus une gloire est éclatante, et plus elle est favorisée! Il fallut donc, par mille ingénieux détours, que M. de Monthyon habituât le corps savant et littéraire à s'occuper purement, simplement, sans gloire et sans bruit, de bonnes œuvres. Caché dans la foule, il étudiait avec soin ce qui se passait dans l'assemblée, et quand, par hasard, le secrétaire perpétuel de l'Académie exprimait le regret que l'Académie ne fût pas assez riche pour récompenser un bon livre, le lendemain même l'Académie recevait une médaille d'or ou quelque belle somme d'argent pour récompenser ce livre indiqué aux récompenses de l'avenir.

Bientôt, de son côté, l'Académie prit l'habitude de recevoir ces bienfaits anonymes. De fréquents rapports s'établirent entre l'Académie et le donateur mystérieux; à chaque demande indirecte, M. de Monthyon répondait par un nouveau bienfait. Quand il ne s'agissait que de récompenser de belles phrases bien écrites, le mystérieux bienfaiteur n'envoyait rien à l'Académie...; un livre utile, et la récompense était infaillible. Plus le livre était simple, honnête, et sage et profitable au peuple, plus le don était généreux. L'Académie, ainsi secondée, ainsi encouragée par cette munificence infatigable, cherchait en vain à deviner quel était l'homme bienfaisant et riche qui lui venait en aide. A la fin, par un grand bonheur, elle découvrit que cet homme était M. de Monthyon, et mit-elle un grand empressement à l'admettre dans son sein. Donc, cette fois, le bienfaiteur des hommes était accueilli avec les mêmes honneurs

que les poëtes, les historiens, les orateurs! M. de
Monthyon accepta le fauteuil que lui décernait
l'Académie française, moins pour lui-même que pour
prouver au monde qu'il n'est pas de récompense
humaine à laquelle ne puisse prétendre une loyale
et sincère vertu.

Une fois membre de cet illustre corps, dont il
avait encouragé les efforts avec tant de sagesse et
de générosité, M. de Monthyon se livra en toute liberté à sa philanthropie. Il s'occupa, comme eût
fait saint Vincent de Paul, des malheurs, des misères, des souffrances. Sa bienfaisance éclairée se
fit une étude, un bonheur des douleurs cachées,
des misères inconnues, des souffrances abandonnées
à elles-mêmes, des travaux sans récompense.

Il portait également dans son cœur l'enfant orphelin et le vieillard sans famille, l'ouvrier sans
travail et l'ouvrier accablé de travaux, le pauvre
accablé d'enfants, le pauvre dans la prison et le
pauvre à l'hôpital. Il s'occupait à la fois des malheureux qui croupissent dans l'oisiveté et les vices
des grandes villes, et des malheureux qui végètent
dans les rudes travaux de la campagne. Il s'occupait des peines de l'âme autant que des peines du
corps. Dans son ardeur à bien faire, il eût voulu
trouver un remède à tous les maux des hommes.
Jugez de l'activité de cette belle âme par quelques-
unes de ses institutions.

M. de Monthyon, dans un testament qui est un
modèle de la plus vive et de la plus indulgente charité, instituait un prix annuel de dix mille francs
pour tout homme qui trouverait le moyen de rendre

quelque art mécanique plus salubre, — dix mille francs pour toute amélioration dans l'art de guérir, — dix mille francs pour l'ouvrage le plus utile aux mœurs, — dix mille francs enfin pour la plus belle action de patriotisme, de bienfaisance ou de désintéressement. — Aimons-nous, éclairons-nous, protégeons-nous les uns les autres, disait M. de Monthyon. Voilà sa vie et son œuvre... il n'y a rien de plus excellent!

Notez bien que depuis tantôt cinquante ans que cet homme est mort, toutes ces récompenses ont porté leurs fruits précieux. L'Académie française, loyal et digne exécuteur testamentaire de M. de Monthyon, obéit à ses dernières volontés avec le dévouement le plus éclairé, le plus honorable. Habile, active et savante à bien faire, elle recherche au loin les beaux ouvrages et les belles actions que lui désignent le respect et la reconnaissance des hommes. Il n'est en France si petit hameau, si pauvre mansarde, vertu obscure et si cachée que l'Académie ne puisse découvrir; alors vous pensez quelle est la surprise, et quel est le bonheur de ces pauvres gens ensevelis dans leur héroïsme et dans leur misère, quand tout à coup on vient leur dire :

« Amis, votre vertu est connue, le plus illustre corps de l'État écrit votre nom, et bientôt va le redire à la France! Arrivez dans cette enceinte illlustre, qu'on appelle à si juste titre le palais des Beaux-Arts; venez recevoir les récompenses méritées!

« Venez, amis, le chemin est facile, et chacun battra des mains sur votre passage : pour vous, tous les regards de la foule, tous les respects, toutes les louanges; venez, asseyez-vous à côté de Cuvier, à côté de M. de Chateaubriand, à côté de M. de Lamartine, en présence du buste de Montesquieu, des statues de Bossuet et de Fénelon! »

Quant à moi, j'ai parcouru, très-reconnaissant et très-touché, l'admirable registre dans lequel sont écrits les noms de tous les hommes, vieux ou jeunes, faibles ou forts, qui ont mérité par leurs vertus les récompenses de M. de Monthyon. Voilà le livre que la France pourrait à bon droit appeler son *livre d'or;* à meilleur droit, sans contredit, que le livre d'or sur lequel l'orgueilleuse Venise écrivait les noms de ses bourreaux, de ses juges et de ses capitaines. Que de noms glorieux aujourd'hui, qui sans M. de Monthyon seraient ignorés de tous! Que de belles actions récompensées, qui seraient restées sans récompense! Que de vertus qui ont illustré des villes entières! Sans M. de Monthyon, elles n'auraient été célébrées que dans le ciel!

C'est un soldat né à Narbonne en 1781 qui ouvre un des premiers le livre d'or de M. de Monthyon. Ce soldat s'appelait Roch Martin, dure nature, mais cœur tendre, esprit indulgent; un de ces dévouements intrépides auxquels rien ne coûte! accomplissant en toute simplicité de cœur les actions les plus héroïques.

Roch Martin, humble père de famille, habitait, en 1815, le petit village de Montigny, sur la frontière. Cette année 1815 est une des mauvaises années de la France; un crêpe la couvre : année de misères, d'invasions, de famine! Dieu vous préserve, enfants, d'une pareille année dans votre vie!

Hélas! nous qui étions bien jeunes alors et qui pouvions nous cacher dans le sein palpitant de nos mères, nous nous souvenons avec épouvante de ces angoisses et de ces soldats armés! Ils entraient dans la maison paternelle; ils prenaient la meilleure place à table et le plus gros morceau de pain sur la table. — En ce temps-là les riches mêmes étaient pauvres; mais les pauvres!...

Parmi les pauvres, Roch était le plus pauvre. Sa femme était malade, et *la bonne femme* (on dit cela en Normandie) est vraiment le bras droit qui aide le bras gauche; elle est le courage qui soutient, la parole qui console. Ainsi sa femme était malade et sa mère à lui était infirme, et ses trois enfants étaient aveugles; le père de sa femme et la mère de sa femme ajoutaient leur misère aux misères du pauvre Roch, leur dénûment à ce dénûment.

Que faire alors? que devenir? A toute cette famille d'infirmes et de vieillards dont il est la providence, Roch Martin bâtit une cabane, et dans cette cabane voici son ordre : que pas un de sa maison ne mendie! Or, pour les nourrir tous les six, Roch Martin ne gagne que vingt sous par jour!

Un jour, on le trouva qui se mourait de faim dans un sillon commencé. Il n'avait pas mangé depuis vingt-quatre heures, les trois petits aveugles et les deux vieillards avaient dévoré le dernier morceau de pain.

Vous jugez de l'étonnement de ce héros, quand il vit arriver chez lui les dix mille francs, — cette fortune que lui envoyait M. de Monthyon du fond de sa tombe. — O triomphe! en voyant son front chargé

14

de cette couronne qu'il n'avait pas rêvée. Et quel petit domaine il put acheter, et comme il fut heureux quand il put dire à sa famille : — Enfants et vieillards, bénissez le ciel et remercions ce bienfaiteur de notre humble pauvreté! Nous voilà riches, nous mangerons du pain tous les jours!

La seconde histoire est plus touchante encore. Dans un hameau des Basses-Alpes, à Saint-Martin, d'honnêtes paysans avaient donné le jour à une malheureuse petite créature... Hélas! elle était sourde et muette. C'était bien l'enfant la plus maltraitée de la nature. Et pas un qui vînt à son aide! Et personne — et pas même son père ou sa mère — n'avait pour la triste créature une parole, une caresse. On lui donnait à peine de quoi vivre; à peine elle entrevoyait les flammes du foyer; elle vivait sans cœur, sans intelligence et sans parole. Elle ne savait pas qu'il y avait un Dieu dans le ciel! Elle ne savait rien, elle ne savait que souffrir; encore la pauvre créature humaine pensait-elle, dans son cœur, que la souffrance est le partage des petits enfants, et qu'ils ne sont au monde que pour la faim, le froid, la soif et les rudes traitements. Ah! c'était pitié de voir, sur le seuil de cette malheureuse cabane, cette âme d'enfant ensevelie en ce corps immobile, muet et sourd!

Eh bien! dans ce village, une mère se rencontra pour cette enfant abandonnée, une mère indulgente, admirable! Une jeune fille pauvre, mademoiselle Thérèse-Marie Hamelle, adopta la pauvre sourde-muette. Mademoiselle Hamelle emporta cette enfant, comme si elle eût trouvé un trésor.

D'abord elle apprit à la pauvre sourde-muette ce que sa mère avait oublié de lui apprendre, la tendresse maternelle, les douces caresses, le bien-être, les douces pensées. L'enfant, se voyant aimée ainsi, se mit à aimer sa bienfaitrice de tout son cœur; l'intelligence lui vint avec l'amour, et avec l'intelligence, le sourire, la bonté, les douces larmes qui viennent du cœur. Grâce à Dieu, cette enfant aimée, entourée à ce point de caresses et de bontés, n'était plus la même enfant!

Elle venait une seconde fois d'être créée et mise au monde, mais dans un monde meilleur, par sa seconde mère, sa véritable mère, mademoiselle Hamelle.

Bien plus, et non contente de lui avoir enseigné les douces affections du cœur, mademoiselle Hamelle apprit à sa fille adoptive à lire, à écrire; elle voulut faire entendre la sourde, elle voulut faire parler la muette. Mademoiselle Hamelle avait bien entendu dire que M. l'abbé de L'Épée avait trouvé une langue pour les muets et pour les sourds, mais la science de l'abbé de l'Épée échappant à la jeune fille, elle se mit à l'inventer. Ainsi toute seule, et sans livre, sans conseil, par la force toute-puissante de sa bienfaisance, mademoiselle Hamelle parvint à faire comprendre à son élève sourde-muette ce que c'est que la parole humaine, la parole qui lie entre eux tous les hommes. Elle sert à l'homme à mettre au dehors sa pensée, sa volonté, ses désirs; elle est la plus grande distinction qui sépare l'homme de l'animal... Telle fut l'œuvre de cette charitable personne.

Le problème découvert par l'illustre abbé de L'Épée, avec toutes les ressources de la philosophie, de la grammaire, de la logique, une innocente fille des Basses-Alpes venait de le découvrir, par la seule force de son zèle et de sa charité !

Distinguons cependant plusieurs sortes de charité : telle charité, telle nation. La charitable et chrétienne Italie aime une bienfaisance pleine de luxe et de faste. Un hôpital italien ressemble à un palais. J'ai vu, à Gênes, *l'auberge des pauvres :* on croirait entrer dans la maison du roi de France. On arrive à cette élégante maison par une belle avenue de vieux arbres ; une belle grille en fer doré entoure la cour ; le vestibule est rafraîchi par le murmure d'une fontaine ; l'escalier, semblable à l'escalier de Versailles, est décoré par les images des plus illustres et des plus bienfaisants citoyens de la ville de Gênes.

Dans une vaste salle en marbre de diverses couleurs, encadrée de bronze doré, s'élève un magnifique autel sculpté par la main du Puget, le plus grand statuaire qu'ait produit la France ; à droite, à gauche de cette magnifique chapelle s'ouvrent les dortoirs de ces heureux pauvres. J'oubliais de vous dire que dans la chapelle même on admire un marbre excellent, sorti plein de joie et de charme de la main puissante de Michel-Ange, représentant la sainte Vierge ! Avec le prix, rien qu'avec le prix de ce marbre, on élèverait un hôpital ; si bien qu'en présence de ce chef-d'œuvre, éclatant de génie et de force, on se demande à quel maître, à quel roi appartiennent ces demeures splendides.

« Sur des colonnes de marbre et d'or, était posé le palais du Soleil. »

Chez nous, la charité est plus sévère, elle est moins magnifique. Nos hospices n'achètent ni statues, ni tableaux, ni bronze doré; ils achètent des vivres, des vêtements et des médicaments pour leurs pauvres et pour leurs malades. A peine *l'Hôtel-Dieu*, si fort enrichi par la bienfaisante générosité de M. de Monthyon, a-t-il osé voter une statue à son bienfaiteur. Cette statue est très-belle et vous pouvez l'admirer, sans même entrer dans l'hôpital, au milieu du vestibule. Vous verrez un beau vieillard qui tend ses mains remplies d'aumônes aux affligés qui entrent à l'Hôtel-Dieu.

Mais si M. de Monthyon eût pu se douter que jamais on lui élèverait une statue, il me semble que nous l'entendons qui s'écrie : « Amis, que faites-vous ? quelle est votre démence ! Ah ! s'il vous plaît, que je reste à l'abri de ces apothéoses ! Loin de moi les marbres coûteux qui n'ajoutent rien à ma gloire, et si vous avez de l'argent à dépenser, en mon nom, achetez un berceau à l'enfant qui n'a pas de berceau ! » Ainsi parlerait ce digne homme !

Humble et caché dans sa vie, il ne rêvait pas une statue à son tombeau.

Il ne faut donc pas vous attendre à trouver en France la bienfaisance opulente de l'Italie, ces couvents magnifiques, ces dortoirs chargés de peintures, ces chapelles remplies de chefs-d'œuvre. Dans la bienfaisance comme l'entendaient saint Vincent de Paul et M. de Monthyon, tout est simple et sévère jusqu'à l'austérité. Du feu en hiver, du

14.

pain toujours, l'ombre en été, un bon lit, et les plus grands médecins de l'Europe au chevet du malade, les sœurs de la charité pour le veiller et l'ensevelir quand il est mort, voilà toute cette œuvre.

Le devoir de la bienfaisance, avant d'être opulente, est d'être universelle, de ne faire aucune distinction entre le juif et le chrétien. Elle agit comme le bon Samaritain qui panse avec son baume les plaies de l'homme assassiné, parce que, devant Dieu, cet homme est son frère.

Bien plus (en ceci est tout le mérite et la grande idée de M. de Monthyon), il a fondé, à côté de la bienfaisance publique, la bienfaisance particulière. Il n'a pas voulu que toute la pitié et toute la charité françaises fussent renfermées dans les murs des hôpitaux, mais au contraire qu'elles se répandissent çà et là, comme des eaux fécondantes. Il a voulu que le bon Samaritain se rencontrât dans les lieux déserts, dans les sentiers non frayés, dans tous les endroits où l'homme appelle à son aide. Il a remplacé par cent mille dévouements isolés ces corporations bienfaisantes que la France ne pouvait plus nourrir.

Voilà son œuvre. Il nous a enseigné la charité, en dehors de la charité officielle. Il est le père excellent de l'association des âmes bienfaisantes. Vous aimerez, j'en suis sûr, l'exemple que voici:

Dans une petite cité du Midi, au milieu d'une population d'ouvriers, deux pauvres filles, qui n'avaient pour tout bien que leur aiguille, se réunissent pour venir en aide aux misères qui les entourent.

Elles appellent les orphelines sans travail; à ces enfants abandonnés elles apprennent tout ce qu'il faut savoir, à prier Dieu, à gagner leur vie. Elles sauvèrent ainsi de la misère et du vice deux ou trois petites filles; puis ces deux ou trois premières en amenèrent d'autres à leurs bienfaitrices; il arriva bientôt que ces deux femmes, à force de bienfaisance et d'activité, portèrent à douze le nombre de ces enfants adoptifs de leur bienfaisance.

A peine une de ces filles était en état de gagner sa vie, aussitôt elle était remplacée par un enfant plus misérable. Ces deux saintes femmes, d'une abnégation profonde, s'appelaient, celle-ci Louise Dorothée, et celle-là Opportune Vaillant. Dans cette admirable entreprise, elles ne furent soutenues que par leur courage et leur zèle. Le curé de leur paroisse était aussi pauvre qu'elles-mêmes, et vous jugez de la joie de ces nobles filles, quand leur vint du ciel cette fortune que M. de Monthyon a léguée à toutes les vertus qui ont besoin d'être secourues.

Et maintenant que, pendant quinze ans, ces humbles personnes ont élevé et sauvé, bon an mal an, vingt pauvres filles, qui sont devenues d'honnêtes mères de famille, qui ont élevé leurs enfants dans ces mêmes sentiments de piété et de charité, pensez donc que cela fait toute une génération sauvée de la misère et peut-être aussi du crime. Au milieu des bénédictions, quand passent ces deux filles chrétiennes, on devrait se découvrir avec plus de respect que devant un général d'armée.

Il vaut mieux sauver une pauvre âme en peine que renverser une ville à coups de canon.

Voici maintenant une héroïne de 1825, madame Geneviève-Françoise Ribolet. Elle était jeune et belle, avenante..., elle était pauvre. Son mari était un honnête ouvrier imprimeur qui aimait beaucoup à se reposer le dimanche, à ne rien faire le lundi, du reste honnête cœur. Un jour que cette jeune femme était sur sa porte, tenant son enfant à son sein, un bel enfant de six mois, qui tetait avec ardeur, il arriva tout à coup qu'une malheureuse femme qui passait sur la place Maubert fut écrasée par une grosse pierre tombée d'une maison en construction... Elle aussi, la morte, était mère, et mère de quatre enfants!

Elle avait un petit enfant à la mamelle : l'enfant tomba avec sa mère, le lait se mêla au sang; mais en mourant, la pauvre femme sauva son nouveau-né. Françoise était sur le devant de sa porte à ce moment fatal. Aussitôt elle ramassa le pauvre enfant sur le sein de sa mère. L'enfant ne pleurait pas, il avait faim. Françoise s'empara du pauvre orphelin, elle le réchauffa dans ses bras, elle lui donna le lait de son propre enfant, elle l'emporta dans sa maison, et quand on vint lui dire que la pauvre femme qui était morte laissait quatre enfants en bas âge, et que trois seulement avaient trouvé une adoption : Eh bien! s'écria la pauvre femme, l'enfant que j'ai ramassé je le garde, et je serai sa mère! Ah oui! je suis forte et j'aurai du lait pour mes deux nourrissons.

Ainsi fit-elle, et, comme elle était bonne et généreuse, elle fit adopter ce même enfant par son mari, qui parvint à ne plus se reposer le lundi. Et voilà de

quels braves gens M. de Monthyon a fait la fortune
du fond de son tombeau.

Encore un récit de ces belles actions; écoutez-le :

Dans le département de Tarn-et-Garonne, Nanette Bremont et Antoinette Mauviel, l'une et l'autre
poussées par cet instinct charitable qui ne connaît
pas d'obstacles, se mettent à visiter les malades, à
soulager les pauvres, à ensevelir les morts, à porter
dans les plus misérables cabanes la foi, la charité,
l'espérance; elles étaient devenues, ces deux filles,
la providence visible des prisonniers. Elles pansaient
leurs plaies hideuses, elles raccommodaient leurs
habits en haillons, elles lavaient leurs pieds meur-
tris, elles leur parlaient du ciel et de la clémence
de Dieu; elles les préparaient à la mort quand enfin
l'heure de l'expiation avait sonné.

Cette réforme des prisons, tant rêvée par nos
grands politiques, Nanette Bremont et Antoinette
Mauviel l'entreprenaient à elles seules, et l'on ne
saurait dire toutes les douleurs du corps, tous les
désespoirs de l'âme qu'elles ont apaisés. La ville
d'Auxerre, étonnée, heureuse de cette admirable
persévérance, voulut enfin avoir sa part dans cette
œuvre infinie, et bientôt, parmi les nombreux habitants de la ville, ce fut à qui s'associerait avec
Nanette, avec Antoinette, pour secourir les malheureux.

Elles, cependant, s'inquiétant des moindres détails, agrandissent chaque jour leur sainte entreprise. Aussitôt qu'elles se virent secondées et
comprises par cette ville qui en était fière, elles se
mirent, de leur autorité privée, à lever un impôt

de bienfaisance. Elles allaient chez les uns et chez les autres, disant : Dans un mois nous aurons besoin de telle somme !... A l'heure dite, la somme était prête. Ces deux femmes imposèrent ainsi toute une ville, au gré de leur bienfaisance. Et depuis qu'on lève des taxes en France, je ne sache pas qu'il y ait eu jamais un impôt plus salutaire, et surtout mieux payé que celui-là.

L'impôt ne se relâcha que lorsque nos deux bienfaisantes eurent reçu les dix mille francs de M. de Monthyon. Elles commencèrent par distribuer ces dix mille francs à leurs pauvres ; elles n'envoyèrent demander de l'argent à leurs contribuables que lorsque cette aumône excellente fut tout à fait épuisée.

Voulez-vous maintenant que nous passions à un autre héros et dans une contrée encore plus éloignée ? Dans le vallon le plus retiré des Vosges, il y a de cela soixante ans, était perdue une population de sauvages à demi nus, sans lois, presque sans famille, à peine vêtus. Malheureux qui ne savaient rien du monde, et qui vivaient d'un pénible travail !

Il y avait à peu près une vingtaine de familles éparses sur ce roc désolé, qui végétaient loin des autres hommes, dont elles avaient entendu parler à peine. Jusques à quand eussent duré cet abandon et cette misère ? Dieu le sait. On laissait ces pâtres ignorants dans leurs montagnes, et nul ne pensait à s'en inquiéter, sinon pour leur demander tous les ans quelques-uns de leurs plus beaux enfants pour la guerre. A la fin, la Providence envoyait au secours de toutes ces misères le saint pasteur Oberlin, es-

pèce de héros chrétien comme nous l'a montré M. de
Lamartine dans ce beau poëme du devoir et du sacrifice, intitulé *Jocelyn*.

Le vieux pasteur Oberlin prit tout de suite en pitié les enfants que lui donnait la Providence. Plus ils
étaient malheureux et sauvages, et plus il les eut en
tendresse infinie. Il fut pour eux un ami compatis-
sant d'abord, puis un mentor éclairé. Il leur apprit
toutes choses : à semer pour recueillir, à aimer leurs
semblables pour en être aimés ; il leur enseigna les
commandements de Dieu, il les mena à la croyance
par la charité.

Bientôt dans ces chaumières, que dis-je ! dans
ces tanières, la douce prière se fit entendre ; les
joies domestiques entrèrent l'une après l'autre sous
ces toits grossiers ; l'autorité paternelle fut reconnue, et notez bien qu'avec le travail arrivait l'aisance, avec l'aisance l'économie et l'ordre. Enfin,
plus tard, des routes furent tracées dans ces vallées
incultes, le commerce pénétra sur ce rocher jusqu'alors inabordable ; la douce joie, le calme, le
repos, le bonheur des enfants, le respect pour les
vieillards, les tendres sentiments du cœur ache-
vèrent cette heureuse révolution, commencée avec
tant de sollicitude par ce cher et vénéré pasteur
Oberlin.

Ce fut alors qu'une jeune fille de quinze ans,
naïvement inspirée et touchée jusqu'à la passion du
dévouement du saint pasteur, voulut partager sa
couronne immortelle dans le ciel. Cette enfant s'appelait Louise Lopper ; elle avait de son bien propre
un petit patrimoine que lui avait laissé sa mère,

elle était riche parmi ces pauvres... Elle s'habilla comme une servante, elle entra servante chez le bon pasteur. Une fois installée dans le presbytère, voilà Louise qui se met à l'œuvre.

Elle accompagne Oberlin dans ses voyages; elle visite à sa place les vieillards et les infirmes; elle juge les différends qui s'élèvent entre ces nouveaux civilisés; elle ouvre les caisses d'épargne; elle prend à ces travailleurs le superflu des beaux jours, pour le leur rendre, un peu augmenté, dans les jours d'hiver. Chose admirable! elle a deviné, cette enfant, les salles d'asile. Comme ces pauvres femmes, occupées au travail des champs, étaient embarrassées de garder leurs enfants pendant le jour, Louise se chargea de ces pauvres petits, elle remplaça les mères absentes, et, quand les mères revenaient le soir, elle leur rendait leurs enfants qui avaient soupé et prié Dieu.

Dans son zèle infatigable, le pasteur Oberlin ne s'aperçut pas tout d'abord du secours qui lui était venu d'en haut. Il laissait faire à son gré sa servante Louise, tout comme il faisait lui-même, tant il trouvait que cela était simple et facile d'être humain, charitable et dévoué à ses semblables.

Quand vint la vieillesse et quand il fallut que le pauvre vieillard consentît à remettre en d'autres mains ce petit royaume de gens heureux, d'honnêtes gens, qu'il avait créé sous le ciel, il ne trouva personne que Louise qui fût digne d'accepter ce pieux héritage. Elle l'assistait à son lit de mort, et il lui dit : — Louise, je meurs et je te donne mes pauvres.

— Puis, se reprenant : — Je te donne *tes* pauvres.

— *Vos* pauvres ! répondit Louise, à genoux devant le vieillard qui la bénissait.

Elle ferma les yeux d'Oberlin ; et le village qu'ils avaient sauvé, elle et lui, ne s'aperçut pas, grâce à l'humble servante, que leur père, qui était sur la terre, et qui leur donnait leur pain et leur bonheur de chaque jour, était retourné dans le ciel.

II

Au mois de février 1825, dans la pauvre commune de Saint-Rémy-Bosrecourt, non loin de Dieppe, une maladie épidémique et contagieuse sévissait avec toutes sortes de violences. C'était le typhus, mais plus terrible encore. Vous rappelez-vous les beaux vers de La Fontaine :

Un mal qui répand la terreur, etc.

Ainsi était ce mal. Seulement, dans ce village, ceux qui étaient frappés *en mouraient tous*... Donc, c'était sous ces humbles toits une épouvante égale à leur misère. Seuls contre tous les fléaux réunis, les malheureux courbaient la tête, et le froid, et la faim, et la peste les décimaient les uns après les autres ; dans ce hameau désolé nulle voix ne s'élevait pour la prière ou pour le blasphème. Hélas !... les malheureux ! ils n'avaient plus que le courage de mourir.

Ceux que le mal n'avaient pas atteints s'en-

15

fuyaient loin de la contagion, abandonnant parents, amis, famille. O douleur! dans cette dure extrémité, on a vu des pères abandonner leurs propres fils, on a vu des enfants abandonner leur mère à son lit de mort! Mais on ne dit pas qu'une mère ait abandonné son enfant.

Ainsi dans ce hameau la désolation était profonde, immense était la terreur. Tous les liens de parenté étaient brisés. L'ami ne reconnaissait pas son ami; le frère évitait son frère; le voisin fermait sa porte... et son cœur aux prières de son voisin : tous les sentiments du cœur étaient oubliés, on ne savait plus qu'attendre... et mourir.

A l'extrémité du village, plus malheureuse et plus pauvre encore, et plus isolée que les autres maisons, était située une masure que dévorait le typhus, lambeaux par lambeaux. Toute une famille en proie à cet horrible mal succombait sans se plaindre! A quoi bon les plaintes? nul ne les eût entendues! La première qui mourut dans la maison désolée, ce fut la vieille grand'mère, et le lendemain expira, comme sa grand' mère, le plus jeune de ses petits-enfants; l'enfance et la vieillesse offrent surtout des prises à la mort.

Après le tout petit enfant, le lendemain, mourait un autre petit, plus âgé de deux printemps. Le typhus flétrissait de son haleine impure ces douces plantes, il dispersait ces fleurs riantes, il fermait violemment ces beaux yeux limpides, tout grands ouverts. Restaient donc la mère et le père, et six enfants, plongés dans cette peste, dans cette misère, dans cet isolement, dans cette douleur!

La mère, qui était faible et souffrante, voyant qu'elle avait encore ces six petits à défendre, prit son courage à deux mains, et résolut de bien user de ce reste de vie qu'elle sentait s'échapper de son sein. Frappée à mort, elle ne voulait pas mourir tout de suite, elle restait debout la nuit et le jour, veillant sur ses enfants et sur leur père, et ne prenant que le temps de pleurer sa vieille grand'mère, et ses deux petits enfants déjà morts. Cette lutte affreuse contre la peste dura tout un mois, un grand mois d'agonie ; à la fin elle tombe épuisée, et n'en pouvant plus. Les enfants, la voyant immobile, pensèrent qu'enfin après tant de veilles, leur pauvre mère voulait se reposer et dormir.

Morte, elle entraînait deux enfants dans sa tombe, comme avait fait la grand'mère. Aussitôt que le chêne est tombé, la jeune plante qui s'était attachée au vieux chêne, et que portait l'arbre antique, languit et succombe. — Ainsi dans cette maison... dans ce sépulcre, étaient déjà morts deux mères et quatre enfants !

Restait seul, avec quatre enfants encore, le père de famille, Jacques Vauclin ; cet homme avec ses quatre enfants était malade, sa maison était un objet d'horreur, à peine on osait passer devant sa porte, et de loin, encore : on eût dit qu'à regarder ces murs en deuil, le mal allait vous prendre. Un *De profundis* pour ce malheureux ! Jacques Vauclin dans ce peuple de pestiférés était regardé comme un pestiféré.

À ce moment le père de famille et les quatre enfants n'avaient plus qu'à mourir. Tout au plus,

quand le dernier aura succombé, osera-t-on les
couvrir de terre ; mais tant qu'ils auront un souffle.
il n'est pas de courage assez ferme pour affronter
une pareille mort.

Ce fut alors qu'une jeune et charmante personne,
habitante du hameau voisin, touchée de compassion au récit de cet affreux dénûment, se dévoua
pour arracher cet homme et ses quatre enfants à
une mort certaine. Cette jeune fille était belle, elle
vivait heureuse, elle habitait loin de la contagion:
elle tenait à la vie par tous les liens qui font aimer
la vie, et cependant sa résolution, une fois prise, fut
inébranlable. En vain ses parents la veulent retenir, la suppliant de vivre au moins pour eux!...

Elle répond que la charité lui commande absolument de mourir, s'il faut mourir. Et telle fut la
toute-puissance de cette généreuse conviction, tel
fut l'éloquent empressement de cette jeune fille!...
à la fin ses parents la laissèrent partir.

Elle arrive haletante dans ce village abandonné,
où pas un étranger n'était entré depuis trois mois.
Sans se faire indiquer la demeure de Jacques, elle
la reconnut à sa désolation. Elle frappe à cette porte
étonnée, et la porte, à cette main bienfaisante, répond par un son lugubre. Dans l'intérieur, nulle voix
n'eut assez de force pour dire : *Entrez!* Ces quatre
enfants et ce père de famille ne pouvaient croire
à cet ange de consolation qui leur venait du ciel!

Mais quelle immense espérance, et, disons mieux,
quelle résurrection, lorsque dans cette chambre
hideuse et nue où ces misérables tremblotaient
sous la fièvre et le froid, ils virent entrer cette jeune

fille, un ange au front serein, le sourire à ses belles lèvres, la main tendue vers le lit de souffrance! Les pauvres enfants firent le signe de la croix; ils s'imaginèrent que leur mère était de retour; qu'elle venait les chercher et les emmener avec elle, en ces Élysées de là-haut.

A peine mademoiselle Detremont fut entrée en cet hôpital, elle se mit à l'œuvre. Elle rendit quelque force à ces corps affaiblis, elle fit rentrer dans ces cœurs désolés un peu d'espoir. Son active charité ralluma le feu éteint, refit les lits défaits; elle donne à cette famille du linge blanc, du pain, du bouillon, les remèdes de première nécessité; surtout, avec l'intelligence du cœur, elle commença par rendre la vie à ce chef d'une famille éteinte. Abattu, désespéré, il voulait mourir; elle lui parlait de ses enfants, de ses devoirs... elle le fit vivre!

Hélas! entre les mains de cette noble fille, mourut encore un pauvre enfant, mais celui-là, du moins, mourut doucement, comme si ses yeux eussent été fermés par la main d'un ange ou d'une mère. La mort même, grâce à cette jeune fille, avait perdu de ses horreurs. Maintenant donc restaient trois enfants à sauver.

Mademoiselle Detremont les sauva tous les trois. Elle les sauva par la toute-puissance de la charité : elle fit pour eux ce que n'avaient pas fait leurs deux mères. Grâce à Dieu, vint le printemps pour aider de sa douce haleine la vertueuse fille dans ses soins maternels; le beau soleil de mai se mit de la partie en cette belle œuvre; les fleurs des champs et les petits oiseaux prirent leur part de cette charité:

quand les pauvres petits souffreteux purent marcher enfin sur le gazon naissant, et réchauffer leurs petits membres à cette douce chaleur, même avant de regarder le ciel limpide, ils tournèrent leurs joyeux regards vers leur bienfaitrice. — Ah ! ce regard était si plein de reconnaissance, de respect filial et d'admiration pour tant de vertus, que mademoiselle Detremont fut payée en cet instant de tous ses soins.

Ainsi, dans ce cruel accès de maladie et de désolation, quand toutes les âmes étaient impitoyables, quand tous ces cœurs égoïstes étaient fermés, mademoiselle Detremont donna ce vaillant exemple de la charité chrétienne. Seule, en cette désolation, elle eut du courage ; seule, dans cet oubli de tous les nobles instincts, elle eut de la pitié pour le malheur.

Qu'elle fit bien d'obéir si vaillante à ces nobles impulsions ! Qu'elle eut raison de ne pas se laisser gagner par les terreurs environnantes ! Trois enfants et leur père, sauvés d'une horrible mort ! Que ce fut là une belle et sainte couronne à ce jeune front de vingt ans !

Le prix de vertu de l'année 1827 fut aussi remporté par une femme, dont le nom mérite bien l'honneur d'être cité à côté de mademoiselle Detremont. Elle avait nom : mademoiselle Henriette Garden ; elle était née à Paris dans une maison de la rue de la Verrerie ; elle n'avait que huit ans quand elle perdit sa mère.

La petite orpheline aussitôt reporta sur son père toute sa tendresse, et déjà, à quatorze ans, elle était à la tête de son ménage, lorsque tout à coup son père lui apprend qu'il se remarie, et qu'il faut abandonner ce toit sous lequel elle est née, où sa mère est morte. Il faut partir! si jeune! Hélas! l'enfant obéit, sans murmurer, à cet ordre cruel. Elle dit adieu à cette demeure où elle n'était désormais qu'une étrangère.

Elle dit adieu à son père dont elle était le seul ami; résignée, elle se réfugia dans une humble maison du même quartier, sous les tuiles d'une mansarde où elle travaillait, nuit et jour, pour gagner sa vie. A quatorze ans, elle fit le premier apprentissage de l'isolement et de la douleur.

Pauvre enfant, seule et sans appui, privée de son père! Il l'avait d'abord engagée à le visiter tous les huit jours, puis tous les mois, puis enfin la maison paternelle lui fut fermée! Une étrangère était là qui veillait sur sa proie! Ah! grand Dieu! la *marâtre* ne voulait plus voir l'enfant qui n'était que l'enfant de son mari; Henriette, chassée à jamais, obéit sans se plaindre; elle se contentait de regarder de loin les fenêtres de la chambre où dormait sa mère... autrefois.

Ainsi se passèrent plusieurs années. Le père d'Henriette avait changé de quartier, il n'avait pas dit sa nouvelle demeure. On disait qu'il était devenu un homme très-riche, et, dans sa fortune, il avait oublié tout à fait sa fille infortunée. Henriette cependant, l'humble ouvrière, vivait du travail de ses mains. C'est une vie austère et triste, allez! pour une jeune fille isolée! Ces parias de l'aiguille gagnent si peu d'argent dans un jour! Un mois de maladie... ou de chômage les mène à l'hôpital.

Sous leurs pas sont tendus toutes sortes de piéges presque inévitables. Les passions parisiennes bourdonnent à leurs oreilles, le vice parisien les entoure, le luxe les insulte; que de courage il faut à ces héroïnes pour résister aux tentations, pour ne pas s'abandonner à l'envie, à la jalousie, aux passions mauvaises! C'est une lutte opiniâtre et terrible, obstinée et cachée; la vie se passe ainsi dans ces combats dont le monde ignore l'héroïsme! Un jour arrive, enfin, où la victime de cette pauvreté sans espoir se dit à elle-même :

— *Quel est mon âge?* Et la misère de répondre : O ma fille! voilà quarante ans que nous vivons ensemble, regarde-toi dans ce fragment de miroir! Et si la malheureuse ose encore regarder en son miroir sa figure hâve et ridée, elle n'aperçoit que des cheveux blancs, et tous les signes de la caducité : sa vie entière s'est usée à cet ingrat travail; cette belle âme s'est dévorée elle-même, sans profit pour personne; ce noble cœur, fait pour aimer, n'a aimé personne; il n'avait personne à aimer.

Que de souffrances inconnues sous ces robes de bure, et qu'il faut respecter les pauvres filles qui les ont honnêtement supportées!

Il y avait trente ans qu'Henriette Garden vivait ainsi, au jour le jour, du travail de ses mains. A force de travail, de zèle, d'intelligence, de bonheur, elle avait amassé, qui le croirait? près de douze cents francs, durant ces trente années. En vieillissant, elle avait conservé toute la jeunesse de son cœur. Un jour, un dimanche, Henriette sortait pour aller à la messe... Hélas! dans sa chambrette bien rangée elle voit entrer..... un homme! un homme hideux, souillé de boue et couvert de haillons!

Les traits de cet homme étaient bouleversés, son œil était hagard, sa barbe horrible; ses mains étaient décharnées. Il était chaussé d'un sabot, et d'une vieille botte sans semelle; son chapeau avait été gris ou noir?... quel être immonde! On l'eût pris pour un échappé du bagne, et cependant, d'un coup d'œil, après ces trente années de séparation et d'oubli, Henriette a reconnu son père! Elle l'a reconnu sous ses haillons! dans cette misère! dans cette personne dégradée!

— Ah! dit-elle, est-ce vous, mon père? Et soyez le bienvenu! En même temps la voilà qui vient en aide à cette ignominie. Elle arrache et jette au loin les haillons qui couvraient ce triste vieillard. Elle le réchauffe au feu de sa charité filiale. Elle lave, heureuse et triomphante, ses mains, son visage, ses pieds endoloris par la marche; elle le couche dans son lit; elle le loge dans sa chambre; elle-même elle habite un trou, sous les tuiles, pour être plus près de ce malheureux abruti. Lui cependant, hébété par le vice et le malheur, s'abandonnait sans rien témoigner aux bons soins de son admirable fille. Il se laissait servir, habiller, nourrir, loger, chauffer, désaltérer surtout, sans dire : *Merci, ma fille!* sans demander d'où venaient tous ces biens.

Ce lâche et cet ingrat, qui avait, sur sa fille unique, abominablement fermé la porte de sa maison, qui ne lui avait pas permis de ramasser les miettes de sa table, quand il était riche, cet homme,

15.

à présent qu'il était vieux, infirme et sans pain, sans habits, sans ressources, retombait sur cette vaillante créature de tout le poids de sa misère. Ah! la vaillante fille! O cœur facile au pardon!...

Elle était si fière en ce moment d'avoir retrouvé cet affreux père, si fière et si contente d'aimer quelqu'un, de se dévouer à quelqu'un! Bonne Henriette! elle ne savait comment donc multiplier les petits soins, les attentions, les prévenances, les sacrifices, les respects, pour ce père dénaturé qui l'avait oubliée pendant trente ans!

Cependant les humbles ressources de l'ouvrière aux abois s'épuisèrent bien vite! O malheureuse, cette somme immense de douze cents francs, cette fortune amassée par trente années de travail forcé et de veilles fut bientôt à son terme!

Et plus le froid vieillard sentait le bien-être, et plus il devenait exigeant, cynique. Henriette qui gagnait à peine de quoi vivre seule, en travaillant tout le jour, ne sut plus que devenir quand il lui fallut vivre à deux, ne travaillant que la moitié de la journée. Elle consacrait à la tâche ingrate, même le dimanche, ce jour de repos, autrefois son jour de trève, et maintenant son jour d'esclavage. Et, le dimanche ne suffisant pas, elle prit une heure, puis deux heures, puis trois heures sur son sommeil. Vains efforts! Henriette n'y pouvait suffire...

Elle fit des dettes, elle emprunta; pour nourrir son père, elle eût mendié! Pour comble de malheur, ce misérable ivrogne, tué par la misère et l'abjection, tomba malade: voilà le médecin qu'on appelle, et la garde-malade qu'on fait venir.

Henriette, à cette heure, devait quatre cents francs! Elle-même, cette ouvrière si rangée, économe et prudente, qui possédait, naguère, une fortune de douze cents francs!

Voyez qu'elle était belle et qu'elle était touchante, cette entreprise de M. de Monthyon, instituant un prix pour la vertu! Arrivée à la fin de son crédit, Henriette allait succomber; elle était perdue. Elle et son père, ils n'avaient plus de ressource que l'hôpital! quand soudain M. de Monthyon lui envoya le prix de la vertu : une couronne en chêne pour elle-même, et trois mille francs pour sa bienfaisance!

Ainsi, grâce à ce bienfaiteur de l'humanité, mademoiselle Detremont et mademoiselle Garden, modestes et touchantes vertus, ne furent pas sans récompense ici-bas!... Un autre dispensateur s'est chargé de leur récompense dans le ciel!

L'INCENDIE

Au plus beau moment de l'empire français, porté de victoire en victoire à la domination universelle, l'empereur Napoléon venait d'épouser une fille de son allié l'empereur d'Autriche. Alliance incroyable! inespérée! et... joie universelle! Au-devant de la nouvelle impératrice accourut la France entière.

Paris n'eut qu'une voix pour la louange, et ce serait une longue histoire, l'histoire de ses fêtes sans fin.

. Mais à quoi bon raconter ces lueurs passagères? Quand le feu d'artifice est tiré, quand ces fusées volantes se sont éteintes dans les cieux, quand ces soleils d'une heure se sont perdus dans l'espace, et que la nuit profonde a remplacé ces *soleils*, allez demander au néant de vous rendre la moindre étincelle du feu de joie éteint dans les airs!

Ce n'est pas une fête que je vous raconte, c'est une histoire d'héroïsme maternel. Tel est le privilége des belles actions, que l'éternité leur est acquise : elles n'ont pas besoin, pour vivre dans la mémoire des hommes, de ces grands monuments d'airain ou de pierre : elles vivent par elles-mêmes et de leur propre vertu ; elles passent à la postérité, par le respect même qu'elles inspirent.

C'est ainsi que dans le nombre des fêtes données à l'empereur Napoléon, pour célébrer son mariage avec une archiduchesse d'Autriche, la France, qui les a oubliées, se souviendra à jamais de la fête offerte à Leurs Majestés Impériales et Royales par S. A. le prince de Schwartzemberg.

Par l'illustration de son nom, par son courage personnel, le prince de Schwartzemberg était digne en effet de l'insigne honneur qu'il allait recevoir. Il s'y était préparé longtemps à l'avance. Il avait, pour l'aider dans cette tâche extraordinaire, sa femme et sa fille, aussi belle que sa mère. Pour célébrer dignement cette solennité, le prince ne trouva pas son hôtel assez vaste, son meuble assez riche, et ses valets assez nombreux. Donc il fit construire dans son jardin une vaste salle resplendissante de glaces et de peintures; il fit meubler cette grande maison de façon à faire envie aux Tuileries de l'empereur ; il appela, pour le servir, une armée de valets galonnés sur toutes les coutures : c'étaient partout des fleurs et des bronzes dorés, de la gaze et du velours, des glaces et du marbre.

Quand tout fut prêt pour ce bal, toutes les bougies furent allumées dans tous les lustres; le palais se remplit d'harmonies et de lumières; la ville accourut en son plus magnifique appareil.

C'étaient les ambassadeurs de toutes les parties de l'Europe et du monde, c'étaient les membres du Sénat et de l'Institut, les savants, les poëtes, les législateurs; c'étaient les plus belles personnes de ce Paris impérial; c'étaient surtout les compagnons de l'empereur, des rois de la veille, de vieux généraux de vingt ans, de simples caporaux de la garde impériale, les égaux de tous par leur courage; enfin ce furent, à leur tour, l'empereur et l'impératrice qui venaient se mêler à cette cohue étincelante, et prendre leur part de cette fête, dont ils étaient un peu plus que les héros.

Rien ne saurait vous donner une idée approchante de l'enthousiasme furibond que soulevait en ces temps de miracles la seule présence de l'empereur : on eût dit que le monde allait crouler ! En ce moment (dans sa vie, ils sont rares) l'empereur était heureux : il venait d'accomplir de grandes choses; il faisait (pour peu de jours) une si belle halte au milieu de sa gloire ! il était heureux et fier de sa jeune épouse, la plus incroyable de ses conquêtes! Il se mêla donc à cette fête, avec l'aimable abandon d'un simple mortel.

Chacun voulait le voir, voulait l'entendre; on se serait fait tuer pour saisir au passage une parole, un seul regard. Lui, bienveillant, affable et visiblement ému, il oubliait les heures; il parcourait ces vastes galeries, encourageant la gaieté générale, pendant que des orchestres nombreux jouaient sous les orangers en fleur ses airs favoris.

Tout à coup, dans la salle de bal construite au milieu du jardin, un des lustres, en se balançant à droite, à gauche, atteignit la draperie, ornement dangereux du plafond : la draperie aussitôt s'enflamme. Or, les pompiers, occupés à regarder l'empereur, n'étaient pas à leur poste. L'hôte illustre en ce moment quittait l'hôtel du prince et remettait l'impératrice en voiture ; la garde, en même temps, se remit en route avec Leurs Majestés, pendant que les derniers *vivat* éclataient encore. Ce commencement d'incendie avait déjà fait de grands progrès : non-seulement les tentures étaient en flammes, mais les boiseries, les meubles, les tapis, toute la salle.

On crie : au feu ! au feu ! L'effroi est général. Soudain cette foule en son plus rare ornement, surprise au milieu de sa joie, et surprise par cette affreuse mort qui la menace, haletante et furieuse, se précipite à toutes les issues... O misère ! les issues sont bouchées comme fait un vase trop plein, dont l'eau ne peut sortir. Figurez-vous ce désordre au bruit des flammes, ce tumulte au cri des danseuses, cette épouvante de femmes à demi vêtues !

Figurez-vous la stupeur de ces hommes, qui avaient bravé la mort dans tant de batailles, renfermés dans ce cercle de feu !... Cependant l'incendie augmente, le toit menace ruine ; encore un instant... tout est perdu... Dieu soit loué ! La flamme un instant s'arrête ; l'incendie un instant lâche sa proie, et bien peu de victimes restaient en ces salles dévastées quand les voûtes s'écroulèrent sur cet immense chaos.

Échappées à cette désolation, les victimes se comptaient : le mari cherchait sa femme et l'ami son ami, le père appelait son enfant ; on se retrouvait, on s'embrassait, c'étaient des actions de grâces et des prières ineffables ! Seule en cette foule, échappée à ce vaste incendie, une pauvre femme inquiète, haletante, éperdue, cherchait sa fille ! « Ah ! ma fille ! ah ! ma fille ! » Et longtemps elle l'avait vue à ses côtés ; elle était sortie heureuse et triomphante de l'incendie en tenant sa fille dans ses bras ; et maintenant, dans cette foule, elle ne retrouvait plus cette enfant de sa vie ! « Où donc est-elle ? et qu'en a-t-on fait ? rendez-la-moi... » Elle courait ainsi, la pauvre mère, de l'un à l'autre, appelant, pleurant, se taisant, se tordant les mains.

Quel désespoir ! Elle veut se jeter dans l'incendie : on l'arrête ; l'incendie a tout dévoré. Elle interroge, en vain, tous les cadavres qu'on apporte. Enfin, enfin, elle se souvient d'une issue qui n'est pas gardée ; elle y va d'un pas calme, elle pénètre, hardie et sans pâlir, dans les flammes de sa maison, et la voilà qui court sur les solives embrasées, criant toujours : *Ma fille ! ah ! ma fille !* Elle fit deux fois le tour de ces ruines brûlantes, et parmi ces hommes courageux qui la voyaient faire, pas un n'osa la suivre !... A la fin, quand elle eut parcouru tous les recoins de cette demeure qui était encore accessible, l'infortunée disparut dans un tourbillon de feu et de fumée en répétant toujours : *Ma fille ! ma fille !*

Cette femme, impérissable honneur du courage maternel, tout à l'heure encore l'empereur Napoléon était son hôte, elle était tout à l'heure encore la plus glorieuse des femmes, la plus heureuse des mères ; cette femme, dont le nom a survécu à

cet incendie immense, c'était la princesse Schwartzemberg.

Mais cependant, voyez la misère ! en ces moments cruels où la princesse était dans les flammes
appelant sa fille, une autre voix plus jeune, et
non moins tremblante, criait au dehors : *Ma mère !*
ma mère ! C'était, cette fois, la fille au désespoir
qui cherchait sa mère. Hélas ! l'infortunée !... un
instant de patience, un seul moment lui rendait sa
fille, et elle la serrait dans ses bras !

Quand l'incendie eut tout dévoré, au milieu de
ces décombres, parmi ces débris de fêtes, sur ces
planchers couverts de diamants et de perles, on se
mit à chercher la noble princesse... on la trouva
dans la chambre de sa fille, où elle s'était traînée
espérant encore y trouver l'enfant qu'elle appelait !
Dans ce doux sanctuaire, elle était tombée ; elle
était morte ; mais la flamme avait respecté ce beau
visage ; le feu s'était éloigné de cette mère expirée,
afin qu'on la pût reconnaître entre toutes ces victimes malheureuses, et qu'on pût lui rendre, au
milieu du deuil universel, les derniers devoirs.

Le deuil fut universel ; tout Paris pleura cette
femme héroïque, et morte d'une façon si touchante ;
l'empereur en fut vivement affecté ; il croyait à tous
les présages, il distinguait son étoile dans le ciel,
et, superbe ! il la montrait, du regard et de l'âme, à
qui la voulait voir.

Véritablement, cet incendie horrible et l'impitoyable mort de cette noble princesse, victime de
l'amour maternel, ne rappelaient que trop à l'empereur Napoléon les tristes accidents de la place

Louis XV, qui signalèrent le mariage de la reine de
France Marie-Antoinette, cette autre archiduchesse
d'Autriche, impératrice et reine d'un jour, morte,
hélas ! si misérablement sur cette place... *de la Révolution.*

Pour laver cette place horrible, où le sang le plus
noble a coulé, c'est en vain que le roi Louis-Philippe a fait jaillir deux fontaines d'eau vive !

On jetterait sur ce lieu funeste tous les flots de
l'Océan... l'Océan serait impuissant à laver ces
taches funestes; il ne saurait dominer toutes ces
douleurs de son incessante lamentation !

UN GRAND FINANCIER

M. Thiers, comme il était le premier ministre de
Sa Majesté le roi Louis-Philippe, un jour qu'il visitait la ville de Londres, écrivit au lord-chancelier
le petit billet que voici : « Milord ! accordez-moi, je
vous prie, une heure, pour m'expliquer le système
financier de l'Angleterre ! »

Il y eut, à Londres même, une certaine rumeur
à la lecture du billet écrit par le plus grand historien de la France moderne. *Une heure!...* Eh bien !
cette heure a suffi au grand politique, au grand historien, pour apprendre ce qu'il voulait savoir... Nous
ne mettrons guère moins de temps à vous raconter
l'histoire du plus grand financier de la reine Élisabeth.

Sir Thomas Gresham, fondateur de la Banque
d'Angleterre, est né en 1519, au milieu du beau
siècle anglais, sous cette brillante et intelligente

reine Élisabeth, la reine du grand poëte Shakspeare.
En ce temps-là, le génie de la nation anglaise prit
l'essor. Tout ce que le peuple anglais avait d'imagination, d'intelligence, de persévérance et d'industrie, il le jetait au dehors. Il en est des nations
comme des hommes ; ils sont d'abord enfants, bientôt ils deviennent des citoyens attachés à la chose
publique ; ils brillent alors d'un éclat tout-puissant :
la vieillesse arrive enfin, et la génération nouvelle,
à la lueur de nouvelles clartés, marche à un but
tout nouveau.

Le jeune Thomas Gresham était le fils du lord-
maire de la ville de Londres, grand et populaire magistrat. Thomas Gresham commença par
faire d'excellentes études à l'université de Cambridge ; et ses études étant faites, son père, qui
voulait en faire un commerçant, le plaça chez un
mercier de la Cité. Ce fut en passant par les plus
petits détails du petit commerce, que notre jeune
homme s'initia à tous ces mystères de la fortune
publique et de la fortune privée, qui se cachent au
regard du vulgaire.

La valeur de l'argent, la multiplication du capital,
l'importance des bénéfices imperceptibles, l'intelligence de tous ces détails qui commandent la confiance publique, en un mot la théorie du crédit
public, toute nouvelle alors, telles furent les méditations du jeune Gresham, chez son mercier.

En ce temps-là, les finances des royaumes de
l'Europe étaient en proie au plus grand désordre. Les
rois vivaient d'emprunts, les emprunts se faisaient
au dehors de leur royaume ; il y avait des villes en

Europe qui n'avaient pas d'autre métier et d'autre fortune que de prêter leur argent aux nations voisines. Amsterdam, par exemple, envoyait des millions à toutes les couronnes qui en avaient besoin, moyennant de fortes garanties et de gros intérêts. Ce fut à ces négociations d'argent que fut d'abord employé sir Thomas Gresham par le roi Édouard VI.

Gresham vint dans la ville, à Anvers, pour emprunter beaucoup d'argent au nom d'Édouard VI, roi d'Angleterre. Il engagea la couronne pour des sommes énormes ; mais telle était déjà l'intelligence du jeune banquier, que, grâce à lui, la couronne d'Angleterre, habituée à payer l'argent si cher, fut tout étonnée et fière du bas prix de ces emprunts. Vraiment le jeune négociateur avait mis fort habilement aux prises l'avidité de tous les prêteurs ; il avait inspiré toute estime et toute confiance à ces marchands, pour la solvabilité du roi son maître. Vous savez combien fut court le règne d'Édouard ; pendant ce règne, Thomas Gresham fit plus de quarante fois le voyage d'Angleterre à Anvers. Aussi, quelques jours avant sa mort, le roi Édouard voulant témoigner à Gresham toute sa reconnaissance pour les bons offices qu'il lui avait rendus, lui assigna une pension de mille livres sterling (25,000 francs), à lui et à ses héritiers, outre plusieurs domaines qu'il lui avait donnés précédemment. C'était alors un honneur si rare pour un roi, de mourir en laissant ses finances en bon ordre !

Vint ensuite au trône d'Angleterre la glorieuse Élisabeth, *heureuse* si elle n'eût pas versé le sang de Marie Stuart! Un homme à la taille de Thomas Gresham ne pouvait guère manquer d'être en belle et grande faveur auprès de la reine d'Angleterre.

La reine le fit chevalier en 1559. Chevalier, elle le nomma son agent dans les pays étrangers. Encore une fois, *sir* Thomas Gresham fut chargé de faire circuler dans la *joyeuse* Angleterre tout l'argent dont elle avait besoin. Et de quel argent n'avait-elle pas besoin, l'illustre reine! Un peuple à gouverner; des guerres à soutenir; Henri IV à protéger; l'Espagne à maintenir; ses flottes à créer, qui devaient lui donner les mers; Londres à embellir, sa cour à maintenir dans les honneurs de la première cour du monde!

Sir Gresham suffisait à toute chose. Il menait de front sa fortune privée et la fortune publique. Certes, il avait le droit de s'enrichir, lui qui enrichissait un peuple! et pendant que sa souveraine bâtissait de somptueuses et grandes maisons, il eût été bien mal venu à ne pas bâtir au moins un hôtel.

Il se fit construire à Londres, pour sa résidence, un superbe hôtel que n'eût pas dédaigné lord Leicester. Cette illustre maison était le rendez-vous des hommes de génie et des belles personnes de l'Angleterre. Ce financier marchait l'égal des guerriers les plus fameux et des courtisans les plus en renom : il était une puissance!

Sir Thomas Gresham, au milieu de la plus grande prospérité, se livrait à d'utiles projets, qu'il concevait tout seul, et qu'il exécutait tout seul. En voici un qui donna une grande impulsion au génie commercial de l'Angleterre.

Qui le croirait? Au xvie siècle, Londres, qui possédait déjà plusieurs théâtres, n'avait pas encore une Bourse. Dans les grandes villes, la *Bourse* est un lieu de réunion pour tous les marchands de la cité. C'est là que l'on traite des plus grandes affaires et des plus petites; c'est là que l'on prête, et qu'on emprunte. A la Bourse, l'armateur fait assurer son navire, le matelot fait assurer sa vie. Il y a telle Banque en Europe, celle d'Amsterdam, par exemple, où sont les bienvenues toutes sortes d'affaires; des négociants y prêtent des millions, d'autres y vendent de vieux habits.

Sir Thomas voyant donc ses concitoyens qui se réunissaient au hasard sur une place publique, ou dans les rues, exposés aux injures du temps, leur proposa, s'ils voulaient lui donner un emplacement convenable, de leur faire construire, à ses frais, un immense palais, dans lequel les marchands en tout genre pourraient se réunir chaque jour, et traiter de leurs affaires, en tout temps. Cette offre royale fut acceptée avec reconnaissance par le commerce de la ville de Londres. L'emplacement de la Banque fut bientôt trouvé; sir Gresham en posa lui-même la première pierre en 1566. Ce bâtiment fut élevé sur le plan de la Bourse d'Anvers; trois ans après il était achevé, les boutiques étaient ouvertes; la reine Élisabeth, accompagnée de toute la noblesse d'Angleterre, vint en grande pompe visiter le bâtiment construit par sir Gresham.

Ce fut une imposante cérémonie. La reine s'arrêta sur le perron de la Bourse; un héraut d'armes, au bruit des trompettes, proclama que ce bâtiment s'appelait *la Bourse royale* (*the royal Exchange*), et désormais la ville de Londres put s'enorgueillir d'un magnifique monument de plus.

Sir Gresham était infatigable. Quand il n'avait pas de monument à élever pour le compte de l'Angleterre, il s'élevait une maison à lui-même. Inoccupé des affaires de sa souveraine, il songeait à ses propres affaires; il dessinait des jardins, il plantait des parcs. Bientôt, de ces nobles délassements il revenait aux affaires, toujours habile, heureux toujours. Comme il voyageait en Flandre (1569) pour contracter de grands emprunts, sir Gresham, trouvant que l'argent était cher hors d'Angleterre, revint à Londres sans avoir contracté avec les étrangers. L'Angleterre n'est-elle donc pas assez riche enfin pour s'emprunter à elle-même l'argent qui lui manque? Ainsi songeait le grand négociateur.

A peine à Londres, il persuade à la reine d'emprunter à ses propres sujets l'argent dont elle avait besoin. Par ce moyen, la reine empruntait à bien meilleur marché; en même temps les intérêts qu'elle avait à payer retombaient sur la ville de Londres, et l'enrichissaient au lieu de l'appauvrir. De là naquit, pour l'Angleterre, un ordre d'idées tout nouveau, une théorie toute nouvelle pour l'emprunt de l'argent. A ce compte, sir Gresham fut deux fois le créateur de la Bourse de Londres : il en éleva les murs; à ces murs élevés par ses mains, il donna la vie et le mouvement.

Aussi bien l'estime de ses concitoyens et la reconnaissance de la couronne eurent bientôt élevé sir Thomas Gresham au premier rang, dans les honneurs de son pays. En 1572, il fut chargé, conjointement avec l'archevêque de Cantorbéry et plusieurs grands personnages, du gouvernement de la Cité de Londres, pendant un voyage que la reine devait faire, l'été de cette même année. En 1578, sir Gresham venait d'élever à Orterby, près de Britson, dans le comté de Middlesex, un château vraiment royal.

La reine fit l'honneur à sir Thomas d'aller elle-même lui rendre visite en sa demeure. Honneur insigne ! Le château fut préparé pour son hôte royal. Il y eut des fêtes et des magnificences qui ne furent pas surpassées par les fêtes du château de Kenilworth, de poétique mémoire. La reine s'écria plusieurs fois qu'elle n'avait pas changé de palais. Toute la cour était aux pieds de sir Gresham.

Le lendemain, à la revue, la reine, en mettant la tête à la fenêtre de son appartement, fut bien étonnée de voir un grand mur qui avait été élevé pendant la nuit : c'était une galanterie de sir Gresham. Sa Majesté, en se promenant dans le château, avait dit tout haut que la cour serait bien plus belle si elle était coupée en deux par un mur. Une seule nuit avait suffi pour élever cette séparation, tant c'était un homme intelligent..., tout-puissant, sir Gresham !

Ne croyez pas toutefois qu'au milieu de ces propriétés énormes sir Gresham eût oublié les premières études de sa jeunesse. A quoi bon la fortune aux esprits incultes ? L'étude est le vrai loisir des plus honnêtes gens. L'écolier studieux reparaissait même chez le vieillard ; les souvenirs de l'antiquité classique lui revenaient à chaque instant, comme pour

16

ajouter à sa bonne fortune. Enfin cet homme heureux, qui avait élevé la Bourse de Londres, ne croyait
pas avoir assez fait pour ses concitoyens, tant qu'il
ne leur eut pas donné un collége; et telle fut la
charmante ambition de ses dernières années.

L'université de Cambridge, dont il était l'élève,
lui écrivit une éloquente lettre en vrai latin des *Tus-
culanes*, le suppliant, s'il voulait établir un collége,
de l'ouvrir à Cambridge... et Cambridge y perdit
son latin !

Sir Gresham avait résolu de fonder son collége à
Londres même et dans sa propre maison. Il fit donc
un testament supplémentaire par lequel il abandonnait une moitié de la Bourse au lord-maire de
la ville de Londres, et l'autre moitié à la compagnie des merciers, à la charge par eux de sub-
venir à perpétuité au traitement de sept professeurs
(50 livres sterling pour chaque professeur).

Ces sept professeurs devaient enseigner la théologie, la jurisprudence, la médecine, l'astronomie, la
géométrie, la musique, la rhétorique. Il attribuait
en même temps le bel hôtel qu'il avait fait bâtir au
logement de ces sept professeurs. Il n'oubliait pas
ses anciens amis : les pauvres, les prisonniers, les
malades, auxquels il fit des legs considérables.

Quand il eut dignement accompli sa destinée
avec tant de bienfaisance, sir Gresham expira tout
d'un coup, comme s'il n'avait plus rien d'utile à
faire ici-bas. Il fut, sans conteste, un des hommes
les plus heureux, les plus considérés et les plus
utiles de son temps.

Le collége fondé par sir Thomas Gresham existe

encore aujourd'hui, seulement les cours ont lieu dans les salles de la Bourse, la maison de sir Thomas ayant été démolie pour être remplacée par le bureau de l'*Excise*.

Sir Gresham était également versé dans les langues anciennes et dans les langues modernes; il avait toutes les connaissances que l'on pouvait demander à l'homme occupé de si grandes affaires. La reine Élisabeth avait fait mieux, pour sir Thomas Gresham, que de le nommer écuyer, elle l'avait surnommé le *négociant royal... et loyal*.

UN BON PLACEMENT

Aimons-nous les uns les autres ! Aimons-nous, protégeons-nous ! Soyons-nous en aide ! Honorons la bienveillance ! Aimons la courtoisie ! Enfin, ne méprisons pas le petit service, il a sa grâce ! Et ne méprisons pas le petit bonheur, il a sa gloire ! Oyez cependant, en preuve à cette morale, une histoire dans laquelle il est démontré qu'il ne faut pas refuser, même au riche, une aumône, et que cette aumône, à propos donnée, a parfois de grands mérites, même ici-bas.

La présente et très-véridique histoire me vient d'un jeune homme qui fut longtemps un pauvre diable ; il l'est encore, il le sera toujours, j'en ai grand peur. Que diable ! il a bien de l'esprit, bien du talent, de la grâce et de la bonne humeur.

« Un jour, nous dit-il, que j'avais été saluer le soleil dans son jardin du Luxembourg, je m'en

UN BON PLACEMENT.

revenais gaiement chez mon père en chantonnant une belle petite chanson de ma composition, la chanson des gens heureux, lorsqu'en traversant le pont des Arts, et sur les degrés du vieux pont, je fus accosté par un beau gentilhomme de haute taille, et richement vêtu. En me saluant de la meilleure grâce du monde : « — Monsieur, me dit-il, donnez-moi un sou ! » Alors moi, brave homme : « — Ah ! monsieur, lui dis-je, vous tombez bien ; j'en ai deux, un pour vous, l'autre pour moi, » et tous les deux nous avons fièrement traversé la rivière.

« Au fait j'allais au pas, mais mon Anglais marchait comme un amoureux qui veut arriver en toute hâte, et c'est à peine s'il eut le temps de me donner sa carte en me disant : « — Monsieur, je suis votre débiteur ; si quelque jour vous voulez que je paye ma dette, voilà mon nom, voilà mon adresse, et vous verrez que je sais m'acquitter. » En même temps, il se mit à courir de toutes ses forces ; je le vis disparaître sous le guichet du Louvre, et je me dis à moi-même : « A coup sûr c'est un amoureux, ou c'est un voleur ! » Je dois cependant convenir qu'il avait plutôt l'air d'un amoureux que d'un voleur.

« S'il est vrai que je ne porte jamais de bourse avec moi, et pour de bonnes raisons, en revanche, j'ai toujours mon portefeuille ; c'est là que je vous renferme, ô mes amis ! mes plus doux trésors, mes plus beaux vers, mes plus chères pensées, mes plus honnêtes souvenirs. Telle est ma fortune, elle ne me quitte guère ; j'en suis le maître, et personne enfin ne me l'envie. Ainsi mon portefeuille est à la fois mon Académie et mon Louvre.

16.

« Ah! si vous saviez quels doux paysages, quelles jolies têtes cela contient! Je mis la carte (*aux armes*) de l'inconnu dans mon portefeuille, avec plus de soin que s'il se fût agi d'une lettre de change, et je revins joyeux à la maison paternelle.

« — Par Dieu! dit mon père en voyant mon visage épanoui, je parie qu'Albert vient de bâtir des châteaux en Espagne sur les boulevards neufs? — Et tu as bien fait, mon Albert, dit ma mère; bâtis-en toujours, mon enfant, il n'y a que ces châteaux-là qu'on ne peut pas nous ôter. — Mon père et ma mère, dis-je gravement, vous avez tort de traiter si mal votre fils unique; je viens de prêter de l'argent à un riche Anglais, » et mon père de rire aux éclats.

« — Tu devrais bien commencer par t'en prêter à toi-même, Albert. »

Ainsi notre ami commença son histoire, et jusque-là son histoire me semblait vraisemblable. Au fait, rien n'était plus simple que de prêter un sou à un galant homme désarmé de sa bourse, et retenu sur le pont des Arts, comme une âme en peine sur les bords du vieux Styx, quand l'âme errante ne pouvait payer son obole à Caron. « — Ma foi! lui disions-nous, mon cher Albert, si ton histoire ne va pas plus loin, elle vaudra justement... les cinq centimes qu'elle t'a coûté, et tu l'auras payée assez cher? »

Albert se contenta de nous jeter un regard de pitié. En même temps, il reprenait son histoire en ces mots:

« Vous saurez, nous disait-il, que cette année 1842 devait être une année aux grandes aventures.

Avec la générosité naturelle au bel âge, il advint que j'eus bien vite oublié mon Anglais et la dette qu'il avait contractée avec moi; lorsqu'au retour de l'automne, mon digne père fut appelé à Londres pour une affaire importante; je dis *importante,* relativement à notre humble fortune. Si l'on pouvait savoir pour combien peu d'argent toute une honnête famille s'inquiète et s'agite, comme on remercierait le ciel des jours de calme et de repos!

« Mon père, à ces causes : « — Tu vas partir pour Londres, mon cher Albert; fais cela pour moi, je te demande six semaines de zèle et d'activité. Songe que si tu réussis, j'achète à ta mère un tapis pour sa chambre, et que moi-même je me fais bâtir un belvéder dans notre jardin de Gonesse; enfin il y aura quelque chose pour toi, si tu te maries avec ta cousine Armande. » A quoi je répondis... *presto :*

« — Mon père, je pars pour vous, pour ma mère, pour son tapis et pour votre belvéder; et je rapporterai notre argent, soyez-en sûr. Quant à ma petite cousine, il faut la laisser grandir, nous verrons cela plus tard. » Ceci dit, j'embrasse à l'instant ma mère qui pleurait à fendre son cœur... et le mien. Mon père, en véritable stoïcien de la rue Charlot, me voit partir d'un œil sec, mais l'autre œil était mouillé d'une larme; et comme cela ne me dérangeait guère de mon chemin, je trouvai encore le temps de dire adieu à ma tante et à ma petite cousine Armande.

« Ma petite cousine était fraîche et jolie, et bien jeune, et bien gentille, et bien châtaine; elle se laissa baiser sur les deux joues, et elle me dit avec un bon gros soupir: « — Reviens bien vite, Albert! »

« Je vous ferai grâce des incidents de mon voyage : la mer, la tempête, la Tamise, Londres enfin. J'arrivai en toute hâte chez le correspondant de mon père, j'étais tout effaré, tout boursouflé, je m'étais battu les flancs pour faire de l'éloquence et de l'activité... ; mon flegmatique eut bien de la peine à ne pas rire en voyant l'importance de ma physionomie.

« —Ah ! mon bon jeune homme, pourquoi venir de si loin, à quoi bon tant de procurations et de papier timbré ? l'argent de monsieur votre père est là tout prêt à partir. Si voulez l'emporter, emportez-le, et cependant faites-moi le plaisir de déjeuner avec moi. » Vous jugez de mon désappointement !

« J'étais venu tout exprès pour me poser en avocat, en homme d'affaires, en praticien, en véritable *attorney*, qui savait la procédure et l'anglais, et je rencontre un digne négociant qui, sans chicane et sans marchander, me dit en bon français : « — Asseyez-vous là, mon cher ; voici votre argent, et déjeunez avec moi, par-dessus le marché. »

« Cependant on se fait à tout ; je sortis de chez notre honnête correspondant, très-heureux d'en être quitte pour mes frais de beau langage, et le même jour j'écrivis à mon père, à ma mère, à la mère de ma cousine, que grâce à mon activité, à ma prudence, à ma sagesse, à mon zèle infatigable, j'étais parvenu, en moins de trois quarts d'heure, à accomplir cette négociation difficile.

« En même temps je félicitais mon père sur sa prévoyance ; enfin, en guise de *post-scriptum*, je lui faisais passer la somme pour laquelle il avait tremblé si fort ; seulement je lui disais :

« Je me réserve (est-ce trop?) une cinquantaine
d'écus pour visiter, en *touriste* (un mot anglais), la
poétique Écosse et la catholique Irlande! » Et zest !
je me mis en route au point du deuxième jour, après
avoir visité, pour mon acquit, la Tour de Londres,
le tunnel, la chambre des communes et l'abbaye de
Westminster.

« Messieurs, vous n'avez pas vu Dublin, le canal
Saint-Georges, les hautes montagnes de Hussburg ?
Je ne vous en ferai pas la description, je ne suis pas
de ces voyageurs qui voyagent pour raconter et
pour décrire ; je voyage (et tout au plus) pour moi,
non pour les autres ; je voyage pour voir, regarder,
et même au besoin pour comprendre. Ainsi, n'attendez pas que je fasse une description ; je vous dirai
seulement qu'arrivé au beau milieu de l'Irlande,
Albert, le cousin de sa cousine, s'aperçut qu'il n'avait
pas trop ménagé l'argent de son père.

« Vous rencontrez dans ce malheureux pays tant
de mendiants qui vous tendent la main, de mères de
famille qui vous montrent leurs enfants pâlis par
la faim, de vieillards chassés de leur chaumière, que,
ma foi! il est impossible, avec un bon cœur... et cinquante écus, de ne pas donner, çà et là, un peu de
son argent à un malheureux qui vous tend une main
suppliante. Et d'ailleurs le bon Dieu ne m'a-t-il pas
donné ces jambes infatigables, ces jarrets d'acier,
cette poitrine de fer ? Je mis donc au néant ce ba-
gage inutile appelé la vanité, et, comme un simple
écolier, je parcourus à pied cette terre fabuleuse,
abondante en contes, histoires, féeries, ruines chrétiennes et païennes, persécutée tour à tour par les

brigands de la Normandie, les protestants d'Élisabeth, les puritains de Cromwell, les princes de la maison d'Orange.

« Ainsi marchant de ville en ville, et de village en hameau, comme un digne lecteur de sir Walter Scott, admirant et regardant toute chose, il advint qu'un soir, dans le comté de Kerry, à la nuit tombante, je fus surpris par un épouvantable orage ; on eût dit que cet orage avait emporté toutes les eaux des lacs et des montagnes. La position était sinon périlleuse, au moins difficile ; j'avais marché tout le jour par d'affreux sentiers ; à peine avais-je rencontré, dans une cabane de paysan, des pommes de terre, un peu de riz. J'avais faim, j'étais fatigué ; la solitude... (une amie, et je l'aime ordinairement) me pesait ; bref, il se faisait temps que le ciel vînt à mon secours.

« Donc, j'arrivai cahin-caha, en invoquant le ciel irlandais, jusqu'au plus affreux cabaret qui se puisse rencontrer, même en Irlande. Figurez-vous, non pas une maison... une misérable cabane, et que dis-je ! une cabane ! une auge... les pourceaux de Gonesse ne voudraient pas l'habiter. Pour tout plancher, la terre nue, et pour habitante une vieille femme, pareille aux sorcières de Macbeth ; pour lumière une lampe enfumée, et pour tout repas un pain dur, un peu d'huile empruntée à la lampe.

« Triste souper, triste gîte ! Assis sur un banc, j'entendais tomber la pluie, et pour me distraire je dessinais sur une page de mon portefeuille l'horrible et lamentable figure de mon hôtesse. Or, ce qui ajoutait à ma peine, c'est que, presque en face le cabaret, mais sur la hauteur et dans la plus belle posi-

tion du village, se montrait à moi une magnifique
maison, du haut en bas éclairée, et qui paraissait le
théâtre heureux d'une grande fête, ou de quelque
dîner solennel auquel se rendaient dans leurs car-
rosses les gentilshommes des environs.

« — C'est fête ce soir chez le seigneur, dit la vieille
femme, et vous souperiez mieux là-bas qu'ici, mon
bon monsieur; mais vous n'êtes pas gentilhomme, et
notre maître n'a guère l'habitude de recevoir des
gens ainsi vêtus. — Madame, lui dis-je en achevant
son portrait, quel est le nom de votre seigneur? —
Lord Rorke, pour vous servir, » me dit-elle avec un
petit air qui ne manquait pas d'une certaine ironie...

« A ces mots, je refermais mon portefeuille. Mais
par une heureuse maladresse, le portefeuille échappa
de mes mains, plusieurs des papiers qu'il contenait
se répandirent sur le sol de ce salon misérable; entre
autres papiers, la carte de mon Anglais du pont des
Arts. O surprise! ô bonheur! cette carte portait le
nom justement flamboyant : O'Rorke de Kerry.

« Voilà, me dis-je à moi-même, la Providence
qui se réveille; elle ne veut pas que je couche ici
sur ce banc, que je mange ici sur cette table affa-
mée, et que je perde ici cette soirée à regarder une
vieille femme en haillons. Juste ciel! la Providence
elle-même invite en ce moment le cousin de ma
cousine et le fils de mon père à un dîner somptueux;
elle m'a réservé du vin de Bordeaux et du vin de
Champagne, les vins de mon pays, elle va me donner pour voisine de table quelque pairesse d'Angleterre et d'Écosse. » Ainsi parlant et la tête haute, je
pris congé de mon cabaret, et, joyeux comme un

conquérant dont la brèche est faite, je m'acheminai fièrement vers cette opulente maison, dont les splendeurs s'offraient à moi, dans le lointain.

« La pluie, à grand bruit, tombait à verse, et déjà la nuit était profonde : la grille de la maison était fermée, et je tirai la chaîne de la cloche, non pas comme un voyageur égaré qui tremble qu'on lui dise : *Va-t'en!* mais d'une main impérieuse. Un domestique à grande livrée obéit d'assez mauvaise humeur à mon appel, mais son humeur redoubla lorsqu'il aperçut à la porte de son maître une espece de mendiant, tout souillé de fange, et qui portait sa valise au bout d'un bâton.

« — Oh ! hé ! l'ami, s'écria le valet, que peut-on pour votre service ? Si vous prenez notre maison pour une hôtellerie, vous avez tort ; passez votre chemin, et laissez-nous. »

« Disant ces mots, le drôle faisait mine de me planter là, si bien que je compris, à part moi, que c'était le moment... ou jamais d'être insolent.

« — Tu vas dire à ton maître, dis-je au valet, qu'un créancier, à lui, est à sa porte ; il me doit de l'argent, et je suis venu, par ce mauvais temps et ces chemins abominables, pour réclamer ma dette. Et surtout sois diligent, sinon je te jure par saint Patrick, ton patron, que tu seras mis à la porte de cette maison cette nuit même. En vain tu frapperais, comme j'y frappe, on te laisse à la porte comme un chien ! »

« Je parlai si haut et si ferme, et surtout en si mauvais anglais, que le valet en fut intimidé ; il me fit entrer dans une salle basse, et du même pas il

s'en fut prévenir son maître qui venait de se mettre
à table avec sa compagnie. L'assemblée était nombreuse, la joie était sur tous les fronts, la tempête
au dehors augmentait l'intime sécurité ; ce contraste
entre la nuit et la lumière, entre le froid d'une soirée d'automne et la douce chaleur du foyer domestique, n'a jamais manqué de produire un grand effet
sur le voyageur chargé de pluie et de frimas ; d'ailleurs tous ces hommes et ces femmes étaient venus
d'assez loin pour savourer les tièdes bonheurs de
cette aimable fête.

« Aussi, lord O'Rorke voyant venir à lui le portier
de sa maison : — « Parbleu ! dit-il, qu'y a-t-il de si
pressé pour que tu viennes me relancer à ma table,
maître John ? »

« John se voyant si mal reçu par son maître :
« — Que Votre Honneur me pardonne ! s'écria-t-il de
façon que chacun pût l'entendre ; il y avait à la grille
du château un misérable va-nu-pieds qui prétend
que Votre Honneur lui doit de l'argent, et qui veut
être payé à l'instant même..., en preuve il m'a re-
mis la carte que voici. » C'était la carte du lord sur
laquelle j'avais écrit : « Un homme qui vous a fait
« passer le pont des Arts vous demande s'il doit passer
« la nuit au cabaret, à cent pas de votre maison. »

« Pendant que le lord lisait cette épître et cherchait à se souvenir : « — Je vais chasser ce mendiant ! s'écria John. — Misérable, répondit le lord,
tu vas prendre un flambeau de chaque main, et
l'amener jusqu'ici. »

« Voilà comment je fus introduit dans cette maison, au grand étourdissement de M. John. Lorsque

17

j'entrai dans la salle à manger, toute l'assemblée se leva pour me faire honneur.

« Le lord vint au-devant de moi, et me prenant les deux mains : « — Mon cher bienfaiteur, soyez le bienvenu ! Certes je ne m'attendais guère à la bonne fortune de vous revoir, et maintenant que je vous possède ici, chez moi, à ma table, eh bien, ma fête est complète !

« — Oui messieurs, reprit-il, je vous présente l'homme qui m'a rendu le service le plus signalé que j'aie jamais reçu en toute ma vie. »

« Alors il raconta comment, ce jour-là, un instant de retard amenait inévitablement la ruine de ses plus chères espérances. « — Ma chère Anna, ma jeune épouse ici présente, venait de m'écrire qu'on la voulait marier malgré elle, et malgré moi. — Accourez, me disait-elle, et venez prouver à votre rival qu'il est un malhonnête homme. »

« En effet, j'accourais en toute hâte, lorsque je fus arrêté sur le pont des Arts, faute de cinq centimes ! Et, faute de cinq centimes, j'allais perdre un peu plus que ma vie, lorsque monsieur est venu à mon aide, et, grâce à lui, je suis arrivé assez à temps pour démasquer le traître et le fourbe qui en voulait à la main d'Anna. Voilà comment je me suis marié, messieurs. Ainsi, ma chère épouse, soyez bienveillante pour notre hôte, et le placez à vos côtés. Prouvez-lui que vous avez quelque reconnaissance pour le service qu'il m'a rendu au pont des Arts. »

« Voilà, messieurs, ajouta notre ami Albert en nous regardant d'un air de triomphe, comment je fus reçus dans l'une des plus nobles et des meilleures

maisons de l'Irlande. Je passai huit jours dans cette
hospitalière demeure, où je pus m'assurer tout à
l'aise du bonheur des heureux que j'avais faits à si
bon marché.

« Au bout de huit jours je pris congé du lord et
de sa femme, non pas sans grande manifestation de
reconnaissance et d'amitié de part et d'autre ; huit
jours après, j'embrassais mon père et ma mère, heureux de me revoir. « — Mon fils, me dit mon père, tu
es un plus grand homme d'affaires que je ne croyais,
tu as fait rentrer tout mon argent. — Chers parents,
leur dis-je, embrassez-moi, je suis encore un plus
grand homme d'affaires que vous ne pensez. Vous
savez bien les cinq centimes que je prêtai à cet Anglais, il y a huit mois ? je les ai fait rentrer, avec les intérêts des intérêts. — Cher enfant ! » me dit ma mère
en me baisant la main qu'elle tenait dans les siennes.

« — Tu vois, mon ami, dit-elle à mon père, qu'il
n'est pas si poëte qu'on le dit, et qu'il est temps de
le marier. — Ma foi ! dis-je à ma mère, mariez-moi,
je le veux bien, pourvu que ce soit à ma cousine, »
et c'est ainsi que je fus marié. Lord et lady O'Rorke
furent de la noce : « — Soyez heureux autant que
nous, nous dirent-ils. — Je ne demande pas mieux, »
répondit ma cousine. Depuis ce temps, mon père, qui
m'avait toujours pris pour un grand rêveur, un frivole, un *poëte,* m'estime autant que si je m'appelais
le baron de Rothschild : il est persuadé que si je ne
suis pas le premier ministre du roi Louis-Philippe,
c'est que le roi et les deux Chambres me font une
injustice.

Et voilà comme un bienfait n'est jamais perdu; ici-bas et dans le ciel, tout ce qui est donné généreusement vous compte, même un sou donné à plus riche que soi!

LE CZAR ET LE CHOLÉRA

Ce terrible empereur! le czar Nicolas! ce maître absolu de tant de millions d'hommes! (il tenait leurs âmes, il tenait leurs consciences, il tenait leur liberté!) le czar Nicolas, mort de douleur et de regrets, quand il vit la Russie atteinte par le choléra, la plus cruelle de toutes les pestes, était un héros, tout semblable à l'homme d'Horace! *Assis sur les ruines du monde, il peut en être écrasé, il le verra crouler sans pâlir!*

Il venait de monter sur le trône au moment où le choléra, venu d'Asie, envahissait l'Europe épouvantée. Ah! l'horrible peste! Elle tombait sur ses victimes tout d'un coup, brusquement; elle les jetait par terre; elle leur dévorait les entrailles et les rendait toutes bleuâtres. Le malheureux atteint du choléra sentait ses membres se tordre, son cœur s'arrêter, sa vie, atteinte jusqu'aux moelles, se briser dans sa poitrine. Il étendait les bras, il poussait

son dernier cri...; il était mort! mort avant de s'être
incliné sous la main de Dieu!

Tout Paris, la grande ville, épouvanté par cet
horrible fléau, se cachait au fond de ses maisons.
Les uns priaient, les autres pleuraient; grand nombre expiraient sous l'étreinte; quelques-uns (c'é-
taient les plus lâches) se livraient à toutes sortes de
divertissements funèbres; d'autres attendaient la
mort en hommes braves qu'ils étaient. Il y en avait
(c'étaient les plus sages) qui vivaient sans penser à
la mort.

Ainsi fut Paris. Mais, au milieu de cet horrible
mal, Paris se montra la ville civilisée. Il n'y eut de
tumulte à Paris que pendant un jour. La foule, frappée à mort, commença par s'irriter, puis elle rede-
vint calme et patiente, et s'arrangea pour mourir
avec courage. D'ailleurs, de toutes parts, la charité
chrétienne et la bienfaisance publique accoururent
au secours des malades. Des hôpitaux s'ouvrirent
de toutes parts. L'archevêque de Paris, à la tête de
son clergé, accourut, portant aux malades toutes
sortes de consolations et de secours, pour l'âme et
pour le corps. Nos jeunes princes, les princes de la
jeunesse française, visitant les hôpitaux, y laissaient
les bienfaits du roi, leur père! Un grand ministre
en mourut, il s'appelait Casimir Périer!

Ce jour-là, Paris fut brave. A peine la première
terreur fut calmée, il reprit sa vie accoutumée; il
rentra dans son calme de tous les jours; les mourants mouraient comme des hommes raisonnables,
et non pas comme des bêtes sauvages: la civilisation
parisienne eut bientôt repris le dessus.

Il n'en était pas ainsi par toute la terre, et surtout chez des peuples à demi sauvages, à demi chrétiens. Le choléra a fait le tour du globe, et dans sa course funèbre il n'a pas rencontré un peuple aussi patient, aussi soumis au destin, aussi courageux, aussi prêt à mourir que le peuple de France!

En Russie, il a trouvé des âmes pleines de trouble, que la peur rendait furieuses. Quelle épouvante il a jeté dans ces populations innombrables, et timides, en présence d'un mal qui leur était inconnu! La Russie est le plus vaste empire de ce monde. C'est un empire tout nouveau, qui date d'hier.

Il n'y a guère que cent cinquante ans que ce vaste empire est en marche, et déjà sa puissance est de niveau avec les plus grandes puissances. Seulement (la civilisation marche et va moins vite que la conquête), la Russie est encore en grand retard. Le peuple est brave, dévoué et fidèle..., il est peu disposé à se soumettre à ce qu'il ne comprend pas. Il croit en Dieu, il croit surtout au czar, pontife et roi. Il ne voit que lui, il n'aime et n'écoute que lui. L'empereur absent, le peuple se soulève, il gronde, il crie, il s'emporte : c'est une mer irritée; un souffle de l'empereur la fait rentrer dans ses limites. Tel, dans le poëme de Virgile, au milieu de la tempête arrive un dieu — le dieu de l'Océan — disant son *quos ego !* et calmant la tempête...

Ainsi fit l'empereur de toutes les Russies, le czar Nicolas. Le choléra faisait ses plus cruels ravages dans Saint-Pétersbourg; la maladie éclatait en affreux spectacles de misère et de mort. Le peuple

épouvanté tremblait sous le rude accès de la fièvre
qui le dévorait. Le mal frappait en aveugle, et tout
cédait à ses coups. C'étaient partout des mourants,
partout des morts. La faim, le froid, la peste, enfin
l'absence de toute autorité avaient fait de Saint-Pétersbourg la plus misérable capitale de l'univers.

Le peuple, hors de lui, s'était rassemblé dans les
rues, dans les carrefours, sur les places publiques ; il
criait au meurtre ! il demandait le pillage ! il s'arrêtait au seuil des églises, il blasphémait contre le
ciel.

On eût dit, à l'entendre, le cri des bêtes féroces ;
on eût dit, à le voir, la fureur des lions. Tous les
liens étaient rompus ; l'esclave menaçait le maître,
le fils abandonnait son père ; bien plus, le père
abandonnait son fils.

Cependant le mal redoublait, à toutes les heures ;
à chaque instant de nouveaux cadavres tombaient
sur les anciens cadavres. Voilà donc toute une ville
éperdue, et perdue à jamais si le ciel ne vient à son
aide... Elle criait à la trahison, elle criait au meurtre ! au poison !

Tout à coup, par le jour le plus affreux, par la
plus grande peste et par la plus violente, au moment où la foule est plus malade et plus nombreuse,
un cri se fait entendre : « L'empereur ! voilà l'empereur ! » Et tous les regards de la foule allaient...
se tournant vers le palais impérial. C'était bien l'empereur, en effet, c'était bien le czar ! Il arrivait seul,
au milieu d'une populace irritée et furieuse ; seul au
milieu de cette colère, au milieu de cette contagion,
tout seul ! La foule s'écartait pour le laisser passer ;

à mesure que s'écartait la foule, entrait l'empereur dans la peste, et la foule ardente se refermait sur lui. — Et de tous côtés on criait : *Voici notre père! Vive notre père!* — Toutes les douleurs étaient suspendues. Ceux qui allaient mourir s'arrêtaient pour crier encore : *Adieu, notre père!* — Ah! c'était là un grand spectacle. Au milieu de toutes les misères humaines amoncelées en bloc, un homme arrive et les touche de ses mains paternelles. Cependant, revenue de son premier étonnement, la foule reprit sa colère et s'écria : *Au secours! au secours! nous mourons tous! au secours! pitié! pitié!* Puis des prières elle passe aux menaces.

Alors l'empereur élevant sa grande voix s'écrie : « Enfants, qu'y a-t-il? Cette fois, je ne puis rien à vos fièvres! Ma puissance à vos douleurs s'arrête... Impuissant pour les guérir, je ne puis que mourir avec vous, ou prier avec vous. » Puis, montrant le ciel : « Il y a là-haut un empereur, l'empereur de votre empereur, qui seul peut vous guérir. A genoux, enfants! et prions Dieu! »

Cela dit, il se mit à genoux. Le peuple aussi se mit à genoux. Empereur et peuple, chacun pria de son côté ; le peuple se calma, l'espérance enfin revint à son âme. A l'aspect de son empereur qui s'avouait mortel, il eut honte d'être moins brave que le czar ; il se résigne à mourir. Pour les particuliers comme pour les peuples, la patience et le sang-froid sont les meilleurs remèdes à tous les maux.

Voilà l'héroïsme et le grand triomphe de l'empereur de toutes les Russies.

Certes, c'est là une action honorable et grande

17.

parmi les actions honorables et grandes. Tant il est vrai que le courage civil est le plus beau de tous les courages.

Nous ne cesserons de le redire, il est mille fois plus difficile et glorieux pour un grand prince d'affronter la peste, au milieu d'un peuple rebelle et furieux, que d'affronter la mort en bataille rangée, entouré de soldats braves et dévoués.

UNE SAINTE EN 1859

Il y avait naguère à Paris, au faubourg Saint-Germain, dans un paisible hôtel de la rue Saint-Dominique, au numéro 71, entre la cour qui était au nord, et le jardin au midi, une dame étrangère, une Russe appelée Mme Swetchine. Elle s'était arrangé en ce lieu, qu'on eût dit préparé pour elle, une bibliothèque dans laquelle on dressait un petit lit de fer chaque soir ; quelques tableaux des grands maîtres, des bronzes et des porcelaines apportés de Moscou et de Saint-Pétersbourg, de belles fleurs paraient ce salon, tiède en hiver, frais en été.

Là vivait, là régnait, modeste et cachée, attentive à veiller sur son âme qui était facilement une des belles âmes de ce bas monde, cette dame, entourée au degré suprême de déférences et de respects.

Elle avait, pour attirer à soi les grands esprits, les fidélités, les croyances, le charme invincible et l'irrésistible attrait d'un esprit bienveillant, d'un commerce enchanteur, d'une intelligence exempte d'envie, habile à consoler, à encourager, à conseiller, à sauver. C'était, autour de cette femme excellente, un calme, un bon sens, une grâce ineffables; elle était simple et très-lettrée ; elle était chrétienne et très-indulgente ; elle jugeait vivement des choses de l'imagination; elle aimait les anciens, elle ne haïssait pas les modernes; elle lisait en philosophe, elle écrivait en bel esprit.

Son enthousiasme était mêlé de bon sens, sa bonté ne manquait pas d'une certaine hauteur; elle était affable et très-grande dame, avec beaucoup d'énergie à tout défendre, à tout prévoir. Jeune fille, elle appartenait au plus grand monde ; elle fut élevée à l'ombre heureuse et clémente d'une impératrice qui regardait cette jeune vertu comme un des ornements de sa cour. Jeune femme, elle vit de très-haut la gloire et le malheur de la Russie ; elle entendit sans peur les bruits terribles qui venaient du côté de la France. Elle assista pleine d'orgueil aux victoires de cet empereur Alexandre, qui, maître de Paris, resta le maître de son âme.

Ainsi, de tant de grandeurs dont elle avait vu la fin terrible ou les commencements glorieux, cette dame intelligente avait conservé un profond et sérieux souvenir.

C'est pourquoi sa moindre parole avait une grande autorité, comme elle avait un grand charme. On y retrouvait, sans peine et sans étonnement, un écho des grandes actions, des nobles paroles et des poétiques entretiens. « A quoi servirait de vivre, disait-elle, si l'on n'entendait jamais que le son de sa propre voix? » Ainsi toute sa vie elle écouta, réservée et prudente, les plaintes, les douleurs, les colères qui s'agitaient autour de sa personne, et chaque parole honnête et sincère rencontrait, en cette âme ouverte à toutes les impressions, une espérance, un conseil, une pitié, une réponse enfin.

Autant la question lui faisait peur, autant elle aimait la *réponse*. Elle répondait bien, elle écoutait mieux. Sa réponse était précise et nette, avant d'arriver à l'éloquence ; et si parfois elle était éloquente, c'était sans le savoir ! Elle voulait être utile avant de plaire et d'étonner.

« Ne désirons d'esprit (c'est une de ses paroles) que ce qu'il en faut pour être parfaitement bon. »

La maison de Mme Swetchine se ressentait du calme et du bon sens qui présidaient à toutes les heures de ce toit si bien réglé. La maison était pleine de calme et de bien-être ; il n'y eut jamais de nombreuses invitations, de grandes soirées et de ces dîners dont on parle ; un petit nombre d'amis autour d'une table honorablement servie, une causerie intime, un cercle choisi, et pour luxe, un grand luxe d'éclairage, en souvenir des palais de la Russie et de l'*Ermitage* de l'impératrice Catherine.

Ajoutez les déférences, les grandeurs, toutes les opinions, pourvu qu'elles fussent sincères, toutes les illustrations de la science et de la polémique, à condition qu'elles seraient bien élevées. Ainsi, quiconque était quelque chose ou quelqu'un dans Paris tenait en grand honneur de se faire présenter à Mme Swetchine.

Elle aimait les savants pour leur science ; elle honorait les vieillards pour leur expérience. Elle admirait les femmes élégantes, les jeunes filles doucement parées de leurs quinze ans. Elle leur disait tout haut : *Vous êtes belles !* elle leur conseillait tout bas d'être sages ; elle les voulait heureuses. Elle attirait à soi les petits enfants par la grâce de son sourire : en même temps les pauvres gens, les plus pauvres, les malades, les infirmes, les déshérités lui venaient, attirés par sa bienfaisance.

C'était un esprit, c'était une âme. Elle avait beaucoup deviné, beaucoup étudié et tout compris. Elle seule, elle a su le nom de toutes les misères qu'elle a secourues, mais on sait le nom de tous les amis qu'elle s'était faits ; on vous dira ceux qui sont morts avant elle et qu'elle a pleurés, ceux qui l'ont vue mourir et qui la pleurent.

Parmi ceux-là, le premier de tous, par le zèle et par l'amitié, par le deuil et par les regrets, par le mérite et par le talent, par les vertus de l'honnête homme et toutes les grandeurs de l'écrivain, nous devons placer M. de Falloux, le digne héritier, le bienveillant confident des pensées de Mme Swetchine.

Il l'a vue à l'œuvre, il l'a suivie en ses sentiers de bienveillance et de charité ; et voilà par quel miracle il a conservé l'accent de cette voix, la vivacité de ce regard, ces modestes et chères apparences d'une vie à l'ombre, ingénue et recueillie ; et maintenant que la maison est fermée, que le salon est muet, que la chapelle est déserte ; maintenant que cette intelligence n'est plus qu'une ombre..., un regret, voici le digne et sincère ami qui se révèle, interrogeant les voix, les espérances et les conseils qui sortent de ce tombeau.

« Écoutez-moi, nous dit-il, je vais vous parler d'une sainte, et non-seulement j'en parlerai avec toute l'effusion de mon cœur, mais encore j'en veux parler, tenant dans mes mains les lettres qu'elle écrivait dans son plus jeune âge. Elle me parle, à moi qui vous parle; écoutez-moi, je l'ai vue vivre, et je l'ai vue mourir. »

Mme Swetchine est née en pleine Russie, à Moscou, le 22 novembre 1782, à l'heure éclatante où le xviiie siècle français avait envahi tout le Nord. Elle avait sept ans, lorsqu'en 1789 son père, M. Soymanoff, gouverneur de Saint-Pétersbourg, rentrant à l'improviste dans sa galerie, y rencontra une grande illumination, et, comme il s'étonnait de toutes ces bougies allumées, l'enfant répondit à son père : « Il est juste, monsieur, que nous célébrions la prise de la Bastille et la délivrance des prisonniers français. » Que dites-vous de la prise de la Bastille ainsi célébrée? Hélas! 1789 amena 1792, et nous ne pensons pas que l'impératrice Catherine eût permis que même un enfant de son empire eût illuminé en l'honneur des doctrines de la Convention.

Quatre ans après, frappée d'apoplexie, l'impératrice expirait, le lendemain d'une fête, et laissait ce grand trône à son terrible fils Paul Ier. On ne dit pas que personne ait illuminé à Saint-Pétersbourg pour célébrer l'avénement de Paul Ier. Il ressemble à ces grands fantômes de la légende qui passent et se perdent dans une ombre sanglante. Ils sont l'épouvante même, leur nom est *Mystère!*

On ne les voit pas ; à peine on les entend ; d'ailleurs, ce ne sont pas les fantômes que nous voulons
suivre. Il y avait près de celui-là une princesse,
une impératrice, Marie de Wurtemberg, excellente
entre les reines, entre les mères.

Elle avait adopté la jeune Sophie Soymanoff (c'é-
tait le nom de Mme Swetchine), et, l'ayant mise au
rang de ses demoiselles d'honneur, elle éleva cette
enfant à son ombre auguste et sereine. Elle lui apprit surtout la patience et la résignation ; comment
on souffre avec courage, et comme on tombe avec
honneur. L'heure était bonne, au reste, et bien
choisie, à qui voulait profiter du spectacle sérieux
de l'Europe inquiète et de la France au désespoir.
Tout ce que la cité de Voltaire et de Diderot, tout
ce que le Versailles de Louis XV et de Louis XVI
avaient sauvé du naufrage universel, en force, en
intelligence, tout ce reste éperdu de grands noms, de
grands esprits, de grands courages, qui fuyaient le
meurtre et l'échafaud, se réfugiaient à Londres, à
Saint-Pétersbourg, mais surtout à Saint-Pétersbourg ; les philosophes français en avaient enseigné
le chemin aux marquis de Versailles.

Pensez donc si ces traditions, ces élégances, ces
grands noms de la plus ancienne noblesse de l'Europe, qui se pressaient dans les salons de Saint-Pétersbourg, apportèrent de grandes leçons et de sages
enseignements aux jeunes esprits de la Russie, et
si bientôt ils furent populaires dans cet empire de
leur adoption ! Tout d'abord, les jeunes filles et les
jeunes gens de quatorze ans (l'âge de la jeune Sophie) virent arriver les princes français, ces premiers

vaincus de la révolution; puis, à leur suite, les Richelieu, les Châtillon, tous les noms qui retentissaient naguère dans le château de Versailles : Broglie, Crussol, Damas, d'Autichamp, Rastignac, Torcy, La Garde, La Maisonfort, Saint-Priest. Qui encore? Le marquis de La Ferté! le comte de Blacas!

Dieu sait les espérances, Dieu sait les regrets de tout ce beau monde! Ils apportaient avec eux les suprêmes élégances, les derniers bruits du monde écroulé. Ils apportaient en même temps les grâces d'autrefois, le véritable accent de cette langue française dont ils avaient le secret. Ils apportaient ce don précieux de la conversation bienséante, de la courtoisie expansive et gaie, enfin ils enseignaient aussi le courage et la résignation. Quoi d'étonnant?

Certes, on n'est pas vainement une duchesse française; on ne descend pas des princes de la maison de Condé, de la maison de Bourbon, des princes de Tarente, sans avoir conservé la trace ardente de ces illustres origines. Ainsi, pendant que tant d'émigrés apprenaient à la hâte la science de la vie et du courage, il y en avait d'autres qui leur enseignaient comment on meurt. La mort de la princesse de Tarente à Saint-Pétersbourg est un de ces grands exemples d'austérité morale et de dévouement, qui ont illustré nos princesses exilées.

La princesse de Tarente était le dernier rejeton de la maison de Châtillon; après avoir été la gloire et l'honneur de la cour de France, elle était devenue l'exemple et l'ornement de la société de Saint-Pétersbourg.

Le comte et la comtesse Golowine avaient offert un asile à la princesse... Elle avait adopté, de son côté, les jeunes filles du comte et de la comtesse, et quand elle se coucha dans son lit de mort, les jeunes Golowine eurent l'honneur de lui fermer les yeux. Même, une d'elles, la plus jeune, écrivit l'histoire de cette longue et pieuse agonie, où la fidélité à ses princes, à son Dieu, signalait à chaque instant la femme héroïque et chrétienne.

« Un matin, guidés par leur ingénieuse affection, « le comte et la comtesse Golowine firent apporter « chez la princesse de Tarente un pied de lis en « fleur. La malade le contempla avec amour, joi- « gnit les mains et s'écria : — Cher lis ! que le ciel « vous protége toujours ! »

Une autre fois, comme on lisait à la princesse la préparation à bien mourir, et que la jeune lectrice était arrivée au pardon des injures : — « Mon en- « fant, dit la mourante, ne lisez que ce qui regarde « la maladie; je n'ai pas besoin du pardon des in- « jures. — On vous a cependant, reprit Mlle Golo- « wine, fait bien du mal.

« —Non, répondit la digne amie de Louis XVI et « de Marie-Antoinette, personne ne m'a fait de mal; « si je l'ai oublié, ce n'est pas le moment de m'en « souvenir. »

Voilà comment nos exilés de Paris et de Versailles ont payé leur dette aux nations étrangères. Ils leur ont enseigné ce qui fait vraiment les grandes na- tions : l'héroïsme et la courtoisie; ils ont appris à leurs hôtes comment on supporte la mauvaise for- tune, et comment on se rit de l'injustice; ils leur ont appris que l'ironie était une force, et le sarcasme, une vengeance. Grâce à nos exils, grâce à nos malheurs, courageusement supportés, tant de grands peuples ont fait en si peu d'années des progrès rapides. A ces exemples, la jeune Mᵐᵉ Swetchine (elle venait de se marier avec un général de Paul Iᵉʳ) ajoutait l'étude assidue et la contemplation des meilleurs écrivains français.

Dans les trente-cinq cahiers qu'elle a laissés à M. de Falloux, son digne ami, vous retrouverez tous les noms littéraires de la France, à côté des noms philosophiques de l'Allemagne, accompagnés des poëtes de l'Italie. A peine elle ouvre un livre, aussitôt elle s'en empare avec l'énergie intelligente de sa jeunesse, et l'on voit tour à tour, dans ces extraits qui servirent d'avertissement et de consolation à sa vie, une suite étrange et charmante des lectures les plus variées. Ici, *la Nouvelle Héloïse*, et plus loin le *Bélisaire* de Marmontel. Tantôt Mᵐᵉ du Deffand, tantôt Mercier et Thomas; La Harpe et le père Bridaine arrivent avec Bourdaloue et M. Laya, célèbre par un seul hémistiche : « Des lois et non du sang ! » au parterre de 1792.

Dans les cahiers de la jeune Mᵐᵉ Swetchine, la marquise de Lambert donne la main à Ducis, Lemierre à Bossuet, Pétrarque à Mᵐᵉ Cottin, Descartes à Marc-Aurèle. Et pendant qu'à l'exemple de l'abeille, elle recueille, avec un goût qui se raffermit chaque jour, ce qui l'arrange et lui plaît le mieux, dans les écrits du temps présent et des temps anciens, un homme..., un grand esprit, le plus sage et le plus éloquent diffamateur de la société civile, M. de Maistre, arrive en aide à Mme Swetchine.

Il était une espèce d'ambassadeur exilé à Saint-Pétersbourg, ambassadeur d'un roi sans terre et sans argent, « le Caleb de la diplomatie » (un mot charmant de M. de Falloux), et si pauvre qu'il vivait parfois de pain sec arrosé d'eau fraîche. Ah! le pauvre homme!... et le grand génie! une page écrite au hasard par M. de Lamartine dans ses *Confidences*, et dans laquelle M. de Maistre était traité sans respect, attira à M. de Lamartine une réponse assez verte de Mme Swetchine :

« A coup sûr, disait-elle, M. de Lamartine n'a pas connu M. le comte de Maistre; il prenait au sérieux tout ce qui touchait à l'honneur. L'ensemble et le port de sa tête étaient saisissants et tout empreints de la sagesse antique. M. de Lamartine appelle : *une âme brute*, une âme nourrie de christianisme et dévouée au culte de la famille avec tant de douceur et de bonne grâce! »

Ainsi elle en parle, à trente ans de distance.

En effet, M. de Maistre était un de ces hommes qui sont au niveau de toutes les louanges. Il prévoyait, il devinait toute chose. Il eut bientôt compris que Mme Swetchine, si jeune encore, lui serait une confidente, une amie, un bon conseil. Aussi bien, il l'aima tout de suite, et, se donnant tout entier, il trouva dans cette atmosphère, aimable et clémente, des consolations infinies. Un instant suffit pour que, de son côté, la jeune femme acceptât ce galant homme. Elle a dit quelque part que : « pour être juste, il faut être bienveillant. » Or, elle avait en elle-même, abondamment, une bienveillance, une justice que rien n'a pu lasser. Dans ses jours de contentement avec elle-même, elle se félicitait tout bas : « de savoir mettre du calme et du naturel aux mêmes endroits où tant d'autres portent l'apprêt et l'affectation de leur esprit. »

Elle se félicite en même temps : « de n'avoir pas de ces oreilles que le mot de *mérite* déchire. » Elle aime le mérite, elle le recherche avec *adresse*. Elle comprend que le mérite a besoin d'elle, et s'estime une femme heureuse quand elle a calmé, apaisé et réconcilié avec lui-même un pauvre homme de talent qui s'est égaré dans les mauvais sentiers.

Cependant, beaucoup plus que le génie, elle aime, elle honore le bon sens, et quand elle rencontre en son chemin Mme de Krüdner, cette vieille enthousiaste de cinquante ans, folle à demi, ambitieuse à tout perdre, qui s'empare absolument, par ses extases de bas étage, de la volonté de l'empereur Alexandre, Mme Swetchine recule d'épouvante et d'horreur.

Elle ne comprend pas cette femme ; à peine elle en parle, et encore avec tant de *fierté*, de mesure et de raison !

Ce mépris pour Mme de Krüdner, l'illuminée, était la suite et le complément de l'admiration de Mme Swetchine pour l'empereur Alexandre.

« Il est vraiment le héros de l'humanité, disait-
« elle ; aussi sera-t-il celui de tous les âges et de
« toutes les nations. Il me semble voir réalisés dans
« sa conduite tous mes rêves sur la dignité morale,
« et je retrouve enfin, dans cette réunion de senti-
« ments religieux et d'idées libérales, la ressem-
« blance, si longtemps cherchée, de ce type que je

« portais dans mon esprit, et qu'on pouvait jus-
« qu'ici qualifier du nom d'être-fantastique, créa-
« tion d'une imagination exaltée.

« Notre adorable Alexandre a fixé toutes mes
« idées. On peut donc sur le trône, et dans le tu-
« multe de tous les intérêts, de toutes les passions
« déchaînées, rester homme, chrétien, philosophe!
« On peut poursuivre le plan le plus sage et le plus
« généreux, et mettre en son exécution tout ce qu'il
« y a de beau sur la terre, depuis la plus noble équité
« jusqu'à la modestie la plus touchante! Et ce jeune
« et admirable sage est notre maître! Mon amie! les
« Russes sont trop heureux s'ils sentent toujours
« aussi vivement son prix. »

Ajoutez qu'elle aime et qu'elle admire aussi l'impératrice, « un être à part, une âme accomplie et
charmante. » Voilà comment Mme Swetchine a passé
sa jeunesse à aimer, à défendre, à protéger, à consoler. Elle était en grande activité avec les plus
beaux esprits et les plus belles intelligences de sa
nation : Alexandre Tourguenieff, Mlle Roxandre
Stourdza, Mlle de Nesselrode, la princesse Alexis
Galitzine, enfin avec l'empereur Alexandre.

Elle remplaça un instant, dans cette âme en peine
et troublée, la turbulente Mme de Krüdner, et Dieu
sait si les courtisans ne se fussent pas entremis entre
Mme Swetchine et l'empereur, si elle n'eût pas apaisé
et calmé ce grand homme, ébloui de tant de misère
et de tant de gloire à la fois. Mais quoi, déjà, à cette
date, Mme Swetchine obéit à la vocation qui la
pousse, à l'inspiration qui l'obsède.

Elle s'est retirée au fond de son âme, en s'écriant:

« Dieu dé secours, ne me laisse pas submerger
dans le tourbillon de mes pensées! » Et de cette
étude, et de cette contemplation d'elle-même, elle
est sortie une fervente catholique. Ah! la vaillante
femme, elle était disposée à tout souffrir, même le
martyre, et dans cette Russie inquiète, et qui se
passionnait pour la religion de l'empereur, elle se
fût écriée volontiers : « *Je crois*, je vois, je suis
chrétienne! » Or, voilà dans quels sentiments elle
arrivait à Paris, durant l'hiver de 1816 à 1817, et
tout de suite, à Paris même, elle fut reconnue une
Française, une Parisienne.

Des deux femmes qui la patronnèrent dans ce
monde à part qui se souvenait encore de Versailles,
l'une était le plus grand esprit de son âge, elle s'appelait Mme de Staël; l'autre était la plus grande et
la plus intelligente dame de son temps, elle s'appelait Mme la duchesse de Duras. Le rare esprit, le
charmant cœur, cette duchesse de Duras! Elle était
le centre affable et bienveillant de la meilleure société de Paris; son moindre désir était un ordre, et
sa parole un commandement. Tout de suite elle
aima Mme Swetchine, et tout de suite elle l'entoura
de ses louanges, de ses tendresses, l'appelant « son
amie » et lui écrivant à toute heure.

Il n'y a rien de plus charmant que les lettres de
Mme de Duras à Mme Swetchine : « Aimez-moi, écri-
vez-moi, répondez-moi. » Puis des anecdotes, des
gaietés, et cette conversation à bâtons rompus, que
les Anglais désignent d'un seul mot bien trouvé :
idle-talk. Nos Parisiennes excellent dans l'art naturel de se passer de transition.

Dans ces lettres de l'une à l'autre dame, il est parlé de tous les personnages considérables de la Restauration, du *malheureux* duc de Raguse, du *bon* général de La Fayette, du *terrible* M. de Chateaubriand, du *majestueux* M. Molé, de l'aimable Mme de Boigne, du savant M. de Humboldt, de la princesse de Liéven, qui vient 'd'arriver et qui se présente à la protection de Mme Swetchine. C'est un bruit, un murmure, un sourire, un écho des Tuileries, de la chambre du roi, du pavillon Marsan, de la Chambre des députés et de la Chambre des pairs : M. de Villèle, le duc de Richelieu, M. Laisné et M. Royer-Collard, MM. de Fitz-James et de Polignac.

Ils y sont tous. Vous retrouverez beaucoup mieux autour de Mme la duchesse de Duras, qu'autour de Mme Récamier, la société de la Restauration. Tout ce beau monde est là, beaucoup plus à son aise et parlant plus franchement. Il ne s'agit plus ici d'une idole sur son piédestal, mais d'une femme active, attentive, avec beaucoup d'idées et tant d'esprit, de grâce, et tant d'animation. Quand mourut Mme la duchesse de Duras, Mme Swetchine écrivit doucement son oraison funèbre ; elle eut des larmes sincères pour cette amie un peu bruyante, mais si vraie et si dévouée. Mme Swetchine était beaucoup moins à son aise avec Mme de Staël, bien que l'auteur de *Corinne* lui ait prodigué toutes ses grâces.

La première fois qu'elles dînèrent ensemble chez Mme de Duras, Mme Swetchine, selon sa coutume, resta silencieuse, les yeux baissés. Après le dîner, Mme de Staël, impatiente, alla droit à Mme Swetchine.
« — On m'avait dit, madame, que vous aviez envie

de me connaître? lui dit Mme de Staël. — Oui, madame, répliqua Mme Swetchine, mais vous savez que c'est toujours au roi à commencer! » Cette réponse est bien d'elle; il y a là sa modération et son calme. Au reste, elle s'est représentée elle-même en ces quelques lignes qu'elle écrivait à sa sœur au temps de sa première jeunesse.

« ... Il me faut un bel endroit qui ne m'appar-
« tienne pas, car la propriété, qui entraîne tant de
« peines après elle, me ferait renoncer à ce repos
« de quiétiste que je voudrais ne voir jamais inter-
« rompre par les chocs de la vie. Je ne sais si je
« puis en faire l'aveu, et s'il ne me nuira pas auprès
« de vous, mon amie, dont les champs, les prairies,
« les bois ont subjugué l'imagination et l'ont *idyl-*
« *lisée*; avant de réussir, il faut vouloir être vrai.

« Donc, je vous avoue, en rougissant de mon peu
« de simplicité, que je n'ai aucun goût pour la cam-
« pagne. Planter, semer, cultiver, embellir..., trop
« d'affaires, et je ne me sentirais bien que dans un
« endroit où tout se planterait, se sèmerait, s'em-
« bellirait sans ma protection... Recueillir me con-
« vient fort. Dussé-je passer cent ans dans un même
« endroit, je n'y laisserais pas trace du séjour d'une
« créature intelligente. Je voudrais que la végétation
« voulût bien se passer de moi, et que tout se fît
« par magie, sans rien soumettre à mes lois. »

Que tout cela est aimable et bien dit, charmant!

Et maintenant si les jeunes esprits, que peu de chose étonne (heureusement), s'étonnaient d'une Russe obtenant si vite un pareil succès, dans une ville où le succès est si difficile, à Paris même, il est

18

facile de répondre à ces étonnés que justement c'est
un des priviléges de la Russie, et peut-être son plus
beau privilége : à son insu même, elle est Française,
elle a les mœurs, les coutumes, les habitudes parisiennes; elle parle un bon français de la belle date;
elle le parle avec grâce et sans accent.

Cherchez dans les grandes villes de la Russie, et
vous y trouverez les modes, les théâtres, les précepteurs, les livres, les institutrices de Paris. C'est
un vrai penchant qui les pousse à nous, ces Fari-
siens du Nord, et qui les entraîne en nos sentiers.

Nous cependant, acceptons volontiers cette amitié
qui nous flatte et nous honore. Il y a déjà longtemps que la sympathie a commencé entre les deux
peuples, depuis le jour célèbre où Pierre le Grand,
tout brillant de son génie et de sa fortune, s'en vint
à Versailles, pour visiter le petit roi Louis XV. Notre
roi était encore un enfant, et le czar, le voyant si
petit qui lui tendait sa petite main, le prit sans
façon, mais non pas sans respect, dans ses bras
formidables, et le baisa sur l'une et l'autre joue.

Il y eut en ce moment, à cette cour vouée à l'étiquette, un frisson d'épouvante qui se changea bientôt en contentement, le petit roi s'étant pris à sourire, et se trouvant à l'aise entre les mains de ce
colosse. Depuis ce jour, Pierre le Grand est devenu
chez nous une espèce de héros français; son image
est entrée en grand honneur dans les meilleures maisons de la ville; l'Académie a mis son éloge au con-
cours; un poëte français, M. Dorat (ô contraste!),
a composé une tragédie où Pierre le Grand joue un
grand rôle; une tragédie en vers de Dorat, vous

dis-je, et voilà comme il faisait parler l'empereur :

> Le temps n'est rien pour un législateur ;
> Il voit dans l'avenir, tribunal infaillible ;   .
> Juge sans passion, et juge incorruptible ;
> C'est là que la vertu ressaisit ses honneurs ,
> Trouve des partisans, des amis, des vengeurs...
>
> .   .   .   .
>
> Et l'arbre jeune encor, que mes mains ont planté,
> Se couvrira de fruits pour ma postérité.

Certes, les vers ne sont pas bons, mais l'intention
était bonne, et le parterre applaudissait à l'intention. Déjà, en 1760, il est question dans *l'Année littéraire,* le journal de Fréron, des deux poëtes lyri-
ques de la Russie, Lomonosow et Somorocow, et de
ces deux poëtes russes il est parlé avec beaucoup
plus de soin que des poëtes anglais, Pope ou Mil-
ton, à la même époque. « L'ode *à la guerre de
Suède* est un chef-d'œuvre impérissable, » disait le
critique français en parlant de Lomonosow. Quant
à Somorocow, on le compare à Corneille et à Racine : « Il est le *Rubens de l'amour.*»

Ce sont des symptômes. En même temps, on ne
sait pas le nombre des artistes français qui vont
porter à Saint-Pétersbourg les beaux-arts de la
France. Architectes, peintres, sculpteurs, c'est à
qui rivalisera de zèle et de talent. L'architecte Le-
blanc construit le palais du czar ; plus tard, le grand
sculpteur Falconnet dressera sa statue et l'assiéra
fièrement sur le cheval même de Trajan. Rappelez-
vous aussi l'autorité de Voltaire à la cour de la
grande Catherine, la grâce et le bel esprit du prince

de Ligne, le voyage de Diderot, la popularité toute
parisienne de cette impératrice, populaire à ce point
qu'à peine morte, on traduisit chez nous son oraison funèbre, prononcée à l'Académie de Saint-Pétersbourg[1].

A toutes ces causes réunies, et même après ces
guerres sanglantes, impitoyables, entre les deux
nations, la paix étant faite et toutes ces misères oubliées, les deux peuples se prirent à s'aimer de plus
belle. Ils se reconnurent tout de suite, et tout de
suite ils renouèrent les alliances brisées. Voilà donc
comme il advint que Mme Swetchine rencontra, à
peine arrivée à Paris, tant d'amitiés dévouées. Elle
venait des régions aimées, elle apportait les souvenirs les plus récents du xviiie siècle, oubliés dans
un coin de la Russie. Elle avait vu la grande Catherine; elle avait connu l'empereur Alexandre; elle
avait secouru plus d'un prisonnier français, victime
résignée et glorieuse de la campagne de 1812; elle
s'était vue exposée un instant aux colères de l'empereur Nicolas; mais courageuse et forte, à peine
eut-elle appris que le nouvel empereur les exilait,
elle et son mari, dans un coin obscur de la Russie,
à cent lieues de Moscou, à cent lieues de Saint-Pétersbourg, elle n'hésita pas sur le parti que lui dic-
tait son devoir.

En vain ses amis de Paris, tremblant pour une
santé si frêle, la priaient de ne pas les quitter, lui
remontrant qu'elle était en sûreté; elle répondit fiè-

---

1. Discours prononcé dans l'Académie de Saint-Pétersbourg, le
29 décembre 1776, par M. Domaschneff, gentilhomme de la chambre
de l'impératrice et directeur de l'Académie; traduit du russe.

rement qu'elle et son mari ils obéiraient à l'ordre
absolu de leur prince ; qu'ils n'étaient pas gens à
s'exiler eux-mêmes, et à démentir leurs principes
de courage et de loyauté.

« Je sais, disait-elle, qu'il y va peut-être de notre
« vie à tous deux, qu'il est plus que probable que
« c'est abréger ce qui nous en reste ; mais ce n'est
« pas une raison pour ne pas obéir complétement,
« et peut-être est-elle assez bonne pour ne pas in-
« sister et renouveler de plus vives instances.

« Dans le siècle où nous vivons, il faut surtout
« que les principes tracent la ligne que l'on suit,
« qu'elle soit ferme, invariable. C'est en jouissant
« de tant de grâces que le bon Dieu m'avait accor-
« dées ici, que j'ai appris à les quitter. Je m'y sens
« préparée. Je n'ai ni doute ni inquiétude sur les
« moyens de la Providence pour suppléer aux biens
« dont elle me prive et me rendre ce qui m'est né-
« cessaire dans ce qu'elle m'ôte. Partout on est sous
« ses yeux : il n'y a pas d'exil pour ceux qui se fient
« à Dieu et qui l'aiment. »

Au même instant, par le froid d'un hiver vigou-
reux, Mme Swetchine quittait Paris pour se rendre à
Saint-Pétersbourg ; elle vint plaider en personne
la cause de son mari près de l'empereur Nicolas,
et quand l'empereur la vit, mourante à ses pieds,
il lui reprocha doucement d'avoir douté de sa bienveillance, et lui permit de rentrer dans sa maison
de la rue Saint-Dominique, où elle revint au bout
de six mois de fièvre et d'insomnie.

Elle avait obtenu de M. l'archevêque de Paris,
monseigneur de Quélen, la permission d'élever une

18.

chapelle dans son appartement, et, quoiqu'elle fût
modeste en toute chose, elle avait fait de ce sanctuaire intime un lieu plein d'élégance.

Elle y avait employé les plus beaux marbres de
sa patrie et les plus riches métaux; ses pierreries
même étaient devenues autant d'ornements de l'autel; le chiffre en diamants qu'elle avait porté comme
demoiselle d'honneur de l'impératrice Marie ornait
le socle d'une statue en argent de la sainte Vierge;
et quand enfin ce sanctuaire fut achevé, l'archevêque
le voulut consacrer en personne. Il y dit la première
messe; il avait pour enfant de chœur l'abbé Lacordaire. Un des plus fervents assistants à cet autel où
le malheur était le prêtre, où le génie était l'enfant
de chœur, s'appelait M. de Montalembert.

En ce temps-là déjà, M. Lacordaire et M. de
Montalembert venaient d'échapper, non pas sans un
déchirement cruel, à l'implacable volonté de leur
maître, M. de Lamennais; et maintenant délivrés de
ce joug dangereux, ils s'étonnaient du calme qu'ils
rencontraient à l'ombre bienveillante de Mme Swetchine. Elle avait adopté, comme proches parentes
de son âme, ces deux belles âmes, elle prodiguait
aux deux amis les conseils de sa sagesse.

Les lettres de Mme Swetchine au jeune comte de
Montalembert respirent une grâce toute maternelle :
« Vous voilà, lui dit-elle, entre votre premier pro-
« cès et votre examen de licencié en droit, deux
« événements qui devraient être à quelque distance
« l'un de l'autre! » Elle le rassure en même temps
sur sa jeunesse. En effet :

« Toute espèce d'holocauste demande un être vi-

« vant, et on le cherche vainement dans ces ima-
« ginations éteintes ou flétries, dans ces intelligences
« sans force et sans essor qui prennent souvent l'in-
« souciance et l'inertie pour la supériorité de la rai-
« son et le dernier terme de la philosophie.

« C'est une autre tendance que Dieu a imprimée
« à votre âme; on la croirait formée sous l'inspira-
« tion de cette belle parole de Platon : *Le beau*,
« *pour arriver au vrai*. »

Donc, elle se réjouit avec son ami M. de Montalembert, bien que les persécutions lui arrivent un peu
trop vite, en voyant qu'il les accepte « avec l'âme
« la plus haute et la plus honnête, un cristal qui
« est presque un diamant, avec des mœurs irrépro-
« chables, une piété sincère, et tout ce qu'elles en-
« traînent de sentiments élevés. » Quelle haute
opinion elle a déjà de ce jeune homme !

Comme elle honore à l'avance ces luttes généreuses, ces combats douloureux, cette passion pour la
liberté, qui seront une des gloires de notre âge ! En
même temps les rapports de Mme Swetchine avec
M. l'abbé Lacordaire se ressentent de la dignité du
jeune prêtre ; elle est plus sérieuse avec lui et moins
inquiète ; elle sait qu'il a dans l'âme plus d'obéissance et de résignation, et si elle a parfois un conseil
à donner au nouveau Massillon, monseigneur l'archevêque de Paris lui sert d'intermédiaire.

On ne sait pas généralement comment l'abbé Lacordaire passa soudain de l'humble chapelle du collége Stanislas, où sa prédication avait commencé,
sous les voûtes superbes de Notre-Dame de Paris,
qui retentissent encore des accents de cette voix

prophétique. Un jour, durant l'automne de 1834, M. Lacordaire, soumis et contristé, se promenait sans compagnon dans une allée du Luxembourg, lorsqu'il fut abordé par un ecclésiastique avec lequel il n'avait entretenu aucune relation antérieure.

« Pourquoi cette oisiveté? lui dit cet interlocuteur imprévu; pourquoi n'allez-vous pas consulter monseigneur de Quélen? » L'abbé Lacordaire répondit par un sourire, et continua sa promenade solitaire. Au bout de quelques instants de réflexion, il en vint à s'adresser la même question et dirigea sa marche vers le couvent de Saint-Michel où, depuis le sac de l'archevêché, monseigneur de Quélen occupait une humble cellule.

Il fut introduit et trouva l'archevêque seul. Sa matinée avait été occupée à lire un mémoire de l'abbé Liautard, curé de Fontainebleau. Ce mémoire avait circulé dans le diocèse de Paris, et contenait sur l'administration épiscopale des observations sévères. Après les préliminaires d'une conversation banale, monseigneur de Quélen garda un instant le silence, puis le rompit par l'effet d'une résolution soudaine, et fixant sur le jeune ami de Mme Swetchine un regard affectueux, grave et pénétrant :

« Je vous donne, lui dit-il, la chaire de Notre-Dame, dans six semaines vous prononcerez votre premier discours.. » Un mouvement spontané fit reculer d'effroi l'abbé Lacordaire. L'archevêque le pressa en vain, et le consentement de l'éloquent apôtre qui sentait ses forces, mais pâlissait devant sa responsabilité, ne fut obtenu qu'après deux jours de prières et de méditations.

Voilà donc une femme, une étrangère, placée entre deux grands esprits, les deux plus grands esprits catholiques d'une époque où le pugilat est devenu un élément de propagande et de conviction, qui va prendre sa part obscure et cachée, mais utile et sincère, de ces combats, de ces triomphes honorables, loin de la haine, loin de l'injure.

Elle était, sans le vouloir, sans le savoir, pour ces généreux athlètes dans l'arène catholique, un guide, un conseil; elle suivait, d'un regard attendri et charmé, Montalembert à la tribune, Lacordaire dans sa chaire éloquente, et, comme si ces deux maîtres ne suffisaient pas à sa préoccupation, elle rencontra le père de Ravignan, et lui tendit la main, en reconnaissant dans ce jeune inspiré un esprit de sa famille. Cependant, celui de tous ces hommes qu'elle a le plus aimé, c'est l'abbé Lacordaire, et lui, de son côté, il l'a entourée d'une tendresse filiale. Il priait pour elle; à peine il apprit qu'elle était mourante, il accourut du fond de sa retraite, et il serait difficile de rencontrer, d'un côté, plus de résignation mêlée à plus d'espérance, et, d'autre part, plus de courage, plus de dévouement.

Chaque matin, le père Lacordaire célébrait le saint sacrifice devant elle... et pour elle; elle répondait aux saintes paroles du prêtre, et pendant toute la messe, « elle restait agenouillée et dans une « prière voisine de l'extase. » O Paris, ville incomparable des drames les plus touchants! Que de douleurs et de consolations sont enfermées dans tes murailles! que de grandeurs inconnues! que de vertus cachées! et comme il faut écouter avec zèle,

avec respect, les grands esprits qui parfois nous ra-
content quelques-unes de ces grandeurs que, sans
eux, nous ne connaîtrions pas.

Heureusement, cette fois, que l'historien de cette
vie admirable et si touchante est tout à fait digne
de son sujet. M. de Falloux a parfaitement connu
les grâces et les vertus qu'il raconte.

Il sait à quel point cette aimable femme était sen-
sée, éloquente, ingénieuse, habile à bien dire, heureuse à bien faire, indispensable à ses amis. Nous
vous dirons, à leur louange, les noms des amis de
Mme Swetchine, à savoir : le comte de Sales, monseigneur Lambruschini, nonce du saint-siége; monseigneur de Quélen, M. Cuvier, Mme de Nesselrode,
la comtesse Edling, M. de Tocqueville, monseigneur
Garibaldi, la comtesse de Ségur-d'Aguesseau, sa fille
adoptive, enlevée hélas! par une mort précoce, dans
la fleur de la jeunesse; il ne faut pas oublier sur
cette liste honorable :

Mme de Montcalm, M. de Langsdorf, M. de Bois-
le-Comte, M. E. de Ségur, A. Galitzin, M. de Ber-
tou, M. Marcelin de Fresne, la comtesse Chrepto-
witch, M. Berryer, Mme de La Ferrière, le récent
marquis de Valdegamas, Donoso Cortès, M. de Ra-
dowitz, M. le comte de Circourt, M. de Savigny;
puis ses amis, les Français de Saint-Pétersbourg :
le comte Xavier de Maistre, le comte et la comtesse
Strogonof, fils et belle-fille du baron Strogonof; la
princesse Wittgenstein, fille du prince Bariatinsky,
le prince Nicolas Troubetskoy et le prince Michel
Galitzin. Voilà pour son salon. N'oublions pas que
dans sa chapelle (elle l'a confiée, en mourant, aux

dignes mains de Mme la duchesse de Chevreuse), aux
grands noms de monseigneur de Quélen, de l'abbé
Lacordaire et du père de Ravignan, nous devons
ajouter les noms de Dupanloup, de l'abbé de La
Bouillerie et du père Gratry.

Ces célèbres orateurs, habitués aux chaires les
plus hautes, sous les voûtes les plus solennelles,
entre la terre et le ciel, s'estimaient heureux de
parler du Dieu de l'Évangile aux âmes d'élite, aux
esprits calmes et fiers qui vivaient à l'ombre heureuse de Mme Swetchine.

Ceci vous explique, et suffisamment, la considé-
tion dont s'entourait cette aimable femme. Elle avait
autour d'elle un rempart d'affections bien légi-
times, les heureux qu'elle avait faits, les pauvres
qu'elle avait soulagés. Sa bienfaisance était active et
bienveillante. Elle aimait les pauvres gens pour leur
pauvreté même, l'aumône n'était pas seulement
pour elle l'accomplissement d'un devoir ; elle aimait
en outre à faire plaisir à ceux à qui elle faisait du
bien ; son cœur ajoutait toujours quelque chose à
l'aumône de ses mains. « Un peu de superflu, disait-elle, est aussi du nécessaire ! »

Mme Swetchine employait à créer à son ami le
pauvre une jouissance, le même soin, la même suite
que nous l'avons vu déployer dans les plus hautes
préoccupations de son intelligence ; pour ceux-ci
elle achetait quelques pots de fleurs ; pour ceux-là
elle faisait encadrer des gravures qui leur rappelaient un sujet favori, des batailles, par exemple,
s'il y avait un vieux soldat dans le ménage.

Pour les uns elle choisissait des livres, pour les

autres un meuble commode, pour les infirmes un bon fauteuil. Un premier jour de l'an, se dérobant sans rien dire à tous les empressements qui l'entouraient, elle alla passer de longues heures chez de pauvres parents qui venaient de perdre deux fils, coup sur coup.

Vous voyez bien qu'il faut l'aimer, et qu'on l'aime. Eh bien, son esprit était à la hauteur de ses vertus. C'était, nous l'avons dit, un esprit sérieux, intelligent, logique, et qui ne laissait rien perdre. Elle en faisait un usage excellent, pour elle-même et pour les autres. Comme elle s'était habituée, et de très-bonne heure, à l'école de M. Xavier de Maistre, à donner à sa pensée une vie, un accent qui lui étaient propres, elle parvint, sans peine et sans effort, à dire habilement ce qu'elle voulait dire.

Elle aimait les formules vives et promptes, et sans qu'il soit besoin de le dire, on comprend qu'elle lisait souvent les *Pensées* de Larochefoucauld et les chapitres de La Bruyère. Au milieu de tant de pages, écrites sous l'inspiration de l'heure présente, il s'en est rencontré un grand nombre qui méritaient de ne pas mourir; parmi ces pensées, tour à tour sérieuses ou souriantes, pleines de tristesse, d'espérance, de pitié, de consolations, nous en avons choisi quelques-unes que nos jeunes lecteurs ne liront pas sans respect et sans intérêt :

« C'est prodigieux tout ce que ne peuvent pas ceux qui peuvent tout! »

« Au fond, il n'y a dans la vie que ce qu'on y met. »

« Les parodies des choses que j'aime me révoltent

ou troublent ma conscience ; rien de ce qui nous a émus ne doit être profané. »

« *Firenze non si muove se tutta non si duole*[1]. Vieux dicton toscan : beaucoup d'âmes sont comme Florence. »

« Allons toujours au-devant des devoirs tracés et restons toujours en deçà des plaisirs permis. »

« Avoir des idées, c'est cueillir des fleurs ; penser, c'est en tresser des couronnes. »

» On s'attend à tout, et l'on n'est jamais préparé à rien. »

« Les cœurs aimants sont comme les indigents : ils vivent de ce qu'on leur donne. »

« Qui a cessé de jouir de la supériorité de son ami, a cessé de l'aimer. »

« A force d'agir comme on devrait penser, on finit par penser comme on doit agir. »

« Le mot de malheur est comme l'honnête homme : il tient tout ce qu'il promet. »

« On n'est riche que de ce que l'on donne, et pauvre seulement de ce qu'on refuse. »

« Les caractères passionnés n'atteignent le but qu'après l'avoir dépassé. »

« Les hommes invoquent toujours la justice, et c'est elle qui doit les faire trembler. »

« Il y a des questions si indiscrètes qu'elles ne méritent ni la vérité ni le mensonge. »

« Il y a dans l'exemple une puissance qui surpasse toutes les autres ; sans y songer, on redresse les autres en marchant droit. »

---

1. Florence ne se meut, si tout entière ne souffre.

« La servilité va presque toujours au delà de l'abus du commandement. »

« On peut être revenu de tout et n'être blasé sur rien. »

« Une femme qui n'a pas été jolie n'a pas été jeune. »

« Le monde n'accorde quelque compassion qu'aux peines positives. Il consent à plaindre ce que vous perdez, jamais ce qui vous manque. »

« La politesse, chez une maîtresse de maison, consiste à alimenter la conversation et à ne s'en emparer jamais; elle a la garde de cette espèce de feu sacré, mais il faut que tout le monde puisse s'en approcher. »

« Parle, si tu veux qu'on te voie! » disait un philosophe à son disciple, et, si la pensée est vraie, elle ne fut jamais plus vraie et plus juste qu'appliquée à Mme Swetchine. On la voit dans son livre, on la retrouve à chaque page; elle touche à toutes les idées généreuses, à toutes les questions bien posées; elle parle uniquement de ce qu'elle sait, et, comme elle le sait très-bien, elle en parle à merveille.

Elle a laissé des pages charmantes sur la *politesse*, la *vieillesse*, la *résignation*; tout cela d'un ton si vrai, dans un esprit si calme, avec une ferveur si croyante!

A la lire, on comprend qu'elle écrit pour elle-même, et sous l'œil de Dieu, dans une humilité profonde et voisine de la vie éternelle.

Et quand enfin elle arrive à sa dernière page, et qu'elle est décidée à ne plus écrire, écoutez ses derniers accents :

« Volonté de ce qu'on aime, qui sans être toujours
« comprise est toujours entendue; volonté dont on
« ne peut redouter l'injustice et dont on chérit les
« mystères; volonté respectée et qu'on ne voudrait
« pas surprendre pour gagner le ciel; volonté ado-
« rée, loi de tous les êtres; béatitude des élus; vo-
« lonté qui fait la gloire de la place qu'elle assigne,
« qui donne la force du sacrifice qu'elle commande,
« la consolation de la douleur qu'elle envoie! Vo-
« lonté de mon Dieu, entraînez la mienne plus vite
« que le monde ne sortit du chaos, que la lumière
« ne parut à votre voix, que les joies du ciel ne font
« oublier à vos saints les tristesses du passage; vo-
« lonté de mon Dieu, soyez toujours la mienne, et
« jusqu'à mon dernier soupir initiez-moi à vos se-
« crètes et croissantes délices! »

La mort de cette austère et vaillante chrétienne
qui, dans ses moments de bonheur, courait chez les
sœurs du Gros-Caillou pour leur demander : *un pauvre de plus!* fut une mort digne de sa vie, et cette
mort si touchante a rencontré deux historiens illustres : l'abbé Lacordaire et M. de Falloux.

La lettre de M. de Falloux à M. de Montalembert
vous touchera jusqu'aux lármes. La dernière fois
que M. de Falloux revit Mme Swetchine après une
longue absence, il comprit qu'elle allait mourir :

« Elle était assise sur sa chaise, près de son bu-
« reau; un seul symptôme trahissait sa maladie : sa
« tête était couchée sur sa poitrine; elle avait peine
« à la relever par un effort qui semblait lui coûter
« beaucoup et ne durait qu'un instant.

« Lorsqu'on était assis assez bas pour jouir de sa

« physionomie, son sourire était le même, et sa voix
« gardait toutes ses nuances et toutes ses délica-
« tesses d'inflexion. Elle accepta sans résistance,
« sur mon arrivée, le motif que je lui présentai,
« s'informa de tout ce qui me touchait avec sa con-
« stante sollicitude, me parla peu d'elle et me de-
« manda de rester à dîner. Je refusai, appuyant
« mon refus sur la difficulté qu'elle avait à marcher,
« et qu'elle aurait par conséquent à gagner sa salle
« à manger. Elle me répondit :

« — Je ne me mettrai pas à table, mais je saurai
« que vous êtes là, tout près, cela me fera plaisir.

« Je continuai à refuser, disant que j'irais dîner
« au quai d'Orsay, qui est tout proche, et reviendrais
« tout de suite. — Oui, me dit-elle, mais si vous
« restez, j'aurai gagné tout le temps que vous met-
« triez à revenir. »

Il resta donc, et après une causerie insignifiante,
elle aborda nettement la grande question de ses
volontés dernières. « Je veux, disait-elle, à peine
« mes yeux fermés, reposer deux jours dans ma
« chère chapelle. Puis on me portera à l'église de
« Montmartre, et je serai déposée dans le petit ci-
« metière, à côté de mon mari. » Et tout cela d'une
voix très-naturelle.

Elle voulut que rien ne fût changé dans sa vie et
dans ses habitudes ; qu'on la vînt voir aux heures ac-
coutumées ; que ses nièces et ses neveux et leurs enfants, et les précepteurs des enfants, vinssent dîner
chaque jour avec elle. Le soir venu, on lui lisait
quelques pages de saint Jean Chrysostome, traduit
par M. Villemain, ou les fables de La Fontaine.

Elle était attentive et souriante à toute chose; on n'eût jamais dit, à la voir, que cette chère femme allait mourir. Elle avait pour chacun une bonne parole, et pour tous un sourire affable.

« La marquise de Lillers, âgée de quatre-vingt-« neuf ans, venait deux fois par jour pour prendre « ses nouvelles, entrait quelquefois, quelquefois, « par discrétion, s'arrêtait dans la petite salle à man-« ger, et versait des larmes bien touchantes à son « âge. Mme de Lillers me dit ce même jour : — Sa-« vez-vous la dernière parole que m'ait adressée « hier cette sainte et chère amie? Comme je l'em-« brassais et lui disais que je m'éloignais pour prier « Dieu pour elle : — Merci, ma bonne amie, merci; « mais ne demandez à Dieu ni un jour de plus, ni « une souffrance de moins. »

M. le docteur Rayer était l'ami et le médecin de Mme Swetchine. Il l'assista avec la tendresse d'un père en cette longue agonie, et, dans l'intervalle, ayant perdu sa propre femme, il resta trois jours sans visiter sa malade. « Allez-y, mon père, allez-y, disait Mlle Rayer; ma mère serait là, qu'elle vous y enverrait elle-même. » A ces mots, le docteur Rayer, surmontant sa douleur, entrait quelques instants après chez Mme Swetchine. « Comment va Mme Rayer? s'écria la malade. — C'est elle qui m'envoie! » répondit le docteur Rayer. Que dites-vous de cette réponse? Elle est sublime, tout simplement.

Encore un détail, le dernier, et cette fois nous laisserons parler M. de Falloux.

« Elle se mit à me parler de la correspondance « du père Lacordaire. Je lui avais souvent entendu

« répéter : — On ne connaîtra vraiment le père La-
« cordaire qu'après la publication de ses lettres. —
« Elle revint avec netteté sur ce sentiment et s'y
« attacha, à mesure qu'elle m'en parlait. Son petit
« lit était élevé à peine à un pied au-dessus de terre ;
« j'étais à genoux sur le tapis et courbé sur son lit
« pour mieux l'entendre.

« Elle me dit : — Levez-vous ! ouvrez l'étagère
« qui est au coin du salon ; apportez-moi un volume
« relié dans un étui.

« Je trouvai et j'apportai le volume. C'était la
« *Vie de saint Dominique*, écrite entièrement de la
« main du père Lacordaire. Elle y reposa ses yeux
« avec une satisfaction visible, mais sans attendris-
« sement, sans larmes ; puis, replaçant le manu-
« scrit dans ma main :

« — Faites-moi le plaisir de me lire la lettre qui
« est à la première page. — Je lui lus aussitôt cette
« dédicace empreinte d'un si filial attachement. »

S'il vous plaît, nous n'irons pas plus loin dans le
récit de cette agonie, et, rentrant en vous-mêmes
un instant, recueillis dans cette pieuse contemplation, vous répondrez à quiconque vous demandera :
Sur qui donc pleurez-vous ?

« Nous pleurons sur la mort d'une sainte femme
et d'un esprit charmant, morte en odeur de sain-
teté, à la fin de l'année 1859, et dont, à notre honte,
nous savions à peine le nom il y a huit jours. »

LE FILS DE L'AUBERGISTE

Dans une auberge des environs de Cahors, en 1771, par une froide nuit d'hiver, vint au monde un pauvre petit enfant qui devait être le premier soldat de l'armée française. A son tour, le soldat devait *passer roi!* Le roi devait être ingrat pour l'empereur son maître, et fusillé par ses propres sujets sur les confins de ce doux royaume dont il est écrit : *Voir Naples et mourir!*

L'enfant grandit devant la porte de l'auberge paternelle, fort aimé des postillons, fort aimé des chevaux, déjà courageux et hardi! Un beau matin, quand il eut quinze ans, voyant que tous les Français prenaient les armes, le jeune Murat se fit soldat, soldat à cheval, ma foi! Vive la guerre! Mais la guerre ne lui parlait pas encore, il n'avait pas encore senti l'entraînante odeur de la poudre à canon qui porte à la tête et qui porte au cœur!

Murat déserta. Il vint à Paris, pauvre et nu, si

nu et si pauvre qu'il se fit *garçon de café*. Un tablier à Murat! et pour mot d'ordre : *On y va!* Ainsi,
celui devant qui une armée entière devait poser les
armes commença par obéir au premier venu qui
lui criait : *Garçon!*

On était alors en pleine révolution française. Le
trône de Louis XVI, miné de toutes parts, s'en allait
croulant de jour en jour. Murat, jeune et plein
d'ambition, se fit révolutionnaire sans réserve. Il
déclama contre les nobles et contre les rois, sans se
douter qu'il serait un jour duc de l'empire, qu'il
porterait une couronne et qu'on lui dirait en s'inclinant : *Votre Majesté!*

Cependant la révolution marchait, Murat marchait comme elle; à la fin tout s'écroula, et la
vieille société française fit place à une société nouvelle. Un homme apparut imposant silence, à force
de gloire, à tous les bruits de la foule, à toutes les
menaces de l'Europe; il s'appelait Bonaparte! Au
premier rang de ses soldats, Bonaparte, encore inconnu, découvrit le soldat Murat. Murat était si
beau, aventureux, brave et hardi, que Bonaparte
l'emmena avec lui dans cette brillante campagne
d'Italie où se révéla son génie à l'Europe épouvantée. O la belle guerre, la guerre d'Italie! les montagnes franchies malgré l'hiver, les fleuves passés
malgré les courants, les villes conquises malgré les
canons, les Autrichiens prenant les armes, ce grand
peuple allant à la France en proclamant la liberté!
au-dessus de tous les triomphes, Bonaparte, jeune,
modeste, aspirant en secret à l'empire du monde!

Et ses soldats accomplissant sous sa parole et sous

son regard de plus grandes choses que les soldats eux-mêmes d'Annibal !

Un si grand spectacle devait agir puissamment sur l'âme ardente de Joachim Murat. Murat était l'aide de camp du général Bonaparte, ou plutôt il était son bras droit. C'est Murat que Bonaparte envoyait au loin s'emparer des villes conquises; c'est Murat qu'il adressait aux pouvoirs envieux de Paris qui voulaient s'opposer à sa gloire. Murat apprit ainsi la politique et la guerre sous ce grand maître, et quand l'astre de Napoléon s'éleva dans le ciel, on put voir à côté de ce grand astre une toute petite étoile : cette petite étoile était encore Murat.

L'Italie étant conquise, Bonaparte tourna ses regards vers l'Orient. A présent l'Égypte l'attend; elle le recevra général d'armée, elle le renverra quelque chose de plus que roi de France. Naturellement Murat suivit Bonaparte. C'étaient désormais deux fortunes inséparables! C'en est fait, on prend la mer, on touche à l'Égypte, on se bat au Caire, on se bat au mont Thabor; au mont Thabor la cavalerie turque, étincelante d'or et de fer, à cheval sur de beaux chevaux, toute dorée et très-nombreuse; un homme accourt du côté des Français sans regarder s'il est suivi; cet homme, c'est Murat! Il a culbuté la cavalerie ottomane; il est resté vainqueur, il est fait général de division !

Tout à coup, au milieu de sa conquête, Bonaparte l'abandonne pour revenir en France. Murat suit encore Bonaparte. A présent la France les appelle. Comme ils vont vite ! L'un va monter sur un trône, et l'autre sera son premier lieutenant. Celui-ci ne saurait monter sans que celui-là le suive, sentinelle obéissante ! Ce fut Murat qui, l'épée à la main, chassa de l'Orangerie de Saint-Cloud le conseil des Cinq-Cents qui s'opposait à la toute-puissance de Bonaparte. Il fit la même charge brillante qu'au mont Thabor. De ce jour, Bonaparte fut le maître. Bonaparte arrivé si haut, et voyant Murat si près de lui, l'appela son frère et lui donna en mariage sa propre sœur. Autant valait lui dire : *Je te fais roi !*

Vous dire toutes les batailles auxquelles assista Murat, il faudrait raconter toutes les batailles de l'empire, des batailles de géant ! Il commandait la cavalerie à la bataille de Marengo ; il passa le Rhin à Kehl ; il était à la prise d'Ulm ; il entra à Vienne le premier ; il arriva des premiers, au grand galop de sa cavalerie, à la bataille d'Austerlitz ! Il était aussi à la bataille d'Iéna, il entrait dans Varsovie ; il commandait la cavalerie d'Eylau et de Friedland. L'Espagne l'a vu léger, brillant, impétueux, tombant à l'improviste sur les armées et sur les villes ; ceux qui l'ont vu, tout couvert d'or et de broderies, au galop de ses grands chevaux, la tête ornée de plumes, brandissant son sabre qui jetait des flammes, intrépide, invincible et toujours le premier, s'élançant au milieu de la fumée, au bruit du canon qui gronde et de la trompette qui sonne ; tous ceux qui l'ont vu ainsi s'accordent à dire qu'en cet instant le soldat Murat ressemblait tout à fait aux dieux qu'Homère nous montre mêlés parmi les hommes, au milieu du combat !

A la suite de cette guerre d'Espagne, Joseph

Bonaparte était roi; Joachim Murat voulut porter, lui aussi, une couronne. C'était à chacun son tour dans cette famille de Bonaparte. On chercha donc un trône pour Murat, et pour bien faire on le bombarda roi des Deux-Siciles. Certes il y avait loin de son palais de Naples à l'auberge de son pays; loin de son manteau de velours au petit tablier du restaurateur. Mais qu'importe? les héros de ce temps-là étaient au niveau de toutes les fortunes, pauvreté ou richesses, fortune ou revers, le trône ou l'échafaud! Voyez l'empereur! aussi grand sur son rocher où il est mort, que sur son trône des Tuileries, au milieu de cet encombrement de rois!

Roi de Naples, admiré de son peuple, fastueux, brillant, grand seigneur, veillant aux soins de son royaume avec toutes sortes de bienveillances, tel fut Murat. Un phénomène! un roi de théâtre! un soldat des tableaux d'Horace Vernet!

Au milieu de sa prospérité et de sa gloire, un ordre fut envoyé au roi Murat par son ancien général, son ancien empereur et toujours son maître et son ami, de lui venir en aide, et de se rendre avec son armée à travers les neiges, sur les sentiers qui mènent à Moscou *la sainte!* Murat obéit à cet ordre; il dit adieu au beau ciel de l'Italie, à cet air parfumé, à cette brise du soir, à cette Méditerranée... *un lac français;* le voilà encore une fois à cheval au milieu des neiges, au milieu des glaces, poussant ses escadrons contre les Russes, toujours le premier au feu jusqu'à Moscou.

A Moscou, s'arrêta la fortune lassée. A Moscou, l'armée française s'avoua vaincue, non pas par les

Russes, mais par l'hiver. C'en est fait, l'empereur
fait retraite enfin. Il fuit. Qui n'a pas entendu parler
de la retraite de Moscou, même le plus petit enfant? Au milieu de ces grands désastres, Murat
montra qu'il avait une âme vraiment royale. Il
suivit et protégea les restes engourdis et sanglants
de la grande armée jusqu'à ce qu'ils eussent touché
les confins de l'empire russe. Murat avait tant souffert dans cette retraite, qu'il pensa avoir payé à
l'empereur tout ce qu'il lui devait.

Voyez-vous, je ne veux pas attrister vos jeunes
âmes par le récit des ingratitudes humaines. Vous
n'apprendrez que trop tôt, en lisant l'histoire,
combien c'est là une chose fugitive, la reconnaissance envers les grands hommes. Murat s'éloignant
de l'empereur, quand l'empereur est malheureux;
Murat oubliant tout à coup tant de bienfaits et tant
de gloire; Murat, le soldat français, passant aux
ennemis de la France, pour combattre celui qui
l'appelait son *frère :* ce sont là de ces spectacles
affligeants que vous trouverez toujours assez tôt
quand vous sortirez du bel âge de l'enfance, pour
entrer dans la triste réalité.

« Je suppose, écrivait Bonaparte à Murat, que
« vous n'êtes pas de ceux qui pensent que le lion
« est mort. Vous m'avez fait tout le mal que vous
« pouviez me faire. Le titre de roi vous a tourné la
« tête: si vous désirez le conserver, conduisez-vous
« bien ! »

Paroles prophétiques! Le Titan foudroyé entraîna
dans sa chute tous les participants de sa fortune.

Il fut l'abri, le sentier, l'honneur de tous les par-

venus de la bataille. Lui vaincu, l'injustice est
immense, et la misère est sans remède. A ce grand
cri : *L'empereur succombe!* ces héros d'un jour,
ces rois d'une heure, tombent, et les autres, dont
il avait été la terreur, accourent de toutes parts à la
tête de leurs armées pour voir *comment mourait
le vieux lion!* Il tomba. Les rois, enfants de sa
toute-puissance; rois d'un jour, tombèrent avec lui,
excepté Bernadotte. Murat, chassé de son trône, y
voulut remonter par la force. Justement le vieux
lion venait de s'échapper de la cage où l'avaient
enfermé les puissances alliées.

Murat s'imagina alors que puisque l'empereur
reprenait sa couronne, il pouvait reprendre aussi la
sienne. Il se mit donc en marche pour son beau
royaume de Naples ; il marcha, cette fois, en criant :
Vive l'empereur! son cri de guerre... Espérance et
peine inutiles! L'aigle était mort frappé de la foudre,
et Murat, de ruine en ruine, abandonnant Parme,
et Bologne, et Florence, Joachim Murat, peu fait à
ces retraites subites, comprit enfin qu'il était perdu.
Honteux, désespéré, il en appela à une bataille générale ; ce fut son Waterloo! Par un dernier et fatal
caprice de la fortune, il toucha sain et sauf le rivage
de Cannes, qui avait été le témoin de bien d'autres
défaites : en ces lieux de sinistre augure était morte
la liberté romaine !

En moins de deux mois, Joachim Murat avait tout
perdu, son armée, sa flotte, ses trésors, sa couronne, et l'espérance, qui vaut toutes ces choses.
En deux mois, il a vu reparaître et disparaître à
jamais, emporté par le destin et par les Anglais...

l'empereur! Enfin, ne sachant plus où reposer sa
tête, chassé, par les armes, de l'île de Corse, où il
espérait trouver un asile, rejeté par la tempête sur
le rivage de ce royaume, qui n'était plus à lui, il
fut fait prisonnier lui et son armée, qui se composait de trente hommes. Une abjecte prison s'ouvrit
pour ce brillant capitaine, et peu de jours après il
fut condamné à mort. Le matin du jour fatal, douze
soldats se présentèrent sur ce seuil misérable, et
sans mot dire, après un regard de pitié, ils se ran-
gèrent sur deux lignes. Murat, voyant des soldats,
se lève et commande :

« Soldats, dit-il, sauvez le visage et frappez le
cœur! »

A ces mots il tomba mort. Il tenait dans l'une et
l'autre main, derniers souvenirs de ses prospérités
passagères, le cher portrait de sa femme et de ses
deux enfants !

Ainsi périt à l'âge de quarante-huit ans cet homme
extraordinaire, qui tient à l'empereur comme une
abeille au manteau impérial. Murat est à Bonaparte
ce que la main est à l'épée, ce que la tête qui gou-
verne est au bras qui frappe; Bonaparte c'est la
pensée, et Murat c'est l'action ; Bonaparte c'est la
grande tragédie de Corneille, Murat c'est le mélo-
drame des boulevards.

C'est ainsi que se sont presque toutes éclipsées
ces étoiles brillantes dans le ciel impérial, quand
s'éclipsa l'étoile de l'empereur.

LE PREMIER JOUR DE L'AN

Il arrive ! il accourt ! L'entendez-vous ? Le voilà !
le sourire à la lèvre, et des jouets plein ses po-
ches ! Ah ! le beau jour... le grand jour ! préparez
vos honneurs au premier jour de l'an ! Dites adieu
à l'année qui s'en va; un adieu de regrets : c'est
une des années de votre heureuse enfance ! Et puis,
saluez l'année *nouvelle*, à son renouveau... une
année aussi de votre enfance. Heureux âge ! où l'on
ne s'aperçoit guère qu'une année est passée !

Elle s'en va. La revoici, ramenant avec elle, et
les mêmes joies, et la même espérance, autant de
grâce et de bonheur. Ceci est le jour des enfants et
des pères; les mères et les grands parents en ont
leur bonne part. Le grand jour... l'heureux jour !

Une année de plus n'est rien pour les têtes bou-
clées ! Les années tombent sur les fronts de dix ans

sans les toucher! Heureux âge! où chaque année
est un bienfait : chaque année apporte à ces beaux
enfants une force, une grâce, et la santé vaillante,
et la jeunesse, un si beau rêve. Un an de plus,
gloire à l'enfant! Un an de plus, malheur pour
l'âge mûr! C'est une défaite! il nous ôte, en rechi-
gnant, quelque chose de notre valeur ; nous ne
sommes plus en progrès aujourd'hui, nous baisse-
rons demain. L'âge arrive où l'on est sérieux, prudent, habile... On n'est plus un jeune homme... on
est un homme... on sera bien vite un vieillard !

Mais les enfants! on les aime à ce point que l'on
se console de vieillir, en les voyant grandir. Enfants, vous êtes notre sollicitude! Nous vous aimons,
jeunes gens, parce que vous êtes simples, naïfs,
modestes, heureux, parce que vous avez horreur
du mensonge et de la flatterie. Et vous, on vous
aime aussi parce que vous êtes bonnes et fran-
ches et pleines de grâces, jeunes filles. Soyez donc
souriantes à cette aimable année! Elle vient à vous,
les mains pleines de fleurs! Elle vous tend les bras
avec un sourire, en bonne mère attentive aux justes
désirs de ses enfants.

Allons! voyons-la venir, cette nouvelle année. Elle
arrive, attentive et complaisante, rapprochant le
serviteur de son maître, réunissant les cœurs sé-
parés, éloignant les haines, ramenant l'absent dans
le souvenir de ceux qui l'oubliaient. La bonne et
douce habitude! On s'embrasse! on se visite! on
renouvelle à ses amis les paroles amies! c'est un
jour de concorde et de paix universelle... un jour
de fête et de repos. Accoutumez-vous de bonne

heure à cette bienveillance, enfants, pour qui la vie est si facile ! Il n'est rien de si doux que d'avoir des amis, rien de si charmant que de les avoir de très-bonne heure. Qu'un ami véritable est une douce chose ! Et quoi de plus naïf qu'une innocente amitié ?

Presque tous ces hommes qui s'embrassent aujourd'hui, pour fêter la nouvelle année... ils se tromperont demain !... Un jour suffit à raviver toutes ces haines viriles. Un jour les ramène à leurs passions mauvaises !... A la seule enfance il est permis de vivre exempte d'ambition toute l'année. O le beau privilége ! et que vous devez en être fiers !

Vous ne savez pas tout votre bonheur ; vous ne vous doutez pas des difficultés de la vie et des soucis qu'un nouvel hiver apportera pour tous les hommes, excepté pour vous. Vivre est une joie, une fête , une tendresse. Autour de vos belles années chacun se hâte à les rendre charmantes, mais la bataille de la vie, en plein âge mûr ! on se pousse, on intrigue, on se calomnie, on se tue !

Ah ! que faire ? Eh ! que devenir ? Où donc aller ? Où ne pas aller ? Comment employer cette année aux sourires menaçants ? comment porter ce fardeau nouveau qui nous pèse ? Ainsi parlent tous les hommes. Si vous pouviez lire dans le secret de leurs pensées ! que de terreurs vous trouveriez soulevées par la seule approche de ces destinées sombres ! Pour vous, les enfants, tout est rire, espoir, contentement.

Courez donc à travers les plaisirs du renouveau, puis, revenus de votre première joie, accordez quelques instants sérieux à l'année approchante , à

20

celle qui s'en va. Vous-mêmes, interrogez-vous et
répondez! Qu'avez-vous fait de cette année? avez-
vous profité de ses enseignements? vous a-t-elle
rendus plus savants et meilleurs? Questions considérables qu'un noble enfant doit se faire aujour-
d'hui, s'il veut se rendre un compte exact de son
propre mérite.

Répondez donc ingénument! En même temps, in-
terrogez *l'an qui vient!* Comment donc en usez-vous
avec ce nouveau *temps* votre ami? Quelles seront
vos études et quels seront vos progrès? Voulez-vous
cependant que nous vous aidions à vous répondre
à vous-mêmes? Écoutez-nous!

Cette année encore, les plus heureux, parmi les
enfants, n'ont pas quitté la protection de leur mère!
Ils ont vécu dans le tiède et calme abri de la maison
paternelle! Eh! si peu de travail! tant de jeux! de
beaux jardins! tant de plaisirs! tout sourire, et
toute chanson, le bonheur d'apprendre... une
fable... un conte... une histoire, et le bonheur de
les réciter. Voilà toute la peine! On ne vous a demandé qu'un sourire.

Et voyez le grand travail! On vous a montré des
images. On a posé vos petites mains sur un piano
qui chante! On a, pour vous, fait un appel aux meilleurs poëtes, aux plus doux conteurs. Chacun, vous
voyant passer, disait : Le joli enfant! le bel enfant!
l'aimable enfant! — Voyez comme elle est jolie! et
comme avec grâce elle joue à la poupée! Ils appellent cela vivre! ils appellent cela avoir un an de
plus!

Mais que fais-je? Et quelle tâche inutile! Est-ce

qu'on écoute, un premier jour de l'an, même un
bon conseil? *Psit!*... Voilà ce qu'on dit à l'impor-
tun qui vous arrête... et *psit!*... voilà ce qu'on lui
fait. Revenez l'an prochain, bonhomme, et peut-
être on vous écoutera.

FIN.

PARIS. — IMPRIMERIE DE J. CLAYE, RUE SAINT-BENOIT, 7

COLLECTION

de 20 beaux Volumes in-12, format anglais

DE 360 A 460 PAGES

ORNÉS DE GRAVURES ET SUPÉRIEUREMENT IMPRIMÉS

LES PETITS BONHEURS DE LA VIE, par M. JULES JANIN, seconde édit.
1 volume, 4 gravures par GAVARNI. 1862. . . . . 3 fr.

VOYAGE A TRAVERS MES LIVRES, lectures pour tous, par M. CH. ROMEY.
1 volume, 4 gravures. 1862. . . . . 3 fr.

CONTES FANTASTIQUES D'HOFFMANN, traduits par CHRISTIAN. 1 volume
avec 4 gravures par GAVARNI. . . . . 3 fr.

CONTES NOCTURNES D'HOFFMANN, traduits par CHRISTIAN. 1 volume
avec 4 gravures par GAVARNI. 1862. . . . . 3 fr.

LES VOYAGES DE GULLIVER, par SWIFT, traduction nouvelle. 1 volume
avec 6 gravures par GAVARNI. 1862. . . . . 3 fr.

LES CONTES DU CHANOINE SCHMID, illustrés de 150 vignettes par GA-
VARNI. 2 vol. 1862. Traduits par CERFBER DE MEDELSHEIM. 6 fr.

ROBINSON CRUSOÉ, par DANIEL DE FOË, traduction nouvelle. 1 beau
volume avec 5 gravures par GAVARNI. 1862. . . . . 3 fr.

ROBINSON SUISSE, par WYSS, traduction nouvelle. 1 volume avec
6 gravures. . . . . 3 fr.

LE MAGASIN DES ENFANTS, par Mme LEPRINCE DE BEAUMONT, illustré
de 150 vignettes. 1 beau volume. . . . . 3 fr.

LES MARINS ILLUSTRES DE LA FRANCE, par M. LÉON GUÉRIN. 1 volume
avec 4 gravures. 3 fr.

FABLES DE LA FONTAINE, illustrées de 75 gravures dans le texte. 1 beau
volume. . . . . 3 fr.

Mme DE GENLIS

ADÈLE ET THÉODORE, nouvelle édition, soigneusement revue et cor-
rigée. 2 volumes, 8 gravures. 1862. . . . . 6 fr.

LES PETITS ÉMIGRÉS, nouvelle édition, 1 volume, 4 gravures. 3 fr.

THÉATRE D'ÉDUCATION, nouvelle édition. 2 vol., 8 gravures. 6 fr.

LES VEILLÉES DU CHATEAU, nouvelle édit. 2 vol., 12 gravures. 6 fr.

PARIS. — IMPRIMERIE DE J. CLAYE, RUE SAINT-BENOIT, 7.